这不是普通的花,这是整个乌景湾镇开得最好的花。

哦,原来不是普通的李琰,是整个乌景湾镇最好的李琰。

见天光

冷山 —— 著

长江出版社

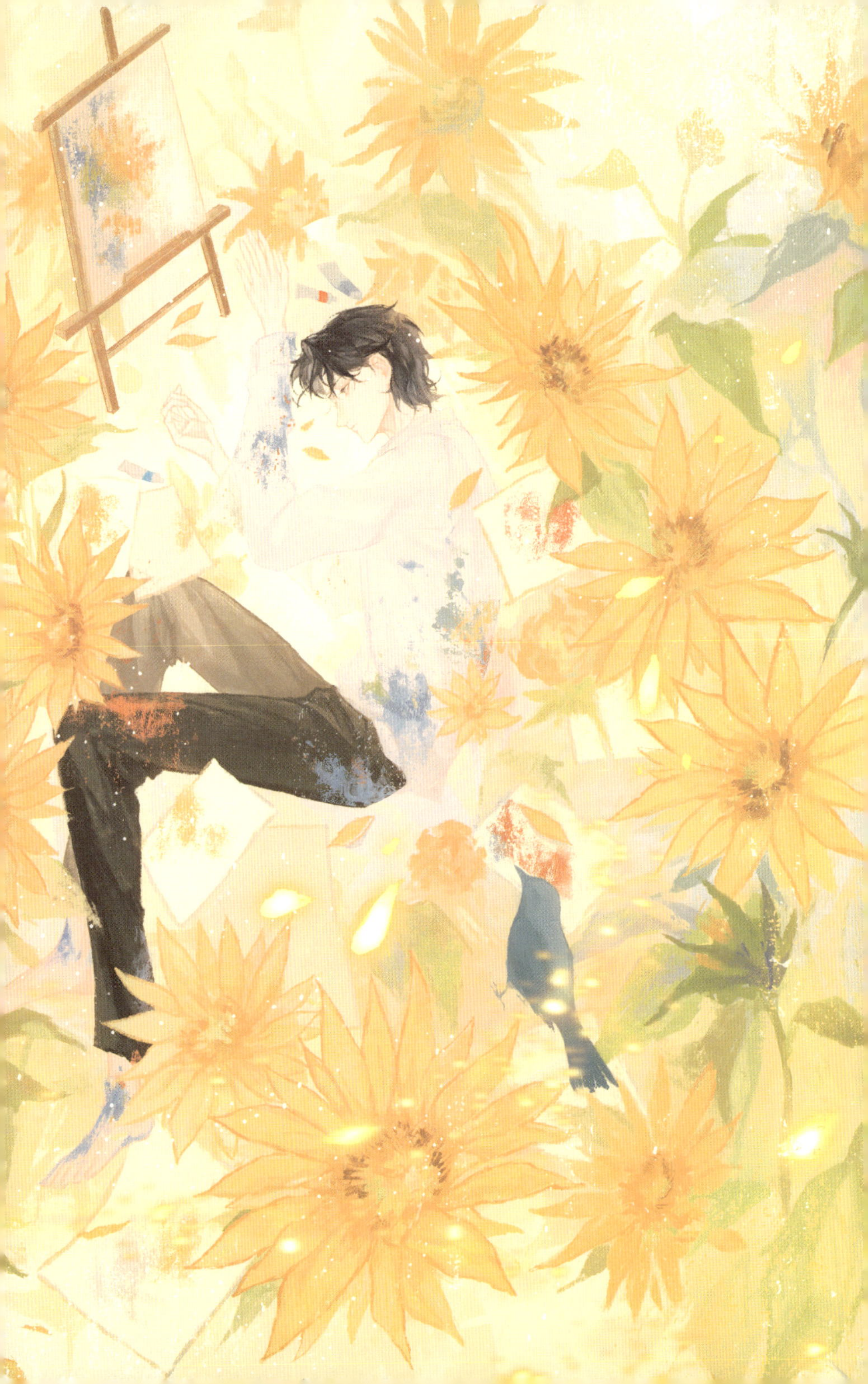

他从未让任何一朵花在李琰面前凋零。

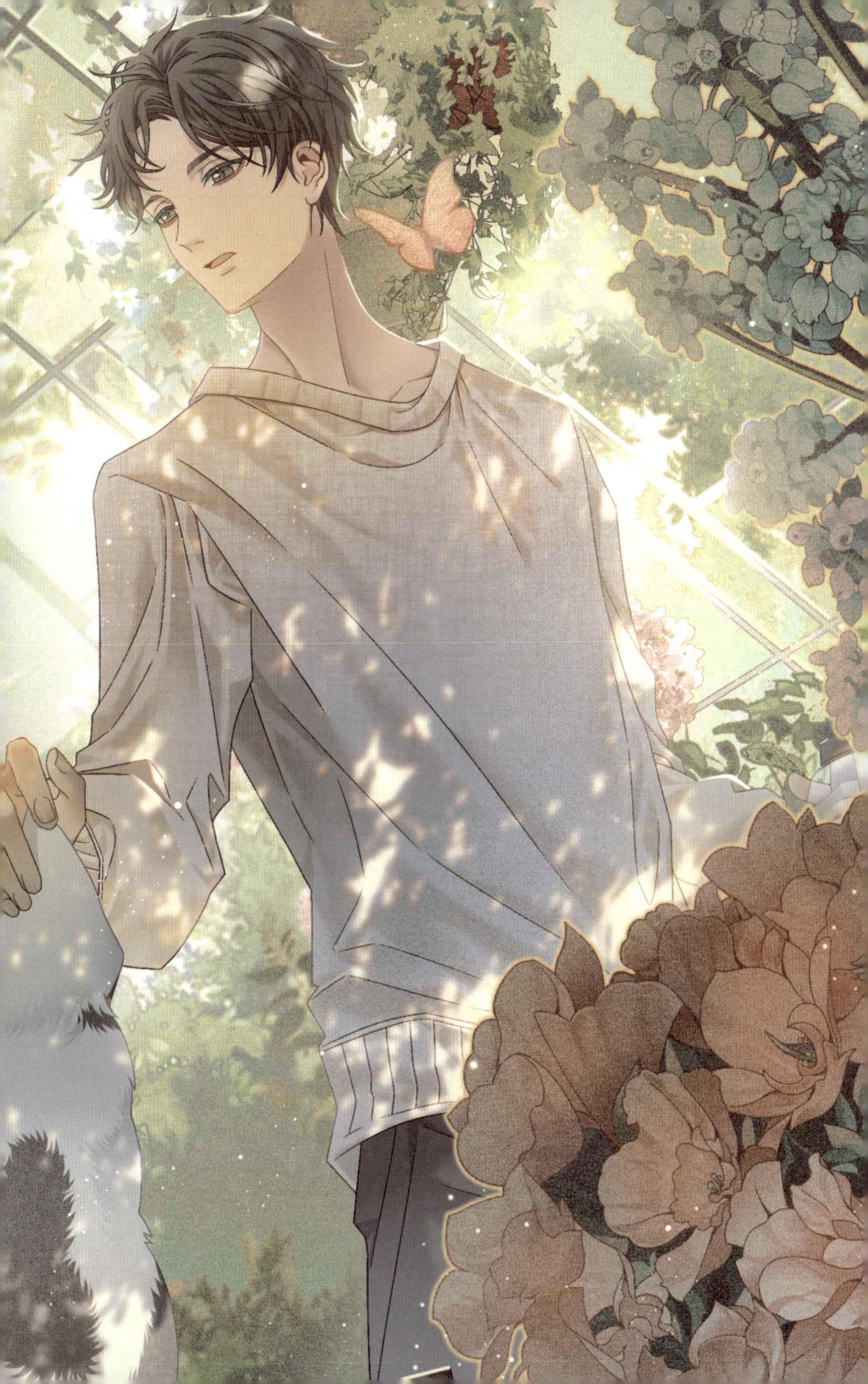

目录
Contents

第一章
你欠我的　　　Page / 001

第二章
助理小黑　　　Page / 035

第三章
挑剔鬼　　　　Page / 069

第四章
手术费　　　　Page / 105

第五章
烤红薯　　　　Page / 138

第六章
诡异的饭局　　Page / 165

第七章
你做梦　　　　Page / 188

第八章
陆泽睿小朋友　Page / 211

第九章
最好的李琰　　Page / 233

番外一
篮球赛 Page / 256

番外二
不用理他 Page / 262

番外三
教育分歧 Page / 267

番外四
我给你兜着 Page / 276

番外五
林笙到访 Page / 281

番外六
第一课 Page / 288

原来李琰不是普通的李琰,是整个乌景湾镇最好的李琰。

第一章
你欠我的

A 市的体育馆最近新翻修了一遍。体育馆一直免费开放，篮球场更是其中的热门场所，要预约才能进来。因为这次翻修，体育馆暂停营业这么久，预约的日期都排到三个月之后了，刚重新开放就涌进来很多争占场地的人。

李琰在这里看了许久了。

正在打篮球的这群男生里多了一个生面孔，好像是刚进来的新人。

这支篮球队是 C 大的篮球队，在几个校际联赛中屡屡夺冠，难逢敌手。而刚进来的这名新成员打起球来也十分勇猛，等到快结束时，才让对方进了三个球，没让对方体验零分的难堪心情。

球鞋摩擦地板的声音和篮球撞击地面、篮球框的声响交织。

等到比赛结束，B 大篮球队的队员无一不是汗流浃背，他们的汗珠滴在纯木色的地板上。

而与这边气喘吁吁的球员形成鲜明对比的是 C 大的球员。有人只是脑门儿溢出来一些细密的汗珠，几名队员还有说有笑地互相抛送了几瓶矿泉水。

反观 B 大篮球队这边，球员们都目光不善，或带着鄙夷，或带着气恼。

有人说 C 大的篮球队之所以能这么厉害，是因为里面的富家子弟多，有的篮球队欺软怕硬，刻意给他们放水。可明眼人都能看出来，或许有的队会故意放水，但C大篮球队的自身实力也不俗。

不过C大篮球队的活动经费比别的队多出许多却也是事实。

B大篮球队的几个球员转过身小声地骂骂咧咧，垂头丧气地走了。

场地里的一些观众下去了，给C大篮球队的这群球员递毛巾的递毛巾，递水的递水。

杜霖用胳膊肘碰了碰林笙，然后对着观众席仰了仰下巴，示意他看台下坐着的李琰。

"今天这一场，那边那位几乎一直盯着你。"

林笙往那处看了看，看到了一个黑发、小麦色皮肤的男人，男人有点儿瘦，眼睛很亮。其实这个男人属于很普通的，扎到人堆里找都找不着的极其不显眼的那种人。如果不是杜霖特意让他看，他根本不会发现场上还有这么一个人。

"怎么了？"林笙转头问。

"这位可是篮球场的常客，有时候大冬天地面都结冰了，他还来看呢。一般遇到打得不好的比赛，他就没什么兴趣看，会在那边的观众席上睡觉。"杜霖像是在给林笙分享什么新奇的事，说到这儿还笑了笑，"都一个人来看两三年了吧，也不跟别人交流。"

杜霖再次看了那个男人一眼，觉得那人实在普通得不能再普通了。

杜霖又说："这是因为你打得好，他才看你呢。"

"我可不需要他觉得我打得好不好。"林笙脸上没什么表情，催促道，"还不赶紧换衣服，姑妈都打好几个电话了。"

等这群人冲完澡换完衣服出来，也快要到体育馆闭馆的时间了，篮球场上基本没什么人了。

杜霖他们出来的时候，看见那个男人还坐在第四排的位子上，望着篮球场发呆。

李琰到陆宅的时候是七点三十五分。他站在门口，看见管家已经在客厅备餐了。

正对着客厅长桌的上方的二楼走廊中间,陆潇宁刚从卧室出来。他好像刚刚冲了个澡,额前的发丝还有些湿,即使换上了一身浅灰色的棉质睡衣,整个人的气势也因那阴沉的脸色显得十分凌厉。

李琰拉开凳子坐下,吃了两口东西,就听见陆潇宁的声音响起:"今天去哪儿了?"

李琰慌忙把嘴里的那口饭咽下去,回道:"去看打篮球了。"

陆潇宁有些不屑地冷笑一声:"天天去看,人家带你玩吗?"

李琰垂了垂眼皮,低着头吃饭。

好在陆潇宁并未在这个话题上停留许久,很快吃完了饭,离开前让管家给李琰盛了一碗汤让他喝完。

晚上李琰在浴室里洗了个钟头的澡,出来后就上床歇息了。

房间里充斥着一股柑橘香,李琰吸了吸鼻子。他本身对气味不太敏感,但是这些年来生活在陆家,使他对房间里的香水味道有些熟悉。

第二天是周日,李琰中午十一点多才醒过来,那个时候陆潇宁已经不在陆宅了。

陆潇宁工作很忙,他才接手陆家没两年,李琰甚至听说陆安凌还有一部分权力没放给他。

李琰是陆潇宁的生活助理,住在陆宅,主要负责陆潇宁的日常行程安排、饮食安排等工作。陆潇宁接手陆氏集团后,每天的行程都排得很满。一天下来,李琰要载着陆潇宁马不停蹄地去见各种合作伙伴,还要抽空载他去视察公司的产业。只有周末休息的时候,李琰才有空去找老岳玩,或者去看一场篮球赛。

中午,李琰一个人在长桌边吃午饭。吃完午饭,他就出了门。

春夏交接之时,午后的阳光已经十分炙热,他在西城城中的步行街路口发现了老岳。

老岳正仰躺在身后的大树上闭目养神,把手里脏兮兮的拐棍竖在肩头,身上多了两件李琰没见过的破衣服,上面的大补丁至少有三处用的是不同颜色的布料。他面前的碗的缺口从一个变成了两个，不过里面的钱倒是有不少。

李琰慢慢地走过去，靠近他，缓缓蹲下，然后伸手探向他面前的碗，手指刚摸到底部的两个硬币，就被拐棍狠狠地敲了一下手背。

"哎哟……你不是闭着眼睛吗？"李琰揉了一下被敲的手背。

老岳眼神锐利地扫向李琰，语气强烈："小兔崽子，还想偷摸我的钱？"他甚至作势想要拿拐棍再敲李琰两下，被气得花白的胡子都跟着抖动。

李琰往旁边躲了躲，眉头皱了起来："怎么耍赖呢，这里面是不是应该有我的钱？"

"哪里来的你的钱？你的钱早被你自己买牛肉拉面花完了。"老岳急忙把自己讨钱的碗收到手边。

"不可能，我只吃了两碗牛肉面。"

"得了，得了，赔钱玩意儿，拿去，拿去。"老岳看见李琰一副还要继续算账的架势，立刻把那几枚硬币扔给了他。

有几枚硬币滚得很远，差点儿掉进林荫道旁边的下水道口的缝隙里，李琰过去把硬币一枚一枚捡回来，把上面的灰吹了吹。

日头正高，李琰左右看了看，终于在众多奶茶店的商业街上找到了一家便利超市。

起初他只拿了一瓶四块钱的矿泉水，想了想又把矿泉水换成了两块钱的，拿了两瓶。结果刚走回街口，他就看见那树荫底下已经没了老岳的身影。他四处张望，看见路中间竟然围满了人。

在靠近的途中，李琰在人群的缝隙中看到了老岳那包了浆似的拐棍。

李琰一惊，赶紧挤了进去，车型都没看清呢，就先对着躺倒在地上不住呻吟的老岳大喊了一声"爹"。

"爹！你怎么了？你快醒醒啊！"李琰扑到躺在地上的老岳身边，刚一喊开，面前黑色的保时捷就开门下来了人。

一位女士下来了，顶多十八九岁的样子，肤白貌美，下来看见车前这状况，秀眉微蹙。大美人人美声甜，连急躁时的声音都跟撒娇似的："哥！你们还不快下来？碰着人了！"

杜霖从后排出来，说道："都说不让你开，非要来试试手。"

杜霖刚低头一看，发现哭喊的人竟然是那位体育馆的"常驻嘉宾"，再一打量地上躺着的老头儿，这人光嘴上呻吟，眼睛半眯着，身子离自己的车的车头还有很远的距离。他觉得自己八成是遇见碰瓷的人了。

头枕在李琰腿上的老岳给了李琰一个眼神。

李琰接收到这个眼神，抬头就说："你们怎么开的车啊！你看把我爹撞的……"

正说着，李琰抬头也认出了杜霖，又往车里扫了一眼，车里还有人坐着，挺着急的样子，估计是有什么事赶着去解决。这种情况对方一般都会直接给钱了事，省得耽误宝贵的时间。

李琰心里这么想着，接着说道："你们得赶紧带我爹去医院做个全套检查，他连站都站不起来了，万一有个什么脑震荡，这可耽搁不起呀！"

听李琰这么一说，果然那位女士当即就不乐意了："我们还赶时间呢，我给你叫救护车，多少钱你说个数，我们出就是。"

老岳一听这话，呻吟呼痛的声音更响了——这是高兴的。

"那也不是不行，看起来你们也确实有急事，拿两千块钱给我，我带我爹去医院就行，也不耽误你们的事了。"

那位女士一听，不屑地嗤笑一声，才两千块钱也值当在这里浪费他们的时间？立刻就要从驾驶座上拿自己的钱包。

"等等，你说碰着就碰着了？"杜霖拦住了自家妹妹拿钱包的动作，"我们车上可有行车记录仪，是这老头儿自己摔倒的还是我们撞的，看看不就知道了。"

老岳的呻吟呼痛声骤然小了，半眯着的眼睛冲李琰眨了眨。

李琰也急了，于是又退了一步，说："两千块钱不行，拿八百块钱总可以吧，老头儿摔成这样，你们总得给个拍片拿药的钱吧。"

这时候那位妹妹也反应了过来，叫道："哦！对啊，我们有行车记录仪啊。我就说这老头儿怎么好端端地从我前面过，一下就倒地不起了，还趴在我的车头前滚下去，装得跟真的似的，弄半天是来碰瓷的！"

杜霖瞧着还半抱着那老头儿演孝子的李琰，双手抱胸，说："行了，别耽误时间了，把他扶起来，我们要走了，后面还有车要过来呢，你们可有点儿公德心吧。"

李琰咬着牙硬着头皮说："那不行，我爹现在站不起来了，你们最少要拿八百块钱。"

按理说这群人根本不差这百儿八十的，怎么这天偏偏较真起来了。比起这几百块钱，明明他们的时间更宝贵才对。

果然那女士看见李琰这副无赖嘴脸，脸上露出不屑的神情，从钱包里直接抽出一沓钱，刚要甩给他们让他们滚蛋，就被一只胳膊拦住了。

林笙从车上下来了。他的目光先是在李琰身上停留了片刻，眉心微微皱起，然后脸色变得有些古怪，最后他开口说："行，不是撞伤了吗？叫救护车来送他去医院检查，医药费我们出。"

"林笙哥，小豪他们都在酒庄里等着我们了。"那位女士对林笙的这个决定显然有些不满与意外，"更何况他们根本就是来碰瓷的，带他们这种无赖检查什么啊。"

林笙的眼神落在了老岳脸上，然后移动到了他的小腿处："这不是受伤流血了吗？还不抓紧去医院看看？"

李琰一看，老岳的小腿处确实有一小道伤口，但是流出来的血都已经凝固了。

老岳在林笙这种高级精英的视线的威压下，身子一抖，暗中掐了一下李琰的大腿。

李琰当即说道："不用，不用，不耽误你们宝贵的时间了。"他看看老岳流血的小腿，估计是在车牌上刮伤的，总觉得血不能白流，于是又退了一步，说，"那要是实在不行，拿五百块钱也行。"

林笙听他说完，直接转头跟杜霖说道："走，带他们去前面的诊所。"

杜霖愣了愣，看着林笙，有些琢磨不透他意欲何为。

林笙绝对是比他们更嫌麻烦的人，所以不会做多余的事。

"哎呀，那老头儿那么脏，怎么叫他们上我们的车啊。"那位女士有些不满。

李琰看他们这副不太愿意罢休的样子，寻思着要是真上了车，万一被拉到哪里教训一顿才是真的倒霉呢。

"就是，就是，不用了，要实在不行你们就先走吧。"李琰扶起老岳，又去捡回老岳的拐杖，两个人就要走。

杜霖看林笙没有要阻拦的意思，也没再开口，几个人重新回到了车上，只是这次换成杜霖来开车了。

陆潆宁晚上回了陆家老宅。

陆安凌在家里的沙发上看旧报纸，闵玲余把烤好的饼干端出来。她看见陆潆宁回来，脸上挂着温和的笑容，让他快过来尝尝。

闵玲余并不是陆潆宁的生母，是陆安凌后来娶的一个娇小温柔的女人，跟陆潆宁的关系不算太差。但是陆潆宁对她也并没有多亲近，总的来说，明面上还算过得去。

就像现在，陆潆宁确实很给她面子，在她期待的目光下品尝了一块饼干，有点儿甜，味道确实还不错。

陆安凌的神色叫人看不出来喜怒，他身上有着属于上位者的气场，眼神锐利地说："你差不多是时候要个孩子了。"

"你在开什么玩笑！"陆潆宁觉得陆安凌提出这样的要求简直不可思议又强人所难。

谁知陆安凌的目光也沉了下来。这表明他绝对不是说说而已。

陆潆宁撂下了筷子，冷笑一声："你今天专门把我叫回来就为了说这事？"

陆安凌并不理睬他这些嘴硬的话："反正我不管你这些，你自己考虑吧，别再让我催你，你不会喜欢我插手的。"他说完这些话就站起来离开了，背影冷硬，丝毫不给陆潆宁留什么回旋的余地。

陆潆宁也直接起了身，甚至想把刚才吃的那几口饭吐出来，一路把车开得飞快。

一顿饭大家吃得不欢而散。

陆潆宁回到陆宅看见李琰又在隔着栅栏喂猫咪。

那只黑白花纹的流浪猫这几年被李琰喂得膘肥体壮，看起来一点儿也不像流浪猫，反而是一副营养过剩的模样。

李琰洗完澡躺在床上，觉得有点儿累。他今天跟老岳一起唱了这么一出戏，却白费力气，什么都没得到。

陆潆宁路过李琰的房间时看见李琰正侧着身子，拨弄着床头的小夜灯，脑袋里不知道在想些什么。

那是陆潆宁去年去欧洲带回来的流苏小夜灯，小巧玲珑，看起来就像是一个价值不菲的工艺品。

酒庄里的聚会才刚刚散场，杜霖喝得有些多，还假模假样地要扶着林笙。

杜霖的妹妹看自家哥哥那副醉态，跟一群朋友一起在他身后嘲笑他。

司机开车过来接他们的时候都快到凌晨一点钟了。

杜霖和林笙坐到车里，杜菲菲要去闺密家继续玩，就不跟他们一起了。

林笙降下来半边车窗，散散车里的酒气，手机在手指间转了三圈，好像不经意般问："你说的那个体育馆的常客，你认识吗？"

杜霖听他提这人，拍了拍醉酒的脑袋："你说那个人啊，今天看你那样,我就知道你有事。我也不认识他。我都说了他很奇怪的,常年一个人出入体育馆,也从不见他跟谁交流。而且我跟你说,不管是多一票难求的比赛,观众席上都能有他的身影。"

杜霖继续嘟囔着:"倒是没想到他还是个碰瓷的人。"

林笙皱了皱眉,然后紧接着说:"他身上那件衣服,是维娜特设计的,纯手工制作,全球总共只有五件,两个月前价格就被炒到了十五万左右。"

维娜特——意大利知名服装设计师,名下的品牌很小众,却又意外地颇受一些年轻人青睐。她是林笙的导师,也是林笙这次回国来的原因——他跟他的导师分手了。

杜霖十分吃惊,被冷风一吹,酒都醒了大半:"会不会是你认错了?或者他穿的是假货也不一定啊?"

怎么可能会认错?那是林笙与维娜特合作设计的衣服,并且他也参与了制作。

维娜特当时还称这是她这些年来的灵魂之作,是林笙带给她的独特灵感。

但是林笙没有说这些,只是半眯起眼眸说道:"不会,这么冷门的品牌听说的人都很少,况且我认得出是真是假。"

杜霖有些不敢相信:"现在碰瓷的人都这么有钱吗?"

杜霖不提这件事还好,他一提林笙的脸色都变了几变。

是的,这个人穿着自己跟维娜特的灵魂之作在街上碰瓷、耍无赖,而他原本拥有的那件,被他半年前赌气回来时扔在了维娜特的公寓楼里。

林笙说道:"真有意思,穿着十五万的衣服,还做这种事情。"

杜霖这时候也来了兴趣:"可是 A 市就这么大,他这个年龄段的有钱人,A 市这个圈子里的人不应该听都没听说过啊。他会不会是哪家有钱人的私生子啊,因为不受重视没被接回去?"

好奇心作祟,杜霖都为那人编织好了背景。

林笙这时候把车窗慢慢升了上去，说："我想要那件衣服。"

杜霖到底也是喝多了，听见林笙要那件衣服，一时没反应过来，愣了一瞬紧接着说："这么喜欢那件衣服啊？人家穿了你也要。"

林笙深吸一口气说："我买过来烧了不行啊？"

杜霖又是一副恍然大悟的模样："原本只有五件，价格就被炒到了十五万，那你烧了一件后，价格岂不是更高？你对你前女友也太好了吧，都这样了还不忘了给她抬高作品的价格。"

林笙忍无可忍，要不是看杜霖那副醉态，恨不得把他一脚踹下车去。他平复着心态，从齿缝里挤出来两个字："闭嘴！"

从那天之后，李琰怕在体育馆里再碰见杜霖他们，连着几个周末都没去看打篮球。他实在是无聊，于是在一个阴雨天的周六撑着老岳的破伞去了体育馆。

李琰找到第四排他经常坐的位子坐下。篮球场上空荡荡的，灯光倒是打得极亮，照得地板明晃晃的。

李琰对着球场发了一会儿呆，外面的雨声渐渐大了起来，他慢慢躺在了那排座位上，闭上了眼睛。

就在李琰困意上涌，慢慢要睡着的当口儿，"砰"的一声，体育馆里响起了篮球撞击地板的声音。

他猛地睁开眼，慢慢坐起身看了一眼，又赶紧躺下了，装作自己不存在。

冤家路窄，来人竟然真是那天碰瓷时遇到的要拉他跟老岳去诊所的那个。

只不过这次那人没有跟其他人一起，是一个人来的，还是在这样的阴雨天独自来打球，看起来心情不太好的样子，球打起来的声音也显得很用力。

李琰默默装作自己不存在，内心祈祷他赶紧打完走人。

就这么过了得有一个半小时，李琰连翻身都不敢有大动作，半边身子都睡麻了，才听到那人走远的声音。李琰猜想他可能是去更衣室冲洗了，这是准备走了吧。

差不多又过了十分钟，李琰又听到了渐行渐远的脚步声，心里刚松了一口气，就听见"扑通"一声重物落地撞击地面的闷响，然后是一声压抑的呼痛声："啊——"

那人摔倒了！他可能在尝试起来，但是又摔了一下。

体育馆里安静得要命，除了外面的雨声，就是那人有些粗重的喘息声。

李琰没办法再装作自己不存在了。他慢慢起身探出脑袋，发现竟然是老岳的小破伞把那人绊倒了。那破伞的伞骨有一小截插进了那人的小腿。

李琰不知道怎么会变成这样，忍不住想：那人是不是跟老岳犯冲啊！

李琰看着他那汩汩流血的腿，赶紧从座位上起来，跑了过去，声音有些虚："你没事吧？"

林笙疼得脑门儿都出汗了，看了看腿旁边倒着的小破伞，伞骨折了一半，上面还生着铁锈，又看看李琰那张脸，眼神微冷，语气却极轻："你一直在这儿？"

李琰的脸上勉强挂着一个讪笑："我这不是……不是怕打扰你嘛。"

林笙又问："这是你的伞？"

李琰连忙摆手否认："不是，不是。"

"这儿就你和我，不是你的，难道是我的？"林笙胸口气血翻涌，心想：这人是不是真觉得自己特别好糊弄啊？

李琰赶紧岔开话题，嘴里说着："你这伤得不轻，得去医院吧？我先扶你起来。"

林笙没接话，不过倒也没有阻拦李琰扶他起来的动作。

李琰把他扶起来后又说："你快给你朋友打个电话吧，这会儿雨正大呢。"

"我的手机没电关机了,你去地下车库把我的车开出来。"林笙把车钥匙从兜里掏出来丢给李琰,"会开车吧?"

李琰接住钥匙,点了点头,把林笙扶到一旁坐下,然后一路小跑去了地下车库,把车一路开到体育馆的正门,但是入馆口距馆内还有一段距离。

李琰淋着雨又跑回去扶起林笙,把林笙的胳膊架到了自己的肩膀上,扶着他出去,然后用另一只手撑着伞。

林笙皱眉,脸色发白,不知道是不是疼的。

"你又从哪儿拿的伞?"

"找门口的保安大爷借的,一会儿路过门口时还给他。"林笙一个成年男子,体重并不轻。李琰架着他,又要打着伞,走得实在艰难,好在门口距车并不算太远。

二人坐进车里后,都呼了一口气。

李琰双手握上方向盘,瞧了瞧林笙说道:"我可很久没开过车了,今天又是雨天,你可得坐稳当点儿。"

林笙瞥了李琰一眼,不再跟他讲话。

林笙腿上的那块伤口的痛感已经带走了他全部的注意力。他把那截断在里面的伞骨的另一端掰断了,剩下的这截他不敢贸然拔出来。他的脑袋偏倚在座椅上,头发湿漉漉的,上面不知道是疼出来的汗,还是刚才淋到的雨。

李琰话是这么说,心里却也着急,大概十五分钟后就把车开到了医院。

等挂上号,排上了门诊,李琰也忙出了一身汗。

医生戴着口罩给林笙处理伤口。伤口创面小,但伤得深,等清理完伤口、上完药打上绷带后,还要打针破伤风。

就在这个时候,林笙发现原本静静坐在一旁的那人脸上的神情突然变了。

李琰的瞳孔骤然一缩,然后浑身紧绷了起来,移开了视线。

林笙把目光移到了医生的针头上,意识到:这个人在害怕打针?

林笙有点儿想笑,但是没笑出来。他的目光落到了那个人的脸上:这个男子看起来还很年轻,皮肤是小麦色的,五官还算周正,要说脸上唯一突出的地方就是那双眼睛了。他的眼睛很亮,看起来黑白分明,细细看来左边眼皮上还有一小块不太明显的疤痕。一般人脸上有那么一小道印可能会显得很凶,但他不是,他看着像是挨了谁的欺负似的。

两个人从医院出来的时候天已经黑了,林笙的手机在医院充了一会儿电,勉强算是开了机。医生让他再挂两瓶消炎药,被他拒绝了。

林笙坐进车里,看着李琰站在车门外还不上来,于是把车窗降了下去。

李琰站在车外说道:"不好意思,我得回去了。"

林笙的眼神扫过他:"这事你打算就这么算了?连医药费都是我自己出的呢。"

"可是这明明是你自己摔倒的啊,那伞放在那里又不会自己长腿跑过去绊你。"李琰看着林笙有些不愿意罢休的样子,语气也有些急。

"那这么说还是我的错了?"

可能是林笙的脸色太难看,李琰没再呛声,于是把声音放低了点儿:"你快给你家里人打电话让他们来接你吧,或者叫个代驾……我得先走了。"

林笙哪能这么轻易放过他,伸出胳膊一把拽住他:"那你给我留个电话。"

李琰扯了扯被拽的衣服:"不方便。"

"你觉得我特别好糊弄还是怎么着啊。"林笙的眼神渐渐冷了下来,手上的劲儿一点儿也没松。

李琰挣扎了两下没挣脱,看着全然暗下来的天色,心里越发焦急起来:"我说的是真的,我还有事,真得先走了。"

林笙看他脸上的焦急之色不似作伪,又觉得他好歹陪自己来了医院,没放着自己不管,觉得他到底还有几分良心,于是慢慢松开了手。

"行,你先走,你就算不给我联系的电话,我想找你也会找到你的。"林笙撂下这句话,升上了车窗。

林笙坐在车里,凝视着那人飞快消失在夜幕里的身影。

李琰动作很快,不到几分钟身影就消失在街角。

就在林笙跟李琰撂下"会找到他"的狠话的五分钟后,林笙刚点开杜霖的电话,还未打过去,杜霖就打来了电话。

电话刚被接通,杜霖就用比较惊奇的语气说:"怎么接得这么快?"

林笙说:"正要给你打来着。我在市中心医院门口,你有时间没?过来接我一下。"

"市中心医院?"杜霖又开始那种类似大呼小叫的语气,"你怎么了?是生病了,还是受伤了?"

"别问了,你到这儿来不就知道了?"林笙一副情绪不太好、不想多说的样子。

李琰照往常一样吃完饭去喂猫咪,沾了一身猫毛后回了房间去洗澡,洗完就去睡了。

第二天李琰挨了老岳的一顿臭骂。

他在房间里拿了一把通体漆黑、伞骨很大,质量看起来就远超老岳那把破伞的伞。

老岳拿了大黑伞作势要抽他。李琰往后躲着说道:"你那把破伞打着都漏雨,给你换了把新的,你该谢谢我,这把伞的质量说是你那破伞的千百倍都不为过。"

老岳气哼哼地说:"小兔崽子,你懂个什么?那把伞陪我快二十年了,我对它有感情的。你这把能一样吗?"

"什么?二十年了?你再继续用,这伞的年纪都要比我大了!"

"比你大……比你大怎么了?我这人就是念旧!"老岳用手里的大黑伞把空气抽得"哗哗"响,"再说了,它长一岁,你不也长一岁?"

"哎哟，行，行，行，我这个月不吃牛肉面了，省下的钱算作补偿费好了吧。"李琰退到了墙根，摆着手，一副认输的模样。

老岳这才把李琰拿过来的大黑伞收回来，仔细看着，看到李琰凑过来，又摆出一副痛失爱伞的沉重嘴脸。

李琰拿他没辙，蹲在路边，望着他破碗里的零钱，深深地叹了一口气，然后起身走了。

老岳看着他沮丧的背影，又看看旁边质量上乘、看起来比他的拐杖都牢固的大黑伞，心里竟然有些过意不去，刚想开口叫住他，正巧听见路过的行人感叹了一句："这个月过得可真快啊！这就结束了。"

老岳反应过来，今天就是这个月的最后一天了。他这个月不吃牛肉面，是等明天过来吃吗？

这个小浑蛋！

那场雨过了之后，又接着淅淅沥沥地下过几次阵雨。雨一停，天气立刻就变得不一样了，能够感受到夏季是彻底过去了。

李琰在体育馆打了个喷嚏，吸了吸鼻子。他原本还有些怕再碰见那群人，想过段时间再来体育馆，又觉得那人被伞骨戳伤腿，也不能算作是自己的错啊，而且自己还冒雨送他去医院了。更何况他的腿都受伤了，不应该这么快就恢复好来体育馆玩吧。

事实证明，李琰实在是低估了那个人的恢复能力。

他刚进到篮球场，就看见了杜霖那帮人正打得火热，不过没见别的队，应该是他们自己队的队员在训练。可他们不在C大的篮球场训练，怎么偏要跑到市体育馆里来？

李琰站在门口，看那群人只瞧了他一眼，又投入到篮球赛里，于是松了一口气，找到第四排自己经常坐的位子坐下了。

就在他刚坐下的那一瞬间，站在队员身后距离他最远的林笙突然将篮球直直抛向了他。

李琰心里一惊，迅速伸手去接球。这要是一球砸到脸上，按这个冲击力，他整张脸估计都得肿起来。

好在他还是勉勉强强地接住了球。

队员都被林笙的这一举动弄得措手不及，连带着杜霖也是。他愣了一瞬，然后自以为知晓了林笙的意思，也气势汹汹地望着双手接住篮球傻站在那里的李琰。

"就是你把林笙的腿弄伤的？"杜霖还往这边走了两步。

其他人一听是这个人得罪了林笙，也都纷纷作势要教训他一顿，都朝李琰走去。

"什么？还有人敢找我们林哥的麻烦！"

"就是那个豆芽菜？"

"就是他啊，挺有种啊！"

…………

体育馆里的其他观众看着这么一群气势汹汹的人逼向那位可怜的人，硬是没人敢出声管。

更何况那些人各个看起来都非富即贵。

李琰傻愣愣地看着他们朝自己走来，声音颤抖着说："误会……是误会啊……"

怎么办，要道歉认怂吗？这有用吗？

还是逃跑呢？但是对方可是一群人啊，怎么跑得过啊？

就在李琰不知道如何是好、进退两难的时候，远处站着的林笙似乎是看够了好戏，慢条斯理地开口："过来一起玩玩，天天过来干看着，摸过篮球吗？"

杜霖瞬间被这句邀请弄得猝不及防，转头看向林笙。

林笙脸上的表情很淡定："今天训练就到这儿，我带他玩玩。"

杜霖立刻心领神会，寻思林笙这是要找借口要人家那件衣服了，这件事还牵扯到和前女友的情感回忆，是得私聊。

杜霖又咋咋呼呼地叫其他摸不清状况的队员跟他转移场地，请大家去别的地方放松一下。

等人都走了，李琰还站在那里，双手抱着球看着林笙。

林笙说道："过来啊，傻站着干吗？今天给你免费指导。"

李琰苦着脸，他能说自己不需要吗？

他抱着球，慢吞吞地走到篮球场，篮球场浅棕色的地板似是在反光。

李琰原本以为林笙是要借机教训他，没想到林笙认认真真地当起了教练。

篮球撞击地面发出"砰砰"的响声，李琰累得满头是汗。一个小时之后，李琰终于在林笙的防守下进了一个球，虽然他怀疑这个球是林笙"让"的。

李琰喘着粗气走到一旁想要坐下休息，林笙微微蹙眉："你这体力也太差了。"

李琰心想，怎么能跟你们这群人比？

男人之间一旦有了共同的爱好，再加上林笙好奇心作祟，几场单人指导之后，他们的关系也近了些。

而李琰跟林笙的关系一旦近了，跟杜霖他们那群人的关系就也近了。

林笙、杜霖一群人都是大学还没毕业的学生，也没那么多弯弯绕绕的心思，只当李琰是哪家受欺负的有钱少爷，因为是个私生子而不受重视，甚至他们对李琰还有些同情。

后来有场训练结束之后，杜霖叫李琰跟他们一块儿去吃饭，林笙也在旁边望着他。

李琰扯着嘴角笑着说："我还有事，你们去吧。"

这种拒绝的话他说了一次、两次、三次之后，杜霖就开始不满了："怎么回事？每次都是有事，你有什么事这么忙？赶着去碰瓷啊？"

一不留神，话刚到嘴边，杜霖就脱口而出了。

杜霖挨了林笙一个胳膊肘，神色讪讪的，没出声了。

林笙虽然没多说什么，但也不太高兴的样子。

李琰这样确实太不给面子了。

李琰的脸上闪过一丝挣扎的神色。他觉得自己这样确实不太好，来到这座城市后，除了老岳之外就没有什么朋友了，因此遇见林笙一群人，他心里其实是高兴的。

林笙他们正值青春年少，有活力，活得肆意张扬，跟他们待在一起，总是十分吵闹的，将李琰心里的那些郁气与麻木似乎都赶走了些。

李琰最终答应去了。

聚餐的时候大家十分热情地欢迎新朋友。李琰迫于情面喝下了递过来的酒，只喝了小半杯，还被呛了一下。他其实很久没喝过酒了。

后来又来了几个人，菜还没上几道，气氛已经很热烈了。

李琰站起来跟大家碰了一杯，然后说自己要走了。

林笙坐在李琰旁边，脸色有些不好看。这次都没用杜霖开口，他转头问李琰："什么意思啊？"

李琰喝完酒有些上脸，也可能是太久没喝过酒的缘故。他把酒杯倒满，然后说："不好意思，我真得先走了。"

林笙看着他的表情，想起来上次李琰也是这样着急要走。他试探地问："怎么着？还有门禁？"

李琰点了点头："是的。"

林笙说："那我来送你吧。"

李琰摇了摇头说："不用了。"

李琰的视线扫过坐在自己旁边的林笙的手表，看到时间竟然已经这么晚了。他有些慌乱地起身，几乎是连招呼都没好好打就夺门而出了。

陆家有门禁时间，在陆家工作的人周末不能超过晚上十一点到家，不然要被扣钱的。

林笙到了门外，看见李琰快消失在街角。他追了上去，然后拽住了李琰，说："我送你回去，你喝多了。"

李琰的脸上有些泛红，但他还是固执地说："我没有。"

林笙拿出手机又说："你赶不回去了，我送你回去说不定还来得及。"

像是被这句话戳到了痛处，李琰吸了一口气，问："你也喝酒了，怎么送我？"

林笙说："我叫了代驾，这就到。"

两个人坐到车里后，一时间都没说话。

李琰说了一下大致的路线，然后就不再吭声了。

最后还是林笙先开口了："我原先不知道你还有门禁。这也没什么，你该早说啊。"他语气轻松，似乎是想要缓和一下车里沉闷的气氛。

李琰冷静下来后也觉得自己的反应过激了。他把头贴着冰冷的车窗，看着车窗外飞驰而过的车灯，闷闷地开口："我是着急，怕回去晚了而已。"

"嗯，看得出来你很着急了。"林笙半眯着眼望着李琰的后脑勺儿。

李琰沉默了一会儿，觉得今晚可能确实喝醉了，现在有点儿头晕。

再过了五分钟，李琰开口说道："送到这里就可以了。"

林笙勾着嘴角笑着点头。车里的灯光有些暗，显得他的这个笑容没什么暖意。

李琰推开车门从车上下来后，转头很有礼貌地跟林笙说了一句"谢谢"，然后关上了车门。

结果还没走两步，李琰抬头就看见陆潇宁的车也回来了。

保时捷跟宾利擦身而过，林笙在后视镜里看到黑色的宾利车打开了车门，李琰低头坐了进去。

车开到陆家停了下来，陆潇宁先下了车。李琰磨磨蹭蹭地也下车了，跟在陆潇宁身后走着。

刚进客厅的门，陆潇宁就脱掉了西装外套，随手将其甩到了沙发上。

李琰还跟柱子似的立在客厅的门前，低着头瞧着自己脚前的那块地。

陆潇宁："过来。"

他的声音没什么起伏，但李琰还是听出了一丝寒意。

李琰挪动着脚步过去。

"刚才从谁的车上下来的？"陆潇宁坐在沙发上看着李琰说。

"一个朋友……"李琰垂着眼皮，不跟陆潇宁对视。

瞧瞧，又是这种姿态。李琰的眼睛这样低垂的时候，配上那张普通的脸，甚至显得有些木讷老实，看起来他像是从来不会撒谎似的。

但是陆潇宁是知晓李琰的真实面目的。他从鼻腔里"哼"了下，嗤笑一声，说："还喝酒了，交了新朋友挺高兴啊。"

李琰站在那里没说话。

陆潇宁轻笑着继续问："怎么认识的？跟我说说。"

李琰总不能说是碰瓷认识的。他磕磕巴巴地回答："他腿受伤……被我撞见了，我送他……去医院，然后就认识了。"

陆潇宁脸上的笑意加深了："哟，还乐于助人呢。那你的老板现在不高兴，你想想怎么让他别那么不高兴了。"

陆潇宁越是这样笑，李琰心里就越是发寒，可是又琢磨不出陆潇宁到底在生什么气，又怎么才愿意善罢甘休。

陆潇宁见李琰不说话，觉得没意思，随后就起身回了主卧。

李琰这两天有轻微感冒的症状，下午跟林笙打篮球出了一身汗，晚上又喝了点儿酒。天微微亮时他就发起了烧，连眼睛都睁不开了。

陆潇宁从管家口中得知李琰发烧了，过来李琰的房间看看。

连带着几个用人也起来了，倒水的倒水，淋湿毛巾的淋湿毛巾。

李琰可能身体是真的不舒服，一直没醒，呼出来的气都是滚烫的。他的脸上是不正常的潮红，额头上还出了一些细密的汗。

用人给李琰换了毛巾后，陆潇宁就拿着药进来了。他沉着脸色站在一旁，旁边的用人连大气都不敢出。

李琰的眉头皱着，一张脸烧得通红。陆潇宁的视线在李琰的左眼皮上那块浅色的疤痕上停留了一瞬,然后陆潆宁伸手去拿杯子,又叫了几声李琰的名字。

李琰浑身冒着虚汗,一会儿冷一会儿热的,很费力地睁开眼,看见陆潆宁正沉着脸看着自己。他一时反应不过来,脑子昏昏沉沉的,刚张张嘴想要说话,话还没说出来就被陆潆宁递了两片苦药。

陆潆宁看他苦得脸皱了起来,像是想要将药吐出来,又把水杯递到了他的嘴边,说:"不许吐出来,你发烧了你知不知道?"

李琰的眼睫毛颤动了一下。

看着李琰意识不大清醒的模样,陆潆宁让他又躺回了床上。

等用人给李琰换了三次毛巾后,他的身体的温度才算下去了点儿。这时他已经又陷入了沉睡状态。

用人们都退出去的时候,窗外已经透过来晨曦的微微亮光。

六点半,管家原本正在跟做饭的用人敲定今日的菜谱,看见陆潆宁下楼便走了过来。

"不用给他弄其他的东西了,他睡醒后,给他送一碗南瓜粥上去。"陆潆宁开口说道。

管家说:"是。"又打量了一眼陆潆宁的神色说道,"时间还很早,少爷要不要再休息会儿?"

陆潆宁回道:"不用。"

管家是陆潆宁来到 A 市后陆安凌派过来的。他从陆潆宁幼时就在陆家老宅管事,说他是看着陆潆宁长大的也不为过,跟家里其他的用人不一样。

陆潆宁停顿了一会儿,又问:"他最近是不是心情挺好的?"

管家没有正面回答,只是回道:"他前天给花房里的花挨个儿浇了水,给那只猫开了一罐猫罐头拌进了猫粮里。"

李琰是在下午两点多钟醒来的,醒来之后感觉精神恢复了不少。

021

用人送上来一碗南瓜粥，有点儿烫，他慢吞吞地喝了半个小时才喝完。

由于李琰生病了，陆潇宁给他放了几天病假。

他在床上躺得浑身酸软，起身换了睡衣，下了床。

窗外传来细雨滴落在玻璃上的声音，李琰只望了一眼窗外就收回了视线。

明明才刚到下午，天色看起来却像是下午五六点钟的样子，灰蒙蒙的。

管家看见李琰下楼，于是走了过来递给他一支体温计："医生说让你醒来之后量一次体温。"

李琰接过体温计，坐在沙发上量体温。

管家看他不太精神的样子，又说道："要不要看会儿电视？"

李琰说："好。"

管家把遥控器找出来给他，然后就退到了一边。

李琰很久没看过电视了，电视上那些令人眼花缭乱的综艺节目和电视剧，让他有种很恍惚的脱节感。

他漫无目的地换了十来个台，不知道自己想要看什么，靠在沙发上，突然看见财经频道里出现了陆潇宁的脸。

他动作一顿，刚要换台，就看到画面中出现陆潇宁在餐厅与别人共进晚餐的照片。

原来现在有关陆潇宁的新闻都只会出现在财经频道，而不是娱乐频道了。

这时候李琰面前的屏幕突然被一道身影挡住了。

管家提醒道："李先生，到时间了，把体温计拿出来看看吧。"

管家接过李琰递过来的温度计，看了一眼说："退烧了。"

李琰的手里还攥着遥控器，他的身子很瘦，整个人像是陷在宽大的沙发里。

管家说完身子却没有移开，微微弯了弯腰，说："要不李先生去花房看看？少爷刚让人送来的几盆花还没浇呢。"

李琰便去了花房。

花房里不知是不是阴天下雨的缘故，显得格外潮湿。

透过透明的玻璃可以看到阴沉沉的天空，小雨滴落在玻璃上，使得这样的天空在视线里也逐渐模糊扭曲成斑驳的色块。

管家进来的时候看到李琰躺在花房的躺椅上一动不动，走近了才看到他闭上了眼睛。哪怕已经退了烧，他的气色看起来还是不太好。

花房里的花也只浇了小半排，后面的几盆越发显得垂头丧气。

管家给他盖上了一条薄毯，之后轻轻地退了出去。

又是一个周六，银灰色的保时捷停在路边，按了两下喇叭。

声音直震得老岳打了一个哆嗦，蹲在马路牙子上的李琰也是惊了一下。

黑色的车窗降下来，露出林笙那张脸，说不出他脸上是什么神情。他只是望着李琰问："市篮球总决赛怎么没来？"

李琰抬了抬头，有点儿不好意思地笑了笑："我上个星期生病了，就在家休息，没出去。"

"上车，这里没办法停车。"林笙从后视镜里看到有车从后方驶来，蹙眉说道。

李琰闻言愣了愣。他以为林笙是从这儿路过，看见他才打个招呼呢。

上次他跟林笙的朋友们聚餐仓皇离场后，他们就没再联系过，他现在回想还觉得很尴尬。

"快点儿。"林笙在车上催促似的按了一声喇叭，对李琰说道。

李琰于是不得不拉开车门，上了林笙的车。

林笙继续往前行驶，稍微提了点儿速，继续刚才的话题："我还让人特意给你留了位子呢。"

"啊？"李琰反应过来林笙还在说市篮球总决赛的事，有些局促不安。从上次他离开之后，他一直不知道林笙现在心里到底是怎么看他的，但是现在看来林笙依旧把他当朋友。

"谢谢你，实在不好意思。"李琰打量了一下林笙的神色，发现林笙的视线十分专注地停留在正前方，又补充道，"上次也是，很抱歉扫了你们的兴。"

林笙说："没关系。"

车里沉默了下来，过了会儿李琰才想起来问他："我们去哪儿？"

林笙很简洁地回道："吃饭。"

李琰看着林笙情绪莫测的脸，于是开口道："那我请你吃饭吧，上次真的不好意思。"

林笙这时候才慢慢偏了一下脑袋，手里打方向盘的动作也迟缓了一些，说："哦？你请我吃饭？"

这句提议像是勾起了点儿林笙的兴趣。他说："好啊，你想请我去哪儿吃？"

车的正前方不到五百米处就是一家新开业的装修豪华的川菜馆，这原本是林笙今天想带李琰来吃饭的地方。但他此时改变了主意，毅然决然地掉转了车头，按照李琰所指的方向驶去。

大约过了二十分钟，他们到达了目的地。

李琰要请客的地方竟然是在林笙他们学校附近的商业小吃街里。这里人流量很大，林笙光是停车就花了很长时间。

两个人从车上下来走在小吃街里。中午这里人还很少，晚上应该会多一些。

林笙眼看着李琰带着自己越走越偏，到了最里面，结果又拐了个弯，这才看到了一家很小的拉面馆。

李琰站在那里很真诚地讲："这家拉面很好吃，很不好找呢。"

林笙没说话，安安静静地跟在他后面进去。

门头有些矮，林笙进去的时候不自觉地低了低头。

这样犄角旮旯处的小店，生意竟然还真的很好。

李琰左右瞄了一阵，终于发现有桌人吃完了正要走。他拽了拽林笙的袖子："咱们过去坐那儿。"

林笙穿着一件黑色的薄风衣，看着那看起来不太干净的小板凳蹙了蹙眉。

李琰打量着他的神色，于是拿桌上的餐巾纸擦了擦凳子，然后才让他坐。

餐厅里地方小，人又多，十分吵闹，林笙板着脸坐在那儿，心里想着这家的拉面最好真的像李琰说的那样好吃！

李琰其实一直都能感觉到林笙的家庭条件应该很好，他本人非富即贵，应该从来没有到过这样的环境里吃饭。

林笙的五官很出色，组合在一起，给人的第一感觉就是不用多加思考的"英俊"二字，黑色的风衣衬得他的脸色更加白皙，有一种介于成熟男人跟少年之间的感觉。

无论怎么看，他都有一种与这里格格不入的感觉。

林笙看李琰张了张嘴，似乎是想说些什么，但没说出口。不过林笙觉得在这样嘈杂的环境里，李琰就算说话，自己说不定也听不清。

好在这是他多虑了。

李琰没话找话地说："你这衣服应该很贵吧……要不……要不找张凳子先放一下？"

林笙脸色古怪地看了一眼李琰身上那件跟自己一个牌子的衣服，吐出两个字："不用。"

李琰要了两碗面。过了十来分钟，店里人员忙不过来，他过去把面端了过来。

他递给林笙一双一次性筷子，坐下之后就开始夹面吃，吃了一口看见林笙还没动筷，于是催促道："快尝尝啊，真的很好吃。"

林笙于是拆开了筷子，尽量不让自己的袖口沾到桌面。他吃了一口面，味道确实还行，他板着的脸色缓和了些。

面吃到一半，林笙停下筷子，打量着李琰，试探似的问道："李琰，你现在在做什么工作啊？"

李琰差点儿被那口面呛到。他背过脸去低咳了两声,转过头来,头似乎要埋进碗里,小声说:"助理。"

"我给你介绍份兼职吧。我家的酒店缺人,你要不要过去帮忙?"林笙斟酌着说辞,看着他说,"工作也很清闲,你就在前台收钱,记一下账就行,不算正式员工,但是工资照发。"

"那工作时间……"

"工作时间灵活,工资按你干的时长发。"

林笙说完,听见自己的手机振动了一下。他拿出手机看了一眼,发现是一条新闻推送。

李琰在这个蝇头小馆里高喊:"老板!加两个鸡爪,还有一盘毛豆、两瓶啤酒!"

陆潇宁回家之后,走进李琰的房间,看到李琰蹲在地上正在给手机充电。

看到屏幕上面显示充电的图标,李琰像是松了一口气,把手机放到床头柜上。

李琰身上的灰色睡衣是很舒适宽松的棉质款。

陆潇宁倚着墙看着李琰给手机开机,手指头在屏幕上乱戳,似乎有点儿不熟练的样子。

他走过去漫不经心地开口:"怎么?要跟你的新朋友聊天?"

李琰摇摇头,抬头看着陆潇宁说道:"我要定个闹钟,明早……明早起来锻炼身体,我觉得自己身体不太好,应该加强锻炼。"

李琰这样看人的时候,那双眼睛就会显得偏圆,让他整个人都有种不合年龄的天真感。

陆潇宁对李琰想要锻炼身体的想法感到十分欣慰。李琰这些年身体确实不如以前,体力也不太好,让他很担心。

李琰去林笙家的酒店兼职了。那份兼职确实没什么复杂的操作,时间也很灵活，他只需要做些收钱、给顾客办会员卡之类的事情。

酒店的装修风格偏北欧风，林笙说是他的同门师哥帮忙设计的，色调很柔和，让人有种回到家的舒适感，顶层还有音乐餐厅，客人在那里可以直接看到中心广场的灯光喷泉。

李琰工作得很舒心，隔三岔五还能和林笙他们一起玩。

杜霖再见到他时，像是被刀架在脖子上似的吞吞吐吐地跟他道了歉，说上次太鲁莽了，对不起什么的。

李琰摇着头说没关系。他也确实没往心里去，在他眼里他们这群人都跟半大孩子似的。

这样舒心的日子只持续没几天就戛然而止了。

那天陆潇宁和宋阮一起进来，看见穿着白衬衫工作服的李琰还有一瞬间以为自己看错了。他的脚步一顿，连带着旁边的宋阮也停了下来。

宋阮问："怎么了？"

李琰当即直冒冷汗，A市这么多家酒店和餐厅，他怎么偏偏碰见了陆潇宁？陆潇宁为什么偏偏要这么早吃饭？林笙家的酒店为什么这么高档？

李琰咽了一口唾沫，克制住自己差点儿当场躲进前台桌下的冲动。

陆潇宁很显然也不想当众戳穿他，装作不认识他。

李琰挺直了腰板儿，给陆潇宁办了一张会员卡。

陆潇宁的视线定在李琰身上，李琰把卡递给他，垂着眼睛避免跟他视线相撞。

陆潇宁这时候从喉咙里发出一声轻笑，李琰当即身子哆嗦了一下，手里的卡就没拿稳。

卡掉到了桌上，李琰伸手把卡捡起来："抱歉，先生。"

陆潇宁睩了李琰十多秒，才在宋阮疑惑的视线下接过了卡。

当天晚上陆潇宁出乎意料地回来得很早。

李琰回到陆家后，推开门。

陆潆宁听到门响,转过身来,将手里的手机"砰"的一声丢到了桌上。

李琰进来站在那里,干巴巴地说:"你回来……回来得这么早啊……"

"你想我回来得晚一点儿?"陆潆宁的眼神冰冷,"可以,真是够可以的,居然撒谎骗我,你的胆子可真是越来越大了!"

李琰的脸色白了几分,他强撑着说:"我为什么不能有其他的兼职工作?"

"你没脑子吗?人家那种星级的酒店凭什么要你?林家那小子没安好心你知不知道?"陆潆宁越说心里越是憋火,语气中充斥着怒意。

陆潆宁吸了一口气,直接说道:"立刻把那个工作给我辞了!"

这句话直接砸得李琰脑子发蒙。他才刚交到朋友,刚感觉自己的生活似乎也还有那么一些意义,这来之不易的一切就要这样轻易地被陆潆宁的三言两语剥夺了。

"不要!凭什么?我为什么不能去那儿兼职工作?你有什么资格管我?"李琰说话的语气也忍不住激烈了起来。

陆潆宁打断了他的话,眼神似刀一样锋利:"我有什么资格管你?你再问一遍我有什么资格管你!你生病的这两年是谁照顾你的?除了我有人愿意管你吗?你欠我这么多钱,你还干净了吗,就急着出去给别人打工?"

李琰这么久以来根本不敢这么跟自己呛声,现在瞧瞧这副站在那里红着眼浑身戒备、据理力争的模样,陆潆宁突然觉得这笔账不能全算在李琰头上,是那个叫林笙的——林家那位小儿子——是他不怀好意地接近李琰,诱导李琰变成这样的。

他现在居然对自己撒谎,瞒着自己去那个什么新朋友家的酒店上班,和人家一起吃饭,还一起去体育馆看球!

陆潆宁的目光变得森寒又冰冷,他盯着李琰说:"陆家这么多公司装不下你了?你非要跑到林家的酒店去上班?"他又紧接着说,"行,你不是想要个兼职工作吗？以后除了我的生活助理的工作，你还可以去陆家的公司兼职。"

"我不要！"李琰的胸口剧烈起伏，他觉得陆潇宁这样安排简直不讲道理。

李琰接连不断不配合的行为彻底惹火了陆潇宁。他抬手就直接将手边的一个东西摔了下去，冷冷地质问："那你到底想怎么样？去林家那小子的破酒店上班？你想都别想！"

他心里窝火得要命，看着李琰说："在陆家工作的人不可以去别的公司兼职！"

话音刚落下，他就看见李琰的神色突然变了，刚才有些不服气的神情在那张脸上彻底消散了。

李琰的眼里布满惶恐之色，他蹲下来慢慢伸手去捡碎在陆潇宁脚边的东西。

陆潇宁这才看见自己刚才随手一扔的东西是那盏流苏小夜灯。

小夜灯的整个灯体都碎了，上面的流苏不知道什么时候被李琰编了个小辫子，小辫子现在无力地歪倒在陆潇宁的拖鞋上。

陆潇宁当即喉头一哽，伸手去拽李琰，拽了一下硬是没拽动。李琰还在用手捡那堆玻璃碎片。

陆潇宁长出一口气，放低了声音说："别捡了，还有备用的，别捡了。"

陆潇宁就这么重复了两遍，李琰才像是缓缓放松了戒备，被拉了起来。

陆潇宁推门出去，找管家拿了备用的小夜灯。

管家也听见了里面摔东西的声音，看见陆潇宁出来要拿小夜灯，不由得望了两眼。

陆潇宁揉了揉眉心。

之后他们再没说一句话，李琰背对着陆潇宁，暖橘色的小夜灯只照亮了李琰头顶那一块地方。

陆潇宁想和李琰说说话，李琰却转过去背对着他，一副拒绝沟通的姿态，躺在那里也不动弹，连一个眼神也不愿意给陆潇宁。

陆潇宁那些训斥的话就堵在嘴边，又咽了回去，一时间他脸色几变。

空气中弥漫着让人窒息的沉默气氛，过了许久，陆潇宁最终转身回了自己的卧室。

这样过去了一个星期，陆潇宁有天晚上突然回来让李琰换衣服，说要带他出去。

李琰看着陆潇宁给他挑的衣服，是一套看起来质感很好的很正式的西装，看来等一下要出席的是一个很重要的场合。而这种场合，陆潇宁这么多年来从没带他去过。

陆潇宁看着李琰呆愣在那里，不由得催促道："快点儿换衣服。"

于是李琰很快换好了衣服，跟着陆潇宁下楼，坐进黑色宽敞的宾利车。

车行驶了四十多分钟，他们才到了目的地。

那是一家酒庄，表面看起来很低调，门牌是用枯枝装饰的，走进去就会发现里面大得惊人。里面并不让车进，司机开车去地下车库，李琰跟在陆潇宁身后走进去。

李琰走了两步被陆潇宁不太满意地拉了一下袖子，拽到了旁边问："你是保镖吗？"

两个人走了十多分钟才到了宴会的中心会场。

李琰看到有的人在给门口侍应生看邀请卡，看来是有邀请卡的人才可以进。

但是陆潇宁不需要出示邀请卡，直接拉着李琰就进去了。

两个人进去之后，里面灯光如昼，A市各界有头有脸的人物基本都来了，还有几位常在电视上看到的明星也在。

看这阵仗，不知道举办宴会的人是哪位呢？

陆潇宁看李琰的眼神四处乱飘，叫了他一声，把他领到角落的长桌旁边，嘱咐道："吃点儿东西，别乱跑，我一会儿过来找你。"

李琰点点头，说："好，知道了。"

其实李琰特别不适应这样的宴会。他有些局促地拿了两块小点心，想去找个不起眼的地方坐下吃掉，毕竟他确实有些饿了。但他刚低头走了两步，就差点儿撞上别人。

听到对方惊呼出声，李琰赶紧稳住托盘里的两块蛋糕，怕蛋糕滑下去弄脏别人的衣服。

李琰刚要说"抱歉"，就听见对方叫出了自己的名字。

"李琰？"杜霖有些吃惊，"你怎么在这里？我还以为我认错人了呢！你这些天怎么啦？林笙找你都找不到呢。"

李琰脸上扯出一个牵强的笑容："最近在家里待着，身体有些不舒服。"

杜霖一副不太满意的样子："那你也不能这样吧，无故旷工总要说一声吧，是林笙好心好意地给你找的工作呢。"

李琰又连声说着"抱歉"，拜托杜霖见到林笙的时候替他转达一下歉意。

杜霖狐疑地望着他说："你都到这里了，为什么不自己跟他说？"

"李琰！"就在这时，他们之间的对话被打断了，一个带着笑意的声音出现。

李琰扭过头去，看见是齐臻正笑眯了一双眼，冲他遥遥举起杯子。齐臻旁边站的是冷着一张脸的陆潇宁。

齐臻是陆潇宁从小一块儿长大的挚友、合作伙伴。但是要用李琰的话来讲，那是陆潇宁的狐朋狗友，而且他跟陆潇宁还不一样。

齐臻此人逢人脸上就带着三分笑意，看谁的眼神都温柔似水，像是谁都是他的亲朋挚友一样，其实骨子里跟陆潇宁一样，奉行着一样的价值观，只不过他更虚伪。

杜霖的脸色变得很奇怪："你怎么还认识他啊？"

李琰看他们要过来，怕一会儿更尴尬，于是跟杜霖说了声"抱

031

歉",主动走了过去。

李琰过去之后,齐臻又笑开了:"李先生,好久不见。"

齐臻的眼里其实半分尊重之色也没有。

以前他叫自己"小李",后来叫自己"李先生"。每次他带着调笑的意味这样叫自己的时候,李琰都觉得很难堪。

但是他不敢惹齐臻,而且陆潇宁还在这里。

陆潇宁把李琰拉到身边,微蹙着眉问:"不是说让你在这边等我吗,怎么乱跑呢?"

齐臻在一旁接腔:"就是,就是,叫我们阿宁好找呢。"

这么多年,只有齐臻叫陆潇宁"阿宁"。以前有人听齐臻这么叫,也学他这么叫过陆潇宁一次,却被扇肿了脸。

李琰微微垂了垂眼皮,轻声说:"去拿蛋糕了。"

陆潇宁的视线落在李琰一路走过来都没放下的托盘上,又绕回李琰脸上,随后他催促了一句:"想吃就快点儿吃。"

这时候李琰听见齐臻"扑哧"一声笑出了声。

李琰把头又低下了点儿,拿着叉子一口一口把蛋糕吃完了。

陆潇宁看他吃完蛋糕,脸上又露出些不耐烦的神色,继而从口袋里抽出方巾递给他,让他把嘴边蹭到的奶油擦了,嘴里还说着:"真麻烦。"

李琰放下托盘后,陆潇宁就叫上他一起去了宴会厅的后门。

两个人拐出去后灯光突然一下子暗了下来。葡萄长廊上挂着荧荧的小灯,像是落了一葡萄花架的萤火虫。

李琰突然有些紧张。

陆潇宁感觉到了他的紧绷和僵硬,微微低头跟他讲:"前面有灯的。"

大部分人在宴会厅里,这里没有多少人,李琰只能听见一些说话声从很里面的地方传来。

李琰被陆潇宁领着往里走,偏头问他:"去里面干什么呢?"

陆潆宁眉头微蹙，好像觉得李琰的问题有点儿多，很麻烦。

但是他还是回答了李琰："里面人太多，有点儿闷，出来透透气。"他边说边把自己的领口松了松。

宴会的正中央，林笙作为主角刚上去发完言，下来就被人拍了拍肩膀。

齐臻那张笑脸出现在林笙面前："你是李琰的朋友吗？他也来了你的生日宴。这里这么多人，他不好意思叫你，说在后院等你，给你准备了生日礼物呢。"

林笙看着齐臻那张被笑意伪装的脸，脸上波澜不惊，只是轻声说："你是他的朋友？"

齐臻连声称是："那是当然，我跟他可是认识很多年了呢！"

"哦？没怎么听他提过你呢。"林笙勾了勾嘴角，转身往后院走去。

齐臻听到他这样不善的回答也不恼，脸上更是一副兴致勃勃等着看好戏的样子。

其实林笙刚才上台前就听到杜霖讲见到李琰了，但是找了一圈并没有发现李琰的踪影——这个一声招呼不打就消失了半个多月的人。

在葡萄花架那里，林笙远远地就看见了两个身影，空气中弥漫着一股很淡的橙香。

夜晚的风吹过葡萄花架，李琰不由得打了一个冷战。

陆潆宁看到了，问："你很冷？"

陆潆宁这么问完又把李琰的外套给他，让他穿好，之后领着他往回走。

结果他们在走回去的路上碰到了林笙。

陆潆宁带着李琰从林笙身边走过，语气森冷地警告道："看在林哲的面子上，这次我不找你的麻烦。别再自不量力，惹我不高兴。这是最后一次了。"

而就在陆潆宁和李琰走到宴会厅后门正要进去的当口儿，林笙突然开口:"这不会是最后一次。"

陆潇宁猛地回头:"你说什么?"

林笙看着他,目光平静,却又有股说不出的挑衅之意,一字一顿地说:"我说这不会是最后一次。"

陆潇宁下一刻就要挥拳而上,却被李琰从后面紧紧拉住。

李琰的声音闷闷的:"我们回去吧,陆潇宁。"

陆潇宁心里有一团火,目光似要把这个不知死活的不知道从哪儿冒出来的林笙捅成筛子。

这天是林家主办的宴会,目的是庆祝林笙的生日,也算是把一直待在国外的林笙介绍给大家。陆潇宁再怎么冲动,也知道这里不是发作的场合。

他最后只冷笑了一声,说:"好,那你就试试看。"

李琰跟陆潇宁回到了车里,回程的路上没有人说话。

车行驶了二十多分钟,陆潇宁才语气生硬地开口:"生气了?就是因为那个什么林笙?"他似乎越说越不满,"你有什么资格生气?况且我不是没动手打他吗?"

李琰本来一直望着车窗外的景致,只留给陆潇宁一个后脑勺儿,这个时候突然转过头,平静地说:"是,我没资格生气。你只是不想我好过罢了,毕竟我不是欠你的吗?我活该。"

陆潇宁本来气就不顺,听到李琰这样回答,更像是被扼住了喉咙,良久才从齿缝里逼出来一句话:"你知道你欠我的就好。"

第二章
助理小黑

　　五年前，H市的一个小区里，一位穿着黑色短袖的青年从楼道里走出来。

　　炎炎夏日，正午十二点多，空气里的温度能达到三十八九摄氏度，他身上的短袖已经透出了汗渍。

　　他的头发极短，剃着寸头，皮肤晒得黝黑，手臂上隐约露出流畅的肌肉线条，手上还不小心沾到了一些外卖漏出来的汤汁。

　　此刻他正有些茫然地站在小区的门口。他来回找了好几趟，都没发现他刚才骑过来送餐的电动车到底去哪儿了。

　　大约过了半个小时，他望着小区门口歪着头、上面结了蜘蛛网的摄像头——由此可以看出这是一个比较老旧的小区——叹了一口气。

　　手机已经在响了，他猜测是老板打来的。毕竟这个小区距离他打工的餐馆骑电动车不过十分钟的距离，而他现在已经过来了四十多分钟还没有回去。

　　他最终还是接了电话，可能是喉头干渴的缘故，声音有些低哑："喂，老板。"

　　那边的人态度不太好地在嚷嚷着什么。

　　他犹豫片刻，还是说了出来："老板，电动车好像被人偷了。"

　　那边的人嚷嚷得更厉害了。

他只得把手机稍微拿远了些。高温下吵闹的声音敲击着耳膜，他的脑袋都开始"嗡嗡"地叫唤。

他最后被开除了。

他在这家餐馆刚刚干满三个月，在店里做些洗碗、端菜、送餐的工作。老板最后扣了他一个月的工资，算是赔偿那辆破旧的电动车。

他回到了自己的出租屋。出租屋在很偏僻的地方，下雨的时候墙角有些溢水，但好在房顶不漏水，不然他的床铺可得遭殃了。

这张床基本就是他这个出租屋里的全部家具了，其他的一些水桶、锅碗瓢盆、"热得快"之类的生活用品都被堆在墙角。

他躺在铺着一张凉席的床铺上，头顶是一盏昏暗的白炽灯，风扇半死不活地晃悠着，还发出些"咯吱咯吱"的噪声。

夏季的夜晚比白天凉快了一些，却也没凉快多少。他冲了两遍冷水澡，才让身上黏腻的燥热感消散了一些，躺到凉席上昏昏沉沉地睡了过去。

第二天早上他起来洗漱的时候，碰到隔壁住着的农民工。

农民工四五十岁的样子，看见他很热情地打招呼："哟，小黑，今天怎么起这么早？"

小黑一开始不叫"小黑"，他以前也跟住在这里的人说过自己叫什么，但是这年在外面送了一个夏季的餐被晒黑了，就有人开始叫他"小黑"，这一片的人也开始跟着这么叫他。

小黑虽然被晒黑了，但是他那双眼睛黑白分明，看着赤诚得很，显得他本人更精神了。

小黑说："我被开除了，我把老板的电动车弄丢了。"

老大哥把肩膀上的毛巾拿下来擦了一把脸，然后转头跟小黑说："你别着急，要不你先跟着你嫂子去商场里卖鞋油？她这个月可没少挣呢，挣得比我都多。"

小黑微微抬眼，问："真的？"

"那还能骗你不成？你去我屋里看看，都是你嫂子的那些鞋油。你要是觉得行,就先拿些去卖。你回头找到工作,下了班也可以去卖鞋油,时间自由嘛。"

小黑经过二十多分钟的培训后就背着一书包的鞋油出去了。

他在人多的地方晃荡了一上午,一开始还磨不开面子,想起那位老大哥的媳妇说"想卖出鞋油就得豁得出脸皮",做了几番心理工作后,终于在下午卖出去三瓶鞋油。

然后他就背着装满鞋油的书包决定去找一份新工作。

顾宸陪安菲逛商场已经逛了一个半小时。他因为昨夜处理陆潇宁闹出来的负面新闻熬了半宿,眼下已有明显的青黑痕迹。

他最后忍不住说:"安菲姐,我先去那边坐会儿。你试好了衣服跟我说一声,刷我的卡就行。"

安菲看他一脸的疲态,也不再多为难他,接过他的卡,大手一挥,让他一边待着去了。

顾宸找了一个人流量比较少的地方,看见假的巨树旁边有一小排沙发,就走过去坐下了。

他拿出手机回复了几条消息后,眨了眨有些酸疼的眼睛,觉得自己急需休两天假,特别是在看到陆潇宁把自己给对方找的第三个助理也折腾走了之后。

他把手机锁上了,想着眼不见心不烦。

突然他感觉到自己的脚好像被人按了一下,低头一看,只见一个小伙儿正半跪着往自己那双意大利手工定做的皮鞋上挤鞋油。

顾宸皱着眉头将脚往后撤:"你干吗?"

那小伙儿抬起头,露齿一笑。

嚯,那牙白得都闪光了,也不知道是不是那过分黑的皮肤衬托的。

"先生,我给您擦擦鞋,不收费,不收费。您看擦得好的话,能不能买一瓶鞋油?现在买一瓶送一瓶,十块钱就可以买两瓶!"话音一落,那小伙儿就开始卖力擦鞋。

顾宸想说"不用了",话却噎在了喉头。这黑皮青年的动作太快了,已经用那块擦鞋布在他鞋上把鞋油抹开了。

顾宸叹了一口气,任由他擦了,甚至还配合地伸出了另一只脚。

青年这时候半跪着看他伸出来的那只脚,说:"先生,您看看,擦了我们的鞋油,这只鞋子立刻跟您那只没擦过的看着不一样,您看多亮啊!"

顾宸一看,心想:那可不是,跟抹了层猪油似的。

"我其实是大学生,自己勤工俭学不容易,先生买一瓶吧。"

顾宸从他那张被晒得黢黑的脸看到他跪在地上的膝盖,打量了一圈,然后问:"你平时只做这个吗?能挣多少钱?"

"挣不了多少,我还在别的地方搬货,搬完货才来这儿卖鞋油。"

"真的是大学生?"

"……"

"给你介绍一份工作,你做不做?"顾宸打量着他那到现在都没抬起来的膝盖,然后又看了看他身上被洗得发白的裤子。

小黑抬头问:"给多少钱呢?"

顾宸笑道:"你怎么不先问要你做什么?"他接着想了想回答,"钱至少是你现在挣的三倍,但是要签一份合约,你至少要干一年。"

顾宸把小黑领到陆潆宁家前,先给他买了套新衣服,又请他吃了顿饭。

小黑狼吞虎咽地吃完饭,又瞧了瞧自己身上的衣服。顾宸去付钱的时候他没跟着,这件衣服的料子穿着很舒服,但是又给他买衣服又请吃饭的,还要签合约,这到底是份什么工作!

饭后,顾宸带着小黑去了一个环境很好、封闭性很强的小区,里面都是独栋的套房。

顾宸拿出钥匙开了门,和小黑走了进去,房里面亮着灯。

里面的人估计也是听到了门响,大约又过了一分钟,卧室的门被打开了,出来了两个人。

小黑呆站在那里,看见那张熟悉的脸一时间还有些回不过神——那人是肖洺!他在送餐的时候有位客人点的饮料包装上印的就是肖洺的脸。

后面的那人小黑不太熟悉。他已经好久没看过电视,也不怎么关注娱乐新闻。

但是那张脸更加出色,是一种很抢眼的英俊,鼻梁高挺,嘴唇的形状很好看,有点儿不笑自弯,显得整个人有些温柔。

肖洺看见顾宸来了,还有些吃惊,又叫了一声:"顾哥,你来啦。"

顾宸"嗯"了一声。

这时候一直没说话的陆潇宁从桌上拿起来一杯冰水,大半杯下肚后才转头看着坐在那里的顾宸,又看了看站在旁边的小黑。

顾宸顺着他的目光看过去说:"给你找的新助理。"

陆潇宁把目光落在小黑身上,然后问顾宸:"什么情况?非洲兄弟?"

如果那天的顾宸能够料到陆潇宁和小黑后来会有那么多恩怨纠葛,他一定会在这天买两瓶小黑的鞋油,然后让小黑走,而不会把小黑带到陆潇宁身边。

然而命运的线总是让人看不见摸不着,绊人手脚,也拖人向前。

陆潇宁很难伺候,这个认知在小黑任职陆潇宁的助理一个星期不到的时间里就变得格外清晰。

就像在此刻,深夜两点半,小黑跑了西城区的三条街,终于在一家夜市买到了陆潇宁要吃的麻辣小龙虾。

他满头是汗地提着小龙虾,站在陆潇宁住的地方的门前,按了三声门铃,却没人来开门。

小黑拿出手机给陆潇宁打电话,也没人接。

手机上面显示,陆潇宁给他发短信让他去买小龙虾送来的时间是半夜一点半。

小黑看见里面还亮着灯,犹豫片刻,接着按门铃。

陆潇宁在卧室的床上蒙着头睡觉,被坚持不懈的门铃声吵醒。他的手机不知道什么时候被甩到了床下,开了静音,屏幕亮了一阵又暗下去了。

他烦躁地一把扯开被子,完全将他给小黑发短信让小黑去买小龙虾的事抛在脑后,怒气冲冲地趿上拖鞋去开门。

因为刚起,他的头发有几根不听话地支棱着。他皱着眉头暴躁地打开门,看见门外是顾宸给他新找的呆呆的新助理,顿时没好气地说道:"你有病啊!你知道现在几点吗?"

小黑手里提着麻辣小龙虾,有些油渍还沾在了他的手上。他面对着陆潇宁那张暴躁的脸,不太自然地攥了攥手,然后鼓起勇气说:"可是……可是是你说要吃小龙虾……让我去买的。"

被小黑这么一提,陆潇宁似乎想起来了。他把目光往下移,落到小黑手里提着的打包塑料盒上,闻到了从那里散发出的麻辣小龙虾的气味。

陆潇宁收敛了一些脾气,转身往里走:"那还不快进来?这都几点了,你的动作也太慢了。"他对自己刚才吼小黑、骂人家有病的事没有丝毫歉意。

小黑跟着陆潇宁进屋了。

陆潇宁被吵醒的起床气在吼了小黑又闻见小龙虾的味儿之后也消散了不少。

他去卫生间洗漱,用毛巾擦了擦脸,然后从卧室里走出来,看见小黑已经把小龙虾的壳剥好了,一次性手套上沾满了麻辣红油。

陆潇宁情绪不明地哼笑了一声,说:"你倒是会伺候人,顾宸给你开了多少工资?"

顾宸不知道是怕小黑走,还是看出来他缺钱,给他提前打了一笔钱。

小黑算了算,看起来像是预付了三个月的工资。

小黑思索着,没回答陆潇宁。

但是陆潇宁看着也像是随便一问,并不是真的想要个回答。毕竟他并不关心这些。

以前顾宸给他找来的那些助理,有的人他连脸都没认清,就已经受不了辞职了。

陆潇宁现在的注意力都被面前那盘摆好的小龙虾虾仁吸引了,他拿起旁边的钢叉戳了三个虾仁。

小黑看陆潇宁开始吃了,把剩的最后一点儿小龙虾的壳剥完,把桌上的垃圾收掉,去厨房洗手。出来以后他又把陆潇宁放到沙发上的衣服都收了起来,放进洗衣机前的大篮子里。

陆潇宁从冰箱里拿了瓶酒,加了半杯冰块,吃着小龙虾眯着眼看这个新助理忙前忙后。

等到陆潇宁吃完小龙虾,小黑把盘子收到了厨房去洗。

厨房里有很多用具看起来很高级,他不太会用。陆潇宁第一次让他做饭的时候,他摸索了很久,挨了一顿骂。

他洗完盘子,出去看见陆潇宁正在启动客厅里占据了半个墙面的屏幕,一只手拿着游戏手柄。陆潇宁这是要打游戏了。

小黑努力减少自己的存在感,收拾完东西顺带提了两袋垃圾出去。

小黑走到门口的时候,听到陆潇宁突然出声问了一句:"你叫什么来着?"

小黑已经伺候这少爷半个月了,陆潇宁这时候却还连他叫什么都不知道。

陆潇宁甚至问话的时候目光也紧紧地盯着屏幕,手里攥着游戏手柄。虽然他没有看小黑,但是房间里又没有其他人。

小黑拎着两包垃圾,走到了门口停下来,回答道:"我叫陈淼,叫我小淼就行。"

少爷对陈淼的工作还算满意,仰倒在沙发上轻轻"嗯"了一声,继续投入到游戏中去了。

走出门的陈淼看了一眼手机,半夜三点四十分。自从换了这份工作,他就开始过上了这种昼夜颠倒的生活。

陆潇宁刚拍完一部剧,跟女主角传出了一些绯闻。而他本来也想歇一阵,顾宸便给了他一个月的假,最近假期也已经快到尾声了。

听说新的剧本已经被送到陆潇宁手里了。

陆潇宁一直不参加综艺节目,除了演戏、参加一些新剧的宣传会之外,别的活动他都会拒绝。他一直说自己想做的是演员,而不是明星。

他出道不到两年,其实在同时期的一众男星中,他的演技也不算顶尖,但是他那张脸太出色了,刚演戏的时候演配角,把男主角衬得像位路人。

导演就说,在陆潇宁演技不到炉火纯青、能表达出很深层次的东西的时候,长这样一张脸其实会比较吃亏——观众先看到的会是这张脸,再去看演的是什么。

陆潇宁的脸十分俊美,很夺人眼球。

而这样演技不算上乘,从不参加综艺节目,不唱歌、不跳舞,也没有微博,出道不到两年的陆潇宁却只想演戏,并且手里还能源源不断地接到戏拍。

公司的高层其实很为难,圈里人都知道这位是陆安凌的独子。陆家这么大的家业,陆安凌对他这儿子跑出来演戏的态度一直不明朗,明面上没反对,却也没有任何要支持的意思。

高层的人怕陆潇宁不火,陆家那位不高兴;又怕他真的被捧起来火了,到时候不愿意回去。陆安凌这么些家业难道要给别人?

听说父子俩因为演戏这事闹得不愉快,都很久不说话了。

铭盛娱乐接了这块烫手山芋,捧也不是,不捧也不是。

好在陆潇宁很有想法,除了演戏,别的事一概不理。于是公司只要能给他戏演，少爷再挑挑剧本，让他高兴就行。火不火的，陆少爷本人也不那么在乎。

于是除掉陆少爷闹出来的一些新闻需要公司抽空帮他处理，以及他对剧本过于挑剔之外，别的也没什么事了。

铭盛娱乐的顾宸是带出来过两个影帝的人，结果在带陆潆宁之后忙得像个老妈子。

陆潆宁是真的太不配合，顾宸跟上层反映过几次皆无果之后，才慢慢琢磨过味儿来，也不再强求什么。

陆潆宁以后能不能演好戏，能不能拿奖，全凭他自己的造化。

临近深秋。

陈淼骑着一辆自行车拐进他住的那片出租房的街口，四周安静得出奇，只有他屁股底下的自行车在"咯吱"作响。

自行车是他花一百多一点儿的价格买的二手车。他骑第一天的时候自行车的轮胎就破了一次，紧接着第二周又换了个车闸，林林总总算在一起，差不多花了他二百块钱。

尽管这些年来陈淼对危险的警惕性已经得到了提高，但是这次还是有些防不胜防，他认为自己可能是最近真的过得有些安逸了。

陆潆宁虽然难伺候，但是给的工钱够高。陈淼把包里的那些鞋油都还给隔壁大哥的老婆了，尽心尽力地为陆潆宁工作。

那张工资卡里的数额，甚至让他轻轻地放松了一口气，虽然只有一点儿而已。他以为一切已经开始在往好的方向发展了。

至少有五六个壮汉突然从路的两旁围了过来，陈淼来不及停下车就被人用棍子从自行车上赶了下来。

陈淼的脑子里"嗡嗡"叫，像是有数百只蜜蜂围绕着脑袋飞舞。他只能本能地抱住头。钢棍抡在身上的闷响在这片寂静的偏僻小道上听起来分外瘆人。

陈淼蜷缩起身体，抱住脑袋，强忍着不发出声音。他知道这个时候越是痛叫出声，反而越容易招打。

他的四肢被打得都快没什么知觉了，五脏六腑似乎都移了位，连呼吸都伴随着阵痛。在被一个人一脚踹向腹部的时候，他的喉头一甜。他咽下那口腥甜唾沫，语气破碎地艰难出声："别打……别打了……喀……你们真把我打死，就真的一分钱也拿不到了。"

一直站在一旁没参与这场殴打的人穿着一件黑色的短袖，指间夹着一根抽了一半的烟，这个时候才轻轻开口："行了。"

那群人这才停下了动作，微微散开。

那男人慢慢走过来，陈淼的视线模糊一片，他只能看到黑暗中模糊的人影，还有那一明一灭的红色光点。

那男人抬起脚，踢了踢死尸一般的陈淼，嘲讽地说道："跑？你以为跑到这里来我们就找不到你了？"

陈淼发出一声很压抑的抽气声。哪怕这人的力道比刚才那些人已经轻了不少，但还是牵动了他身上的伤。

陈淼挣扎着说道："不是……不是想跑，我是想来大城市，这里挣钱的机会多一点儿……"他低咳一声，喘着粗气说，"也好……也好尽快还清你们的钱啊。"

那人听罢，对陈淼的这番狡辩感到好笑。他蹲下一把拽住陈淼的头发，嘴里的烟气扑到陈淼脸上，冷冰冰地说道："我不管你这些，你要知道我们到哪里都可以找到你，再给你三个月的时间，如果你还是还不上，别怪我们到时候不留情面。"

钢棍在地上拖动的声音响在陈淼的耳侧。他眨了一下眼，看到前方半坏不坏的路灯彻底熄灭了。

他躺在那里，四肢都快没了知觉。

陈淼请了三天假，说是身体不适。

陆潇宁直接没回这条信息。

三天未到，两天过后的晚上陈淼就又收到了陆潇宁的信息，让陈淼过去给他做饭。

下午三点钟,窗外乌云密布,空气沉闷,天色昏暗。不过可能是秋天的缘故,刮起来的风倒是透着凉意。

陈淼的伤大多在身上,因为他死命抱着头,脸上只有一些擦伤。他肤色较深,其实看起来伤并不大明显。

比起第一次被这群人逮到,被暴打一顿后躺了一周,他现在很有经验,已经学会怎样挨打能减少对身体的伤害。

陈淼去超市买了些菜,去了陆潇宁家。进门的时候,他看见陆潇宁跟肖洺正在说话。

陆潇宁听到声音,抬起眼帘看了他一眼。

陈淼做的饭菜的味道算还行。陆潇宁嘴挑,陈淼在此又下了不少的功夫。

陈淼看见肖洺还在这里,于是做了两人份的饭。

他是不上桌吃的。陆潇宁和肖洺吃饭的时候,他就在沙发那边拖地,顺便整理他两天没来就又变得乱七八糟的茶桌。

肖洺像是为了缓和客厅沉闷的气氛,故意挑话题似的说:"你们家这新助理的手艺可以啊,这鱼烧得挺厉害的。"

陆潇宁没有夹鱼,视线在陈淼身上一落又很快转回来。

一般陈淼烧这种鱼的时候会先挑出刺,而这天他显然没打算过来挑。

陆潇宁敷衍似的说:"那可不是?顾宸找的那几个助理,可就数他最称职。"

他其实对陈淼还算满意。陈淼这人话少,干活儿利索,虽然人看着有点儿呆,却也省事、省心。

肖洺又嘻嘻哈哈地没话找话说了一通,陆潇宁没怎么接话,让陈淼过来开了两瓶酒。

肖洺吃过饭之后没有过多逗留。他起身要离开的时候还跟跄了一下,显然是一副喝多了的醉态。

肖洺走到门口，扯着嘴角，跟陆潇宁打了声招呼，拿着车钥匙就要走。

陆潇宁只是轻微点了一下头，再没说别的什么话。

倒是陈淼在听见一声门关上的声响之后，才骤然回神，把拖把拿到了一旁。脚底下那块地被他拖了快十分钟，已干净得反光。

他开口犹豫地说道："肖洺喝多了酒，不能开车，万一出什么事……"

陆潇宁抬头看了他一眼，眼神有些不耐烦，不知是嫌陈淼多事还是嫌肖洺麻烦。

陈淼错开险些跟陆潇宁对上的视线，继续说："万一出了什么事，被拍到也不好。"

"你去开车把他送回去。"陆潇宁最终脸色冷漠、语气冰冷地说道。

陈淼这时候赶忙开门追了出去。肖洺正在发动汽车，他急忙拍了拍车窗，让肖洺停下来。

肖洺听见声响，降下了车窗，有些疑惑地看着陈淼问："怎么了？陆哥还有事？"

陈淼伸手拉开了车门，说："陆先生说您喝多了酒，让我开车把您送回去。"

陈淼看着肖洺动作缓慢地从驾驶座上出来，有些站不稳的样子，于是伸手扶了一把。

肖洺坐进副驾驶座，盯着车前窗发呆。

陈淼问了目的地，把车开出陆潇宁的小区。

车速十分平稳，狭窄的空间里，气氛一时有些沉闷，陈淼也觉得有几分压抑。

陆潇宁在家里洗完了澡，出来发现陈淼还没回来，客厅里的餐桌也没人收拾。

又过了四十多分钟，陈淼才回来。

穿着浴袍的陆潇宁打量着陈淼,蹙眉说道:"你还跟人打架?"

陈淼已经在陆潇宁家忙活了一晚上,结果陆潇宁到现在才发现他脸上的伤。

陈淼摇了摇头说:"不是的,前几天不小心摔的。"

陆潇宁倒也不是真的关心他,只是随口一问,然后又跷着腿吩咐道:"把东西收拾一下,明天晚上我们就出发了。"

于是陈淼就去给陆潇宁收拾行李。因为去的地方是山区,他想会有些冷,于是拿了几件厚衣服。

陆潇宁进屋看着他收拾,嘴里不时说着:"不要那件,拿出来。"

"拿着柜子里倒数第三件。"

"那双鞋也不要。"

…………

陈淼最后给陆潇宁收拾出来两大箱衣物。

第二天深夜,陈淼身上背着包,两只手推着两个行李箱走出了陆潇宁的家。他只有背上那个以前装鞋油的破书包里装的那么一点儿物品。

陆潇宁戴着墨镜和口罩,深夜带着他奔赴了机场。

陆潇宁发现陈淼最近越发称职了,心细了很多,很多事情已经不用自己开口说,只需要一个眼神他就能知道自己想干吗。

也不是说陈淼以前工作不用心,但是最近比以前更加周到了。

慢慢地,陈淼开始不再拘谨地叫陆潇宁"陆先生"了,开始像肖洺一样叫他"陆哥"。

山区的条件有点儿艰苦,陈淼明显感觉山里比山下阴寒得多。

这部古风仙侠剧的导演极爱实景拍摄,这处的选景也是经过了多方考量后选定的。

这部剧是个古风仙侠的题材,原著作者亲任编剧,前阵子刚获得最佳新人演员奖的叶赫做男主角,陆潇宁为男配角。

原本顾宸还因为这个男主角的角色跟导演争取过一番。但是因为叶赫刚拿了奖，演技也算得到了认可，人气正旺，而陆潇宁惹出的麻烦都不够顾宸处理的。综合考量后，导演认为叶赫的形象更适合男主角。

陆潇宁本来因为这事很是气恼，但又不想放弃这次的机会。这样的大IP剧还未开拍，已经有原著粉开始造势；叶赫最近风头正盛，自身又带有这么多流量；加上导演又是极具口碑保障的任栖。

陆潇宁最后还是没狠得下心放弃。他能感觉到，他这一秒放弃，下一秒就会有无数人挤破了头也要来抢这个角色。

而且男配角的戏份其实很多，这部剧几乎可以说是双男主剧。

陈淼拿着新的智能手机，快速地浏览《浮玉》的相关信息。

山间清晨，空中似乎弥漫着一层散不开的雾气。已是深秋季节，陈淼套了一件厚卫衣，站在外面还是觉得有些冷。

他看着陆潇宁穿着一袭白衣从远处竹林的白雾中走出。

陆潇宁原本皮肤底子就好，脸上的妆容很淡，不过是几步之遥，却始终给人一种无法靠近的疏离感。那种清冷高贵的气质，哪怕是挑剔的任栖此刻都没办法挑出什么毛病来。

叶赫在剧中饰演的是一位天真烂漫的少年，有着得天独厚的家世，父母都十分宠爱他。

而不知从什么时候开始，父母的脸上开始出现了愁容，尽管他们尽量不在他面前表现出来，但是他还是敏锐地察觉到了一些不对劲。

他一开始只是单纯地以为是家里的生意出现了问题，却没放在心上，总觉得他们家这么大的家业，就算是做生意赔个精光也得要好长一段时间呢。

直到他的父母、亲人开始接连在一年间离奇遇害，连他的兄弟姐妹也相继遭遇不幸。金枝玉叶的小公子不仅活在一种巨大的悲愤和痛苦情绪里，更是时刻恐惧不安。

在一次上元节合家欢乐的时刻，他却已经没有家了，他流着泪，拿着从小伺候他的奴仆塞给他的盘缠，趁着人多混出了城。

初次离家的小少爷以前不问世事惯了，不过几天的工夫，那点儿盘缠就被人骗了个一干二净。他饿得跟路边的小乞丐一起抢馒头，结果没人家身强力壮，还因为占了人家的地盘被暴打了一顿。

小少爷含泪上山啃树皮，饿得站不起来，在竹林里倒下的时候看到了穿着一袭白衣的贵公子。那人潇洒俊逸，令他一瞬间以为自己见到了神仙。

他拼命拽住飘过他眼前的一片洁白无瑕的衣摆，泪糊了满脸，说他不想死，求神仙救救他。

然后小少爷的头顶传来了清冷的声音，透着股不悦之意："你把我师父刚给我洗的衣服都弄脏了，把手松开。"

这场戏拍的是两个人的初遇。

接下来就是小少爷死缠烂打地抱大腿，跟刚下山历练的修为深厚的高人首徒一同经历挫折、苦难，一路打怪升级、搜集线索的故事。

陆潇宁戏里端的是一副清冷高贵、不要别人多管闲事的姿态。可把这一段戏拍完，他就开始摆着臭脸发脾气，嫌弃这嫌弃那的。剧里发的盒饭，他只用筷子夹了一口就吐了出来，直让周围的几个工作人员连带着正在一口口吃盒饭的叶赫都是神色一僵。

不过他们早就听闻这位陆少爷演技不怎么行，脾气倒是数一数二的，爱耍大牌。

陈淼在一旁急出了汗。陆潇宁晚上还有场戏要拍，还要吊威亚，这时候不吃饭怎么能行？

后来为了应付陆潇宁那张挑剔的嘴，陈淼每天跑下山去山下的农户那里给陆潇宁开小灶，煮了排骨汤用保温桶给他提到山上去。后期发展到顿顿都要炒几个小炒，做一个汤带上山去。

这可惹得剧组其他人眼红，叶赫的助理眼睛瞥了几次，不满地跟叶赫低声说了句什么话。叶赫听罢脸色不好，抬手让助理不要再说了，想来也不是什么好话。

对陆潇宁在剧组的这副做派，导演倒是一副视而不见的姿态。任栖只觉得他不耽误剧组拍摄进程、演技过得去就行。

陆潇宁自己也不愿意特意跟剧组里的其他人处好关系。

导演导的是戏，总不会还要去指导他这么大一个人如何处理人际关系。

陆潇宁用完餐，小口喝着陈淼给他煮的鸡汤，觉得陈淼的手艺可以说是被磨炼得越来越好了。

剧组从一个山头拍到了另一个山头，从深秋拍到初雪，整部戏的山林外景快要拍完了。

别说是陆潇宁，就是陈淼也是第一次在山上过冬。

陈淼当时帮陆潇宁收拾的那几件厚衣服还被陆潇宁挑剔地拿了出来。

山里的温度更低，这雪一下，气温骤降。

陆潇宁穿的还是戏里那一身单衣，一袭白衣的样子飘逸得过分，端着一张冷若冰霜的脸。只不过陈淼看到他那原本白皙的手指，指尖已经被冻得通红。

陈淼弄了两个暖手宝在候场区充电，看到陆潇宁拍完这场戏，赶紧拿着迎上去。

陆潇宁或许是真的被冻着了，脸色都有些发青。他看着那带着花花绿绿图案的暖手宝，连那些挑剔的话都没说，用稍嫌弃的眼神看了陈淼一眼，就把双手伸进去了。

陈淼往他身上披了件厚的棉大衣，就这么裹了一小会儿，还没暖热呢，就又要掀开了。

刚暖出来的热和劲儿一下就散开在冰冷的空气中，这么一掀开，感觉更冷了。

任栖这段时间赶进度，催得紧，怕再磨蹭就下大雪封山了。外景的拍摄工作本就接近尾声，这几天大家伙儿更是要加班加点。

陆潇宁戏外的脾气大，但是进入戏里的角色后就没那么多事了，算是敬业。

陈淼忙得差点儿一个人分成两个。

山上有雪，路滑，他的速度慢了些，回来的时候他看见他贪便宜买的两个暖手宝竟然炸了一个，连带着插板上的线都被烧得黢黑，冒出刺鼻的气味。另一个倒是没炸，但是伸手摸上去一片冰凉，压根儿没充上电。

但是看这架势，就是能充上电，估计暖手宝也要炸。

搭在这里的帐篷跟今天拍摄的地点有些距离，陈淼深一脚浅一脚地往那边赶着。

陈淼到拍摄点的时候正看见陆潇宁一个人孤零零地披着件黑色的厚棉衣，双手抱胸倚着后面的枯树，眼睫毛上都结了一层霜，嘴唇都没什么颜色了。

陆潇宁跟剧组里的人相处得不好不是一天两天的事了。他成天端着一张谁也瞧不上眼的脸，除了会给导演面子，跟其他人见面他连声招呼都不带打的。

陈淼看着那边一片其乐融融的景象，剧组里的人们正在分烤红薯吃，叶赫坐在最中间。

叶赫伸手掰开一个烤红薯，里面橙红色的芯露了出来，冒着热腾腾的诱人气息。

叶赫笑着转身递给身后的助理半截烤红薯，那张年轻漂亮的脸上挂着亲和的笑容，还招呼着那边的摄影大哥也来一个。

那边的热闹景象跟陆潇宁这边一个人倚着枯木的孤苦景象形成了鲜明的对比。

陆潇宁看见陈淼来了，动了动僵硬的肢体，看了他一眼。

结果看见陈淼没动，陆潇宁再打量他一下，发现他竟然两手空空。

陆潇宁也不知道怎么称呼那两团暖烘烘、毛茸茸的玩意儿。他这会儿手都快被冻得没知觉了，想到自己在这里冻了半晌，声音透露出一股极度不悦之意："那东西呢？"

陈淼一咬牙走过去，然后说："陆哥，暖手宝炸了，我晚上下山再去买。"

陆潇宁听罢，面上倒是不显怒意，甚至很缓慢地勾起了嘴角，露出了一个似笑非笑的表情，看得陈淼心里有些发毛，又无端觉得好像在哪里见过这个眼神。

但是陈淼来不及细想在哪儿见过，陆潇宁就又要开始拍戏了。

傍晚下了场大雪，把山路都堵了，好歹这天算是拍完了最后一场外景的戏。

但因为外景的戏已经拍完，大家心里松了一口气，虽然不能立刻下山，但是在山上清了片雪，搞了场篝火晚会。

陈淼跟着工作人员搭帐篷、清雪，发现分给他和陆潇宁的只有一顶帐篷。

他犹豫着开口问了一句，那人却说只准备了这么些，让他跟陆潇宁睡一顶帐篷，说叶赫也是跟助理住一起，两个人共用一顶。

陆潇宁似乎也觉得这段时间拍摄得不容易，这天的篝火晚会任栖亲自邀他，他难得给面子地点了头，喝了不少酒。

晚上陆潇宁回到工作人员给他指的那顶帐篷前，看见里面亮着灯。他走进去，看见狭窄的帐篷内陈淼也在。

陈淼看见他进来，于是解释道："陆哥，这边没暖气，两人住一顶帐篷暖和。"

陆潇宁声音冰冷，显然是想要发火："滚出去。"

陈淼挣扎着说："可是，我们只有一顶帐篷，我没有别的地方去。"

"滚出去！"陆潇宁重复了一遍，语气也比第一遍重了许多。

陈淼心里哆嗦了一下，于是动作很快地披上外衣，麻利地出去了。

陈淼出来之后蹲在了帐篷门口，正巧碰见了过来给他送另一床被子的工作人员。人家看他蹲在门口，问他怎么不进去。

陈淼接过被子，礼貌地道谢。他又不能说是被陆潇宁赶出来的，于是说道："里面闷，出来透透气。"

只隔着一层薄薄的帐篷，陆潇宁的一声轻笑传了出来。

陈淼对着那人尴尬地笑了笑，然后抱着被子披在身上不说话了。

厚雪覆盖在树上，天黑得也不透彻，透着股蓝。陈淼就在帐篷口裹着被子，望着已经只剩下些火星的篝火出神，恍惚间终于想起来自己到底是在哪儿见过陆潇宁这天在枯树前望着自己的眼神了。

那是他在老家小镇里见过的，几个顽童用石子砸村头那只脏兮兮的流浪狗，发出阵阵哄笑时的眼神——那是一种未经苦难的单纯又天然的恶意。

山区里的信号不太好，陆潇宁刷着手机，有时候会出现一些卡顿，这个时候他就会抬起头看看帐篷外陈淼像是小山丘一样的影子。

他想再过一会儿陈淼肯定会来求他，毕竟山里夜间很冷，没有挡风保暖的帐篷的话，不是很容易度过。

帐篷外的陈淼确实很冷。他用力裹紧了棉被，连脑袋都裹了进去，将自己缩成一团，但还是觉得冷。

那种无孔不入的寒气，从地面、从寒风中、从空气里侵蚀着他。他的双腿几乎都被冻麻了，有种难以忽略的刺痛感。

他过于专注地抵抗着这种寒冷带来的痛苦，都没听到有人靠近的脚步声，直到他的棉被被人轻轻地拍了两下。

陈淼还以为是陆潇宁，于是动了动僵硬的臂膀，把棉被扯开，结果竟然看到叶赫和他的助理。

那助理看起来年纪不大，见真是陈淼，嘴角露出一个幸灾乐祸的笑容来，说："哈哈哈，当真是你啊，你这陆大少爷的得力干将怎么搞的啊？刚才听人说你在帐篷外，我们还不信呢。"

陈淼想那个人可能是刚才过来给他发棉被的那位工作人员。

叶赫这时候给了旁边的助理一个胳膊肘，示意他别再说了，然后弯下腰去问陈淼："你要不要去我们的帐篷里？虽然挤了点儿，但是总比在外面强。"

他摸了摸陈淼那床棉被,发现表面已经有一块被风吹过来的碎雪打湿了。

"你这样,明天肯定会被冻病的。"叶赫总结一般说道。他这么说完,然后状似不经意地看了一眼陈淼身后的帐篷。

这样近的距离,陆潇宁根本不可能听不到外面的声音,里面却没有传来什么动静。

陆潇宁这会儿也不盯着信号时好时不好的手机看了,而是望着帐篷上那座小山丘似的影子。

他其实是不大信陈淼敢跟叶赫走的。毕竟他跟叶赫在剧还没开拍的时候就因为男主角和男配角的事情有些不对盘,陈淼要是敢走,就是不想在他这里混了!

陈淼沉默了一会儿,结果陆潇宁竟然听见他说了一声:"好,谢谢你。"

小山丘慢慢变高了,然后渐渐消失不见了。

外面是三个人渐行渐远的脚步声,还有那聒噪的助理不停地"叽叽喳喳"的声音:"喂,你睡觉不打呼吧?别吵到我们啊。

"你只能睡靠着最外面的那里,你知道吧?

"你怎么这么黑啊?以前是挖煤的吗?"

…………

最后陆潇宁就什么声音也听不见了。

帐篷内的陆潇宁脸色彻底黑了下来。陈淼没有按他预料中那样拒绝叶赫的邀请让他十分不满。

他最后泄愤一般把那信号时有时无的手机往远处丢去,钻进被窝里闭上了眼。

第二天一早,陈淼为了避免一些不必要的尴尬场面,非常早就起了床。要是让外人看见他明明是陆潇宁的助理,却从与陆潇宁不和的叶赫的帐篷里出来,那可真的又要惹出一些麻烦了。

陈淼起来的时候,叶赫跟他的助理还没醒。他一个人从帐篷里钻出来,发现外面天还没亮。

可能是下雪了的缘故,外面到处白茫茫一片,微弱的晨光一照,远处的白雪都似在发光。

陆潇宁是这群人里最晚起来的。外面收拾行李的声响连成了一片,他才睡眼蒙眬地从帐篷里钻出来,脸上依旧没什么表情。

陈淼凑过去,有些局促不安地叫了声:"陆哥,我……"

陈淼话还没说完,陆潇宁就像是没有看见他一样,直接从他身边目不斜视地掠了过去,活像他是一团看不见的空气。

陈淼张了张嘴,最终还是没说一句话,跟在陆潇宁身后。

剧组的早饭都凉透了,而且也是实在没人敢去叫陆潇宁起床,还有一部分人已经提前撤了。

导演安排了人过来把他们送到机场。

陈淼起得这么早,没有其他事做,照例下山去给陆潇宁做了饭。

山路上的雪被一些伐木队的人清了大半,这让陈淼下山时容易了一些。

结果等陈淼双手捧着保温桶递到陆潇宁面前时,陆潇宁却依旧冷着脸不去接。

陈淼局促地又将手往前伸了伸。陆潇宁眉头一皱,伸手一把推开了他,冷冰冰地说:"烦不烦啊你!"

陈淼总会提前把保温桶的盖打开,然后才递到陆潇宁面前的,省得陆潇宁自己再动手开。

此时,滚烫的鸡汤就这么洒了一地,寒冷的空气中飘荡着食物的香气。

陆潇宁的声音有些高,再配上保温桶摔落到地上的声响,四周突然陷入一片寂静。

陈淼站在那里,一时间都不知道手脚往哪儿放了。

这时候突然传来一个温和的声音:"下面那一层是什么呢?我能尝尝吗?"

保温桶有三层，主食跟炒菜那两层都没撒出来，只有鸡汤被洒得一干二净，还能看见几块炖得香烂软糯的鸡肉。

陈淼还没从窘迫与无法平息陆潇宁的怒火的惴惴不安的情绪中回神，就听到了叶赫像是刚发现什么惊喜一般透着喜悦的声音。

"原来你也给我做了啊，我刚才都没看到呢。我可是馋陈淼你的手艺很久了，你怎么光给我们陆少爷开小灶呢？这么好的手艺不是应该让大家也尝尝吗？"他这么笑着说，伸手接过助理刚递来的饭菜，助理已经帮他分好倒进了碗里。

漂着细小油花的汤面上还撒着一些葱花，旁边碗里的鸡腿菇炒肉丝看起来也十分诱人。

陈淼看着叶赫，他脸上的笑容是这样真诚，散发着喜悦之意，看着陈淼的眼神也十分亲切，像是真的很感谢陈淼这天也给他做了饭一样。

陈淼确实是给叶赫也做了一份，那是感激他昨夜收留了自己一晚。

陈淼扣紧了保温盖，把保温桶放进叶赫的帐篷里。那样显眼的位置，叶赫应该一睁眼就能看到才对，怎么会到现在才发现呢？

又怎么是偏偏这么晚，等到陆潇宁起床了才刚好发现呢？

将有些失神的陈淼拉扯回来的是一声闷响，像是有什么东西撞上了陈淼身后的树干，击落了枝干上的积雪，雪"簌簌"散开了一片。

是陆潇宁直接一脚将那保温桶踹过去了。

结果那保温桶质量竟然出奇地好，下面两层扣得紧紧的，硬是没被踹开，只是凹下去了一块，在地上滚了两圈。

陈淼的脑子里一片空白，最后他听到的声音就是陆潇宁轻轻吐出来的几个字："你被开除了，陈淼。"

陈淼在原地愣了很久。

周围的人看起来都有手头要忙的事情，却总有一些若有似无的目光落到他身上，同情的，看笑话的，幸灾乐祸的……

但无一例外的是，没有人敢上来安慰他，同样也没有人敢过来嘲笑他。

跟陆潆宁有关的事情，旁人总不敢那么随便掺和进来。

陈淼是跟着剧组最后一批工作人员回去的。陆潆宁不点头，其他的人更不敢自作主张让他上车。

陆潆宁回到 H 市四五个小时后，陈淼才到达。

陈淼内心其实是比较焦急的。他不知道事情怎么会弄成这样，跟没头苍蝇似的在自己的破出租屋里转了几圈，又查了查卡上的余额。

陈淼突然感觉心口像是压了一块巨石。在山区的时候条件虽然艰苦一些，他却远比在 H 市时过得轻松得多，那群催债的人总不能寻到那么远的山区里去。

可现在他回来了，而且……

陈淼在自己的破床上抱着脑袋，最终还是决定去找陆潆宁。他已经收了顾宸三个月的工资，如果现在失去这份工作，不是要把这笔钱也还回去吗？

可是他已经还不回去了。卡里的钱只剩下五百多，是他留给自己的饭钱。

而且如果他没办法再为陆潆宁工作，那他要干什么呢？继续回餐馆送餐，或者去商场卖鞋油？

那挣的钱不够，远远不够……

陈淼一夜都没睡安稳，第二天天刚蒙蒙亮就起床了。

已是冬季，他裹紧了那有些磨损的棉衣，去了陆潆宁家。

这个点陆潆宁肯定还没睡醒，陈淼就蹲在门口等。

等天色大亮，陈淼就开始叫门，结果没人应他。

他不死心地按了几下门铃，终于在他的坚持不懈下，他面前的门迎来一声重击——是什么东西砸到门上的声响，然后是隔着门也能听见东西落到地上时的闷响，伴随着一声暴躁至极的"滚"。

陈淼慢慢收回手。他知道陆潆宁还没拍完戏，上午总要出门的。

结果没想到上午十点多了，陆潆宁的门才被打开。他的头发有些乱，他拿着车钥匙看都没看蹲在门口的陈淼一眼就去了车库。

陈淼站在门口，看着他的车一路疾驰出视野范围内，他连说一句话的机会都没留给自己。

陆潇宁当天迟到了很久，任栖在片场里指桑骂槐地发了一通火。

陆潇宁更是烦躁得要命，当天的戏重拍了好几次，弄到深夜才算告一段落。

他回来的时候陈淼已经不在了。他看着门口空荡荡的，还觉得陈淼的认错态度根本不够诚恳。

而此时的陈淼正在顾宸的车里挨训。

顾宸的脸色很难看。他接了个电话，过了十来分钟后，他的火气下去了一些，然后看着陈淼那副样子，将手里的钥匙递给陈淼，稍微放松了语气，恩威并施地说："这是陆潇宁家里的钥匙，你知道明天该怎么做吧？如果他明天再迟到，又或者说任导的电话再打到我这里，你就真的不用再干了。

"我知道陆潇宁脾气不好，人也难伺候了些，但是我给你开的工资，是不是比那些同行都高得多？"

陈淼点了点头。

顾宸又说："他只要认真完成工作，别的什么事你都顺着他些。"

陈淼说："我本来就都顺着他的。"

"那顺着他，你怎么会惹他这么生气？"顾宸这还是第一次听到是陆潇宁先要开除自己的助理，而不是助理先受不了要离职的，这时候想起来也确实觉得新鲜，有点儿好奇。

陈淼突然诡异地沉默了，像是被顾宸点醒，找到了症结所在。

而此时顾宸听见手机又响了起来。他看着半晌没点儿动静的陈淼，有些不耐烦地挥了挥手，示意其下车，用另一只手接通了电话。

陆潇宁这天早上很早就被吵醒了，睁开眼后听到客厅里有声音。他穿上拖鞋，随手披上睡衣推开卧室的门，就闻到了飘来的一阵饭香。

他看到围着围裙的陈淼正往桌上端着一碗皮蛋粥。

看见陆潇宁醒来,陈淼露出一个干巴巴的笑容,说了声"陆哥早"。

陆潇宁几乎要被气笑了,双手抱胸地看着陈淼说:"谁让你进来的?你从哪儿弄的钥匙?"

陈淼没有丝毫犹豫地说:"是顾先生给的。"

"那好,现在把钥匙拿出来放到桌上,然后出去。"

陈淼低头拍了拍围裙上蹭到的面粉,然后说:"陆哥,我们得快点儿了,今天可不能再迟到了。"

"你听不懂我说话是不是?我记得我已经说得很清楚了,你被开除了!"陆潇宁几步上前,一把拽住了陈淼的衣领,然后扯下他的围裙,把他往门口推。

拼力量陈淼自然是拼不过陆潇宁的,他被一路推搡到了门口。陆潇宁一只手拉开门,另一只手就要把他整个扔出门。

陈淼抓住最后的时刻一把拉住陆潇宁要关上的门,在陆潇宁要关门的时候挤进去半个身子,语气急切地说道:"对不起,陆哥,我以后再也不敢自作主张了,再也不敢给别人送饭了,我也不想着加薪了,我会好好工作的……你再……你再给我一次机会吧。"

陆潇宁扒拉陈淼的手顿了一下,然后他打量着陈淼那张似乎因为下定决心放弃了一件很重要的事情而稍显难过的脸,毫无情绪地问道:"真的?"

陈淼不舍地扒着门:"真的。"

陈淼跟陆潇宁勉强算是和好了。

这个勉强勉强在哪里呢?就勉强在陆潇宁虽然重新允许陈淼在他身边继续工作,但是跟从前完全毫无感情地把陈淼当工具人使比,他如今的行为几乎可以称得上是刁难。

"陈淼!这泡的什么茶?想烫死我吗?"

陈淼又赶紧跑着去换了一杯茶递给陆潇宁。

陆潇宁只喝了一口就又吐了出来,不满地说道:"太凉了,也太甜了,倒掉,重新泡。"

陈淼又跑出去重新泡。

然后是玻璃杯被重重放到桌面上的声音,以及陆潇宁迟来的话:"我不喝花茶。"

那以前那么多杯花茶都喝到谁的肚子里去了?

光是为了一杯茶,陈淼就跑得气喘吁吁。等到最后陆潇宁去拍戏了,他才得以解脱。

而到了吃饭的时候,陈淼做了饭带过来,陆潇宁只垂着眼皮扒拉了两口就放下了筷子,说:"太咸。"

陈淼又打开旁边的汤,往他面前推了推。大冬天的,陈淼出了一脑门儿的汗,活像是在哪儿蒸了桑拿刚出来。

陆潇宁喝了一口汤又挑剔地说道:"太腥了,我喝不下去。"

陈淼疑惑地说:"以前也是这么做的,你还说好喝。"

陆潇宁充耳不闻,又像是发现了陈淼的什么不可原谅的错误似的,用筷子挑起碗里的一根鱼刺,蹙眉道:"你竟然没把刺剔干净!"

"剔了的,剔了的,可能这一根是不小心……"陈淼在一旁急得要命,弯着腰解释。

"我怎么知道你到底是不小心的还是故意的?"陆潇宁挑着眉,把那根鱼刺又丢了进去,说,"不想吃鱼了,你去给我烧个鸡块。"

这样的刁难行为持续了大约一个星期,陈淼都瘦了好几斤。大冬天的,他穿着一件破旧的黑棉袄,手腕子在袖子里面显得很细。

这天拍戏结束得晚,陆潇宁结束的时候都快半夜十二点了。他在休息室里往外望了一眼,没有看见陈淼的影子。

以前陈淼都提前在这里等他,收拾收拾东西,再当司机把他送回去。

这天的晚饭陆潇宁都没吃,又让陈淼去给他重做了,结果到现在他都没见着人。

这就受不了了?

他还以为陈淼能坚持多久呢。

陆潇宁坐在休息室里,跷着二郎腿,沉着脸,在那里不动。

陆潇宁想,他再给陈淼十分钟的时间,如果陈淼出现了,他就不计较陈淼今天的失职。

只可惜陆潇宁等了陈淼二十多分钟,都没见有人影出现在他半敞开的休息室门前。

陆潇宁心中突然有种说不出的烦闷感。他工作了一天忙到现在连口热的饭都没吃上,陈淼竟然敢一声招呼都不打就玩失踪!

陆潇宁听着手机里提示对方已关机的声音,脸色彻底黑了。他起身换了衣服,黑色的风衣外套更显得他的身材挺拔修长。他把围巾很随意地往脖子上一挂,就往外走去。

走出门陆潇宁才看到外面竟然在下雪。他敞着风衣,刚从开足了暖气的休息室里走出来,冷风一吹让他霎时觉得浑身冰凉。

他又想起来,陈淼今天没提前把外套用暖灯烤一会儿再给他穿。

而他这时候抬头,看到自己的车就停在不远处的路边,里面亮着灯。

陆潇宁快步走过去,在已经覆盖了一层薄雪的地面上踩出脚印,风吹得他没系好的围巾飘在空中。他冷着脸,一副气势汹汹的样子。

等走到了车前,陆潇宁看见陈淼坐在驾驶位上抱着保温桶睡得正香,脑袋歪在一旁,暖橘色的灯光照在他的脸上。

陆潇宁几乎要被气笑了,一巴掌拍在车门上,里面的陈淼突然被惊醒。

陆潇宁一把拉开车门,一股子冷气袭进车里。陈淼被这声响吓了一跳,手忙脚乱地还不忘先抱住他的保温桶,那样子真叫人以为他怀里是什么宝贝疙瘩。

陆潇宁仔细看了看,发现保温桶底下有道破损痕迹,像是他上次一脚踹到树上又滚下来的那一个,上面凹进去的那一块被陈淼弄了

061

出来。

陆潇宁这会儿都不知道要说什么好了。

陈淼眼里再无半点儿困意,一双黑白分明的大眼从下往上小心翼翼地瞅着陆潇宁。

陆潇宁沉声说:"你知道现在几点了吗?让你准备晚饭,你给我准备夜宵去了?"

陈淼连声道歉,又赶紧把保温桶掀开,说:"饿了吧,你快先吃饭吧,还热着呢。"

陆潇宁接过保温桶,看见那里面的粥果然还冒着热腾腾的气,寻思这保温桶的质量忒好了。

陆潇宁又说:"我在里面辛辛苦苦地拍戏,渴了、累了连个递茶的人都没有,你却躲在这里开着暖气睡觉?"

"对不起,陆哥,我下次不会了,真的对不起,我不是故意的。"陈淼又赶紧认错,"我只是……只是这段时间太累了。"

这段时间陈淼确实很累。陆潇宁这边任栖盯得紧,他每天拍戏都要拍到很晚,第二天陈淼还要提前起来给他准备早餐,叫他起床,晚上的时候又要把他送回家收拾好才能回家。

陆潇宁居高临下地打量着陈淼,看见暖橘色的灯光下陈淼的眼睫毛竟然还挺长。

其实陈淼长得不算差,却也并不出挑,脸上让人唯一印象深刻的就是那双眼睛,黑眼珠又黑又亮,看着人讲话的时候又爱咧嘴一笑,显得整个人很真诚。

陆潇宁看着陈淼,想着如果不是陈淼太黑了,那他的眼下应该有一片浓浓的青黑痕迹。

因为陆潇宁自己最近眼下就有了些淡淡的黑眼圈,化妆师今天还特意给他多遮了一下。

"凉。"陆潇宁冷不丁地开口说了句。

陈淼慌忙接道:"不凉的,真的不凉的,陆哥,你尝尝吧。"这个时候再回去给陆潇宁重做,他今晚就不用睡了,直接在那里等天微微亮时给陆潇宁准备早餐好了。

陈淼已经好多天没睡过一个好觉了。

他目露恳求之色地望着陆潇宁,陆潇宁在他这样的目光下慢条斯理地说道:"我说手凉。"

陈淼愣了一下,重复道:"手凉。"他那刚从睡梦中惊醒的脑子好像不太灵光似的,"哦,手凉……"这样重复了两遍,他才下了车,然后把暖气又调高了些,去后座翻找他买的暖手宝。

时间实在是太晚了,陆潇宁到底也是饿了,坐在车里用暖手宝暖了几分钟的手后,开始吃陈淼做的饭。

四周一片昏暗,只剩他们这里亮着车灯,照亮前方一片茫茫白雪,空中的雪花似乎比刚才大些了。

车里很安静,飘着一些饭菜的香气,暖气打得偏高,陆潇宁一会儿又嫌闷,把车窗降下来一些。

陈淼坐在驾驶座上,能听到雨刮器摩擦车前窗的声音,一层薄雪被擦去后很快又会覆盖上新的一层。

等陆潇宁吃得差不多了,陈淼把那保温桶收拾好后就开车送陆潇宁回家了。

陈淼把车开得很稳,路上的雪越下越大,陆潇宁终于把车窗关上了。

到家的时候已经快到半夜一点了,陆潇宁回家换了鞋,往里走,等倒了杯热水回来,发现陈淼还在客厅里没走。

他抬了抬眉毛,问:"有事?"

陈淼犹豫一瞬,然后说:"陆哥,我能不能在这里的沙发上睡一晚?外面雪下得太大了,我明天早上还要给你做早餐,时间已经这么晚了……"

陆潇宁把喝了一半的热水放到了桌面上,脸上没什么表情地说:"想留下来住也不是不行,但是你知道什么该做、什么不该做吧?"

陈淼连连点头说:"知道的,知道的。"

于是陆潇宁就没再说什么,起身回了卧室。

卧室里的门没关紧,陈淼听到里面传来一些稀里哗啦的水声,应该是陆潇宁在洗澡。

陈淼将陆潇宁家客厅的窗帘拉上,将那一片白茫茫的大雪遮盖住。

室内温度是二十六摄氏度,陈淼躺到了沙发上。沙发很宽大,也很软,比他的小破床舒服了不知道多少。

在陈淼迷迷糊糊快要睡着的时候,身上突然被甩过来一团什么东西。

陈淼一看,是一条薄毯,再往陆潇宁的卧室门口望去,那门已经被关紧了,然后还听到了一声落锁的声音。

陈淼苦笑,然后裹紧了外套,缩在沙发上不动弹了。

这可以说是陈淼入冬以来睡过的最舒服的一次觉。他的出租房实在太阴冷了,又很潮湿,每每他回去摸摸他唯一的一床薄被,都觉得上面有很冰冷的驱不散的寒气。

他经常在夜里被冻醒,醒来的时候觉得身上都是凉的。

第二天陆潇宁很反常地早醒了。在陈淼过来敲他的门之前,他就已经醒了快有二十分钟了。

陆潇宁洗漱完出来,走到餐桌前正好看见陈淼端上来的一盘煎蛋。一共有两个煎蛋,周围的蛋清有些焦黄,散发着诱人的香气。

陆潇宁看着对面的陈淼,用叉子把煎蛋从中间划烂,然后用叉子叉起来,送进了嘴里。

陈淼看着他非把那煎蛋划个稀烂才叉起来吃,以为他不喜欢吃,于是后来就很少给他做煎蛋了。

快到年底了,因为演员都还算敬业,任栖又催得紧,所以拍摄进度赶得很快。眼看拍摄工作已经快要到尾声了,剧组更是加班加点。

而这样直接导致陈淼在陆潇宁家留宿的次数也增加了。

或许得益于陈淼第一次安分守己的表现，陆潇宁对他留宿在客厅里的事也没多说什么，对每天早上走的时候在自家沙发上看到叠好的方方正正的蓝色小薄毯也开始见怪不怪了。

陈淼的头发长长了。中午他消失了一会儿，下午陆潇宁再见到他时，看到他的头发剃得都快贴着头皮了。

陆潇宁皱着眉问他："这是谁给你剪的头发啊？"

陈淼的一张脸上就只有一双大眼显眼了。他那张黑黝黝的小脸，加上这么短的头发，显得整个人虎头虎脑的。

陈淼听见陆潇宁问，有些不好意思地摸了摸自己的脑袋，说："我自己。"

陆潇宁不明意义地笑了一声："你还有这手艺呢？"

陈淼是嫌去理发店剪头太麻烦，于是干脆自己用刀片把头发都刮了。这样还能节省一笔理发费。

其实这才是最主要的目的，方便省事又省钱。

或许是因为两个人相处得很好，陆潇宁终于不再对陈淼三天两头挑刺和各种刁难折磨了。

陈淼这段时间跟他相处，也多少摸清了他的一些脾气。

陆潇宁还要再说什么，但是已经到他的戏份了。

大结局这里，男配角为男主角挡了一剑，有两滴鲜红的血滴落到白色的衣襟上，晕染开来，像是落在白衣上的嫣红的花瓣。男主角双手颤抖，眼眶发红，一滴泪落在白衣少年的脸上，然后不住地叫着他的名字。

白衣少年脸上还有着男主角滴落的泪。他脸色苍白，却依旧用颇为嫌弃的语气说："你好吵……别在这里耽搁……走！"

男主角一把擦干眼泪，带着一身血与泪，只身提着剑，走向最终的反派。

接下来是男主角跟反派决一死战的时刻，而陆潇宁的戏份到这里就结束了。

戏杀青的那天晚上，气氛很热烈，连十分不合群的陆潇宁都在杀青宴上被灌了酒。

许是终于拍完了，心情也放松了些，陆潇宁对着那些面带微笑要向他敬酒的人也并未推拒。

到了深夜，陆潇宁脸颊两侧都有些泛红，不知道是因为喝酒喝多了还是热的。

陈淼被叫过去的时候，发现叶赫正在陆潇宁身边弯腰低头说着什么，然后似乎是想将陆潇宁扶起来。但是陆潇宁没有丝毫掩饰他不耐烦的样子，直接伸手推开了叶赫。

陆潇宁用的劲儿似乎不小，叶赫整个人被推得向后趔趄了一下，然后就看到了站在门口的陈淼。

陆潇宁顺着叶赫的视线看过去，看见是陈淼，于是抬起脚步走了过去，数落道："磨磨蹭蹭的干什么呢？"

陆潇宁完全当叶赫不存在似的，陈淼也只得很尴尬地打了声招呼，然后跟着陆潇宁往外走。

这次连导演都喝多了，副导演在那里安排找代驾、找助理来送这些喝醉的人回家。

陆潇宁虽然脸看着红了点儿，但是他肤色本来就白，也不知道他到底是热的还是醉了。毕竟他看起来行动如常，话也不多，冷着脸带着陈淼往外走着。

结果没想到陈淼跟陆潇宁刚走出这群人的视线，陆潇宁就朝他身上歪了过去。

陈淼赶紧扶住陆潇宁，将他的胳膊架在自己的肩膀上。

陆潇宁戴着一顶黑色的帽子，穿着棕色格子的长外套，脸色白皙。陈淼能闻到空气中散发出来的酒气。

走着走着，陆潇宁突然半眯着眼说："热……"然后就伸手要扯外套的扣子。

陈淼赶紧按住他，觉得这人是真喝多了，放轻了语气说："回去再脱,我们一会儿就到家了。"

结果两个人还没走到地下车库,刚到入口,陆潇宁就像是被什么惊醒了似的,反应极快地将自己的帽子摘下来,戴到了陈淼头上。

陈淼一时没反应过来,呆呆地抬头问:"什么……"

有人偷拍。陆潇宁对这些事很敏感,但是陈淼并没有经历过这些,到现在还没搞清楚状况。

陈淼刚抬起头就被一张大手按住了。陆潇宁的手按在陈淼头上的帽子上,又微微施力往下压了压。

陆潇宁的声音清晰地从旁边传来:"你这头剃得也太丑了。"

所以他是怕一起被拍到会丢人吗?

陈淼顺着陆潇宁手上的劲儿低下了头。

顾宸将手中的手机"啪"的一声拍到了陆潇宁面前。

陆潇宁坐在对面的沙发上,抬起眼帘看了看,是一张照片,照片是他跟陈淼那天杀青宴结束去地下车库入口时被人拍到的。

他穿着棕色格子长外套、黑色的西裤,显得整个人身材修长挺拔,一只手按在旁边的人的脑袋上,将黑色帽子往下压,目光冰冷又警告意味十足地对着镜头看着。

旁边那个穿着一件黑色棉袄的人只被拍到了一个下巴尖,看着挺瘦,比旁边气势逼人的陆潇宁矮了小半个头,穿着黑色的衣服在陆潇宁旁边像是一道不太引人注意的影子。

陆潇宁往下滑了两下手机,看了看评论。

"太帅了,我受不了了,我在现场,是那顶帽子,陆少爷的手掌很温暖。"

"这位到底是谁啊?是杀青宴之后的图,会不会是同剧组的人?"

…………

陆潇宁将手机又推回顾宸那边。

顾宸看了他一眼,说:"这还不如不遮呢,不遮的话就算是陈淼被拍又怎么样？助理送醉酒的老板回家是再正常不过的事情了。"

陆潇宁一副特别无所谓的语气："你也说了嘛，我喝醉了。"

顾宸对他这样推卸责任不当回事的态度十分恼火，反问道："你是觉得你现在名声很好吗？"他把手机收回来，语气说不出是讽刺还是什么，"以前你喝醉了不是都追赶偷拍你的记者吗，这次怎么先帮你这小助理遮脸了？你帮他遮还不如遮你的脸，你被拍得这么清楚，想说不是你都难。"

陆潇宁被顾宸念叨得不耐烦了，直接起身，说："困了。"

顾宸最后被气得夺门而出，这次的照片的事也没帮陆潇宁往下压，任由那张照片在网上被传得满天飞。

第三章
挑剔鬼

陆潇宁这部戏结束正好赶上年底，顾宸也没再给他安排新的工作。

年三十那晚，陆潇宁开车从外面回来，见到夜空中绽放出璀璨绚烂的烟花，到处一片祥和热闹的景象。

他在房间里打游戏，把游戏音效开得很大声，仿佛这样就能遮盖住别人家热闹的声响。

当他听到楼下有动静的时候还以为自己听错了，打开门一看，真的是陈淼正提着两袋垃圾站在客厅里。

两个人的视线一对上，陈淼就先反应过来了，然后提着手里的黑色垃圾袋飞快地往门口移动，嘴里说着："陆哥，我先走了，我就是来打扫一下垃圾。"

陈淼也是没想到，年三十了，陆潇宁没工作了，却还一个人待在这里。在他的观念里，陆潇宁应该是回家跟家人一起过年了。

"站住！"陆潇宁立刻叫住了他。

已经走到门口的陈淼只得顿住，却还不敢转身面对似的背对着陆潇宁。

这自欺欺人又微不足道的挣扎反应并不能真的使他躲避掉什么。

陆潇宁一步步走过来，然后一把将背对着自己的陈淼扯过来，目光压迫性十足地扫过陈淼全身上下，然后才确定地开口："偷我的衣服穿？"

陈淼仿佛被"偷"这个字眼惊住似的，连连摇头："没有，没有，是你拿给我说让我扔掉的。"

那是一件很厚的羽绒服，陆潆宁潇洒惯了，连冬天也不愿穿那么厚的衣服，说是太臃肿，穿了两次就甩给陈淼让他处理了。

陈淼可舍不得丢了这么好的衣服，可是又十分明白陆潆宁的脾性，于是从来都不敢在陆潆宁面前穿，只能自己偷偷拿回家，夜里压在自己的薄被上。

他原本以为年三十陆潆宁该走了的，没想到竟然被抓个正着。

陆潆宁果然十分不悦，问他："我让你扔了，说让你给自己穿吗？"

这话说得着实有些伤人，意思是说他宁愿将衣服扔了，也不愿意给陈淼穿。

陆潆宁觉得陈淼简直小气得过分，顾宸不可能是吝啬的人，已经给他发了这么多个月的工资了，他还是成天来回穿那么几件破衣裳。

那件陆潆宁不要的羽绒服穿在陈淼身上显得很宽大。

陆潆宁原本是真不稀罕那件衣服，结果看见陈淼穿着自己穿过的衣服，怎么看怎么觉得心里有些怪异。

大年三十的这天晚上，陆潆宁一局游戏都没打通关。他盘腿坐在客厅的地上，心绪不宁。

游戏的音效声这么大，他怎么还能听到陈淼切菜的声音呢？

真是吵得要死。

当游戏屏幕上再一次出现"GAME OVER"（游戏结束）几个血红的字时，他彻底没了耐心，直接退掉了游戏。

游戏刚退出，巨大的银幕上开始播放每个台都在转播的春节联欢晚会。画面中一片祥和热闹喜庆的红色，主持人正在念新年贺词。

陆潆宁回头，看见陈淼端着一个汤盆出来了，围着的围裙上还蹭着些不小心碰上的面粉。

陆潆宁原本想关上电视的手停下了，他直接起身坐到了餐桌前。

陈淼很快又拐回厨房拿了两个碗，给陆潇宁盛了满满一碗饺子，放到他面前。

看着白瓷汤盆里满满地漂着肚大皮白的饺子，陆潇宁这次很反常地没有点评、挑剔什么。

客厅的屏幕上已经开始了大型的歌舞表演，两个人沉默地吃着饺子，房间里弥漫着一股孤寂又热闹的诡异气氛。

不多时，陆潇宁面前那一碗饺子就被他吃了个干净，他这时高举空碗，命令道："再盛一碗。"

明明汤盆离陆潇宁更近一些，就在他的眼前，他却还偏偏要陈淼给他盛。

陈淼没多说什么，认命地又给他盛了满满一碗饺子。

陆潇宁吃完饭又觉得无聊，非拉着陈淼打游戏。陈淼又不会玩，一连输了他几局，他才看起来像是心情愉快了点儿。

等到很晚了，陈淼小心翼翼地去够自己挂在门口的衣服，怕被陆潇宁发现似的，结果刚一拿起来，转身就看见陆潇宁正盯着自己。

陈淼无奈地讪笑，然后慢慢把手里又大又厚的羽绒服放下了："陆哥，我不拿了，你要是不放心，就留给你扔了吧。"

他里面穿着一件单薄的毛衣，袖口还有些脱线，弯腰提起那两包垃圾就要往门外走。但他只走了两步，就被陆潇宁叫住了。

陆潇宁起身把那羽绒服往陈淼身上扔去，装出一副恶狠狠的样子说："下不为例！你这样出去是想被冻生病了明天好旷工吗？"

陈淼赶紧双手接住，把羽绒服套回了身上，露着大白牙笑着说："谢谢陆哥。"

陆潇宁不耐烦地挥了挥手："赶紧滚。"

陈淼走到大门口，把垃圾扔在大垃圾桶里，然后把手揣进口袋里往自己的破出租房走去，走到一半听到兜里的手机振动了一下。

他拿出手机一看，是陆潇宁的信息，提醒他明天别忘了来做饭。

陆潇宁除了演戏之外的活动都不参加，偶尔心情好的时候他会去跑跑自己剧的宣传。

年后陈淼跟着他跑过几个地方，那段时间他没再接新的剧本。

顾宸跟陈淼也没怎么联系，倒是按时发每月工资。

五月中旬，陆潇宁开始去跑《浮玉》的宣传。活动会上来了很多叶赫的粉丝，陆潇宁跟叶赫一起站在舞台中间，在台上不咸不淡地回答着主持人的问题。

活动会晚上结束，陈淼在休息室内等陆潇宁。门一响，他抬头，看见来人不是陆潇宁，竟然是叶赫。

叶赫这段时间没少参加综艺节目，还有几个户外的节目，看起来瘦削了些，网上不少粉丝心疼他，呼吁公司给他减少一些活动安排，让他好好休息一段时间什么的。

虽然说叶赫确实长相帅气，待人处事又周到得让人无懈可击，但是从上次之后，陈淼就难对此人心生好感了。

哪怕叶赫表面看起来就是这么亲切，脸上也时常挂着平易近人的笑容。

陈淼坐直了点儿身子，然后说："陆哥还没回来。"

叶赫听罢笑了笑："我不是来找他的，陈淼，我是来找你的。"

难得叶赫还能记得自己的名字，陈淼内心有些拿不准主意，不知道叶赫到底是什么意思，问："找我是有什么事吗？"

叶赫脸上的笑意加深，他看似真诚地说："我上次尝过你的手艺之后念念不忘，陆潇宁在圈内有名的难伺候，不如你过来做我的助理吧，小淼？"

这就变成小淼了？

陈淼心里激灵了一下，觉着叶赫哪里都不太对劲。自己的手艺是什么水平他心里有数，至于说念念不忘，对叶赫这种身份地位的人来说，那真是在说笑了。叶赫跟人说笑也不奇怪，但为什么偏偏要找自己？

看陈淼沉默不语,叶赫也是一副从容不迫的模样:"我知道你对我有点儿误解,但是我确实是真心想让你过来为我工作。我没陆潇宁那么多事,而且可以给你开更高的工资。"

就在这时,陈淼微微抬起头问道:"更高的工资是多少呢?"

叶赫的眼睛似乎亮了一下。他觉得似乎有戏,结果刚要开口就被打断了。

"你为什么在这里?"陆潇宁推门进来,看着叶赫的眼神像是在看什么惹人厌恶的臭虫。

叶赫似乎被这嫌弃的目光刺痛了,但面上还是很镇定,收敛了笑意,故意说:"我找小淼说点儿事。"

小淼?

陆潇宁被叶赫这样叫陈淼的叫法恶心得够呛,脸色当即冷了下来,眼里的不悦之色也呼之欲出:"滚出去。"

原本在台上人气非常高,在圈内口碑也不错的新晋影帝,被陆潇宁如此不留情面地对待,却也不恼,一句话没说就转身出去了。

只是那带上门的力气却不小。

这边门刚被关上,陆潇宁就伸手扯开了打好的领带,然后往陈淼那边走去。

陈淼跟被教导主任抓住的逃课学生似的,从沙发上一下站起了身。

"你为什么要让他叫你小淼?"

"我没有让他叫我小淼。"陈淼认真地回答。

"那他为什么这样叫你?"陆潇宁蹙眉问,"你跟他私下里还有联系?"

陈淼连忙摇头否认:"没有,没有。"

陆潇宁用还是不太善意的目光扫过陈淼,又说:"最好是没有!"

陈淼觉得那目光如同尖刀般锋利,他跟被猎鹰盯住的猎物似的,解释着:"真没有,我也不知道他怎么会突然进来。"

陆潇宁突然想起上次的事,于是脸色更沉了,颇有想新仇旧账一起算的意思，问："他上次叫你去他的帐篷里，你为什么要去？"

"可是上次陆哥……你不让我跟你一起住一个帐篷……"

"那人家叫你，你就那么随便地去人家的帐篷里了？"

陈淼不知道陆潇宁怎么又想起这茬，头皮都麻了，又被他的用词羞辱到脸色涨红，结结巴巴地争辩着："我没有……"

陆潇宁完全沉浸在自己的控诉里。

陈淼看着他越发凶恶的眼神，心里想着他不会接着又要提上次的那顿饭吧？

结果陆潇宁开口又说道："你还眼巴巴地去给人家送早餐，你闲的吗？我给你发工资，你给别人做什么饭！

"我看你是工作不够忙！

"他怎么不找别人的助理，偏偏找你？

"他还叫你小淼，真是恶心！"

就这么几句话，陆潇宁翻来覆去地控诉着，说着情绪上来了还要摇晃着陈淼的肩膀，质问他："他这么叫你，你不觉得恶心吗？"

他不仅质问，还要陈淼认同他的说辞。

陈淼被逼得快要崩溃了，出了一手心汗，小鸡啄米一般点着头："恶心，恶心，恶心透顶。"

陈淼坐在驾驶座上，陆潇宁从车前走过拐到了副驾驶的位子上。

陈淼发动车，黑色的保时捷驶入夜色里。

陈淼有些不自在，陆潇宁不知道从什么时候开始不再坐在后座上了，就坐在他旁边的副驾驶座上，跟监督他开车似的。

陆潇宁的存在感又这么强，让陈淼开车的时候身体也不禁坐得笔直，跟开学第一节课上在班里想努力向老师表现自己的小学生似的。

等到了陆潇宁入住的酒店，陈淼在后面拉着陆潇宁的行李箱，紧紧地跟着陆潇宁。

哪怕已是人烟稀少的深夜，陆潇宁依旧是全副武装，将一张脸遮得严严实实、密不透风。

这几天要跑《浮玉》的宣传，他们明天还要起个大早飞去另外的城市。

陆潇宁这段时间对叶赫的厌恶程度与日俱增，以前他虽然内心不悦，明面上并不会让对方过于难堪，而如今已经丝毫不再掩饰对对方的反感了。

第二天一早，陆潇宁被陈淼敲门叫醒后有些起床气，臭着一张脸坐进车里。陈淼递给他刚买的包子跟豆浆，他只伸手接过了包子。

于是陈淼一只手握着豆浆杯，另一只手把吸管插进去后递过去，陆潇宁这才接过杯子。

前面的司机从后视镜里看到这一幕，不由得多看了两眼，结果正好跟陆潇宁对上视线，司机又赶紧将目光移回正前方，心里想着这真是个衣来伸手、饭来张口的大少爷。

陆潇宁早餐吃到一半，打量了一眼旁边的陈淼，鼻子不是鼻子，眼不是眼地说："怎么穿来穿去还是这么几件衣服，顾宸没发工资给你吗？"

陈淼低头看看自己从深蓝已经洗成蓝白的牛仔裤，没有讲话。

陆潇宁咬住吸管："啧，搞得好像我们虐待你似的。"

好在陆潇宁也没在这个话题上多做停留，只这么说了两句后就没再多说什么了。

这是《浮玉》的最后一场宣传活动，这场活动结束之后，陆潇宁又没再接新的剧本，应该会休息一段时间。陈淼这么想着，总算能够喘口气了。

因为这是最后一场宣传活动，来的人特别多，而且其中竟然有一多半是陆潇宁的粉丝。他们跟叶赫的粉丝在台下嘶吼着，像是要比谁的声音能压过谁似的。

毕竟陆潇宁除了演戏，也并不参加综艺、真人秀之类的节目，唱歌跳舞之类的舞台表演更是碰都不碰。以前有一个电视台的跨年晚会邀请他，开出的价码高出跟他同时期的新星一倍之多，他都直接推了。

他跟粉丝之间也很少互动，毕竟他只是凭着一张脸和不太被认可的演技刚出道没多久，加上丑闻不断，他的粉丝量其实并不算多。

而这样的宣传活动在前几座城市都是其他主演的粉丝更多一些，在这里却偏偏有些反常。

陈淼很迟钝地没有察觉到什么，忙前忙后地在后台帮忙。

直到活动接近尾声，陈淼听到了一阵尖叫声，是粉丝在齐声喊"陆潆宁，生日快乐"。

陈淼这时候才知道，原来今天是陆潆宁的生日。他拿出手机看了一下日期，然后在备忘录里记录下来。

因为是最后一场宣传活动，又是陆潆宁的庆生会，现场气氛热烈，粉丝情绪激动，现场不得已又进来了一批保安来维持秩序。

活动结束的时候天已经黑了，主持人在现场嘱咐粉丝回去时注意安全，每位主演又说了一些告别的话。

晚上的时候导演跟几位主演为陆潆宁庆生，陈淼远远地望着。他们在金碧辉煌的宴会厅里推出了一个比今日在活动现场还要高出两层的蛋糕。

陆潆宁在一众皮相出色、身材匀称的明星中依旧是夺人眼球的好看。他的好看太直观了，是一种明晃晃的让人入目就觉得十分震撼的好看，强势，赤裸裸，具有压迫性。

陈淼从宴会厅里走出去，想要去上个厕所，结果一个穿着浅色衣服的醉汉在走廊里直愣愣地撞到了他身上，手里的红酒洒了醉汉一身。

陈淼嘴里低叫一声，扶住他。那人抬起头来，是叶赫。

陈淼站在卫生间的洗手台旁，用一张湿巾帮叶赫擦拭那些污渍。

酒红色的污迹染红了叶赫的半件衣服，现在这样擦并不能真的把那些污渍擦干净，陈淼扔掉湿巾，拧开水龙头，冲洗着手上的红酒。

他抬眼望着镜子里的人，看到叶赫在从镜子里看自己。

阴魂不散——陈淼的脑海里浮现这四个字。

叶赫只怕都没察觉他已经将"目的不纯"四个字写在了脸上了。

陈淼清了清嗓子说："叶先生，不好意思，但其实刚才是你先撞到我的。"

叶赫没接他这句话，脸上带着和煦的笑容，或许是喝多了酒的缘故，脸上还有些潮红。他说起了之前那件事："我没说是你撞的我啊，你别这么紧张嘛。小淼，我上次跟你说的那事你考虑得怎么样了？"

还能考虑得怎么样，陈淼脑海里又回荡起陆潇宁反复在控诉的两个字——恶心。

"我觉得我在陆哥这儿工作得挺好的。"陈淼礼貌地拒绝，"况且叶先生也并不缺助理，就不要再找我了。"

叶赫被拒绝了也不恼，像是已经有所预料。他很突然地告诉陈淼："你知不知道我其实是陆潇宁的朋友，只不过我后来做错了一点儿事，我们吵架了，他不愿意原谅我，我找你也不过是希望你帮帮我。"

陈淼愣住，转而又想：叶赫为什么要告诉我，而且我又能帮上什么忙呢？

"我知道他现在看起来对我很反感，但是我们以前的关系真的很好。"叶赫继续抛出橄榄枝，允诺好处，"你帮帮我，我不会亏待你的。"

陈淼很坚决地摇头。他觉得叶赫错估自己在陆潇宁那里的角色和定位了，他压根儿不是能说上话的人。

叶赫的情绪有些低落，良久后他声音低沉地说："那你能不能帮我去我的车里拿一下我的衣服？外面这么多人，我总不好这样出去。"

这样的要求不算太过分。

但是陈淼还是觉得跟叶赫少牵扯为妙，说："你怎么不让你的助理来送呢？"

叶赫掏出手机向陈淼展示："我的手机关机了，我记不住他的电话号码，找不到他人在哪儿。"

陈淼站着没动，闻到了空气里有些浓郁的红酒味，然后说："好吧。"

陈淼拿着车钥匙来到地下车库找到叶赫的车，然后拿到了衣服，结果等他再回到那个厕所时却发现里面已经没人了。

这家酒店今日他们这些人包了场，根本不会有别的客人。

陈淼在每个隔间前都敲了敲门，然后叫了两声"叶先生"，结果空荡荡的宽敞明亮的卫生间里只剩下自己的回音。

空气中还有未散开的红酒味，明明那里都没红酒的痕迹了。

陈淼手里拿着叶赫的衣服，对着镜子里的自己看了看，然后抽了些纸巾垫在衣服下面，把叶赫的衣服放到了暖风机上。

陈淼开始往外走，伸手放在卫生间门的把手上，拧了两下，发现竟然打不开了。

而在一间空着的休息室里，陆潇宁双腿交叠躺在棕红色的沙发上，手里拿着一本杂志，听到有人进来，身体未动，质问道："去哪儿了？你知道这都几点了吗？"

叶赫微微笑着回道："不是刚好深夜十二点了吗？"

陆潇宁这时候将那本杂志盖到了一旁，蹙眉冷声说道："怎么是你？陈淼呢？"他从沙发上慢慢起身，脸色沉得吓人，问，"陈淼呢？"

叶赫不满极了，嘲讽道："我倒真没想到你在这里等他等到这么晚，陆大少爷，是童年缺失关爱还是生活不能自理啊，非要人二十四小时照顾着您啊。"

在这被关上了门的休息厅内，一股浓郁的红酒味扑面而来，陆潇宁被熏得眉心紧蹙。

他刚靠近，陆潇宁就扯着他的领子说："我说了不要再来烦我，你为什么总是不听？觉得我脾气好？"

没有人会觉得陆潇宁脾气好，叶赫也不过是因为自己之前是陆潇宁的朋友而自觉比别人更特别一些。没想到陆潇宁对他狠起来也是这么不讲昔日同窗的情谊，关系断得也是干净利落，丝毫不拖泥带水。

叶赫眼里被逼出泪来，颤声说：“你放开我，我不惹你了，你快松开……松开！”

陆潇宁终于在此时放开了他，叶赫整个人滑坐在地毯上，脸上全是泪，浑身发着抖。

他很勉强地爬起来，跟跟跄跄地往外走。而他的手刚摸上门把，门就从外面被打开了。

一双泪水盈盈、情绪翻涌的眼对上一双黑白分明、干净澄澈的眼。

陈淼身上还有着不知道从哪儿蹭上的灰，上衣还被扯开了一个口子。他看见叶赫说道：“我刚才没找到你，有人说你在这里。”

他双手托着那件干净的衣服递给叶赫。

叶赫一把夺下那件衣服，撞开陈淼的肩膀快步走了。

陈淼呆愣了一瞬很快察觉一道不悦的视线落到了他身上。

刚才叶赫挡在门口，他根本没看见陆潇宁也在这里，这时候才察觉。

陆潇宁冷着脸问：“你去哪儿了？”

陈淼不知道怎么解释，又觉得陆潇宁刚才都看见、听见了，该怎么糊弄过去啊？他含含糊糊地说：“就是……就是叶先生的红酒洒了嘛，然后……他的助理不在……他就让我帮……”

这句话还没说完，陆潇宁就打断了他：“你还记得今天是什么日子吗？”

陈淼卡了一下，很快说道：“陆哥，生日……快乐！”

陆潇宁被这毫无诚意的祝福语气得够呛，走过去说：“你自己看看几点了？还生日快乐！早过点了！”

陆潇宁心情不悦，脸色阴沉，看起来又要发火的样子。

陈淼胆战心惊地看着陆潇宁，不敢说话。

陆潇宁最后什么都没说，心里怒气翻涌，撞开陈淼也走了。

陈淼连门都没进去，就被门里的两个人接连撞了两下，人快退到走廊那边去了。他看着陆潇宁气势汹汹的背影，赶紧小跑着跟上去，然后小声道着歉。

陆潇宁一句话都不带搭理他的，只冷着脸往外走。等到了地下车库，他拉开车门坐进车里，却不让陈淼上车。

陈淼扒着玻璃窗问道："为什么？"

陆潇宁边打电话叫司机，边眼皮微抬，看向他的眼里充满森冷的寒意，刻薄地说："你身上有一股臭味，你自己闻不见吗？"

陈淼又被解雇了。他望着阴沉了一天的天空，一副雨将落未落的模样，空气还不算太闷。

他在街角的一家蛋糕店等了两个半小时，女店主终于得空从烘焙房里出来了，脸上带着歉意的笑容："不好意思，先生，今天店员请假，有点儿忙不过来，您需要什么呢？"

这家店其实店面很小，生意却一直都不错。陈淼望着橱窗里展示出来的蛋糕，从第一排看到第五排，目光又落到价格表上，一副颇为迟疑的模样。

店主这时候十分善解人意，似乎是理解了一些什么，于是询问这位等待了许久的顾客："请问是要订生日蛋糕吗？如果着急的话，我这里有一个已经做好的，但是顾客临时说有事不能来取了，如果先生您需要的话，可以便宜点儿卖给您。"

陈淼当即答应了，说："好的，我能看看蛋糕长什么样吗？"

店主微笑着说："当然。"

她从里间端出来一个十二寸左右的蛋糕，上面铺满了珍珠，一位漂亮的小公主站在蛋糕的中间，奶油的主色调是蓝色。

小公主仰着小下巴，层层叠叠的裙子占据了大半个蛋糕，看起来十分高贵优雅。

店主说："这原本是一位店里的老顾客给女儿订做的生日蛋糕。"

陈淼的视线在那个蛋糕上停留了许久。

店主以为他会先问价格，没想到他迟疑半天问了一句："这上面的小公主，能换成小王子吗？"

陈淼拎着蛋糕走出了这家蛋糕店。门口的风铃骤响，他仰头望了望天空，终于一滴水滴落在他的脑门儿上。

他把蛋糕放回了屋檐下，然后站在了越来越密集的雨中，任由雨水把他的衣服、发丝都打湿。

店主在里面看着那位举止怪异的顾客，犹豫片刻，送了一把伞过去。

没想到他拒绝了，只要求将蛋糕的礼盒换成透明的塑料壳，想必是怕被雨淋到。

陈淼拎着蛋糕行走在雨中，往陆潇宁家赶去。

雨越下越大，陈淼到了陆潇宁家门口的时候，浑身已被淋得湿透。他按了三下门铃，里面亮着灯，却没有人来开门。

等了大约有一小时，陈淼还在坚持不懈地按着门铃，陆潇宁似乎才真的忍无可忍了，一把拉开了门。他头发散乱，似乎刚从被窝里爬出来，但这还是丝毫不影响他的英俊样子。

陆潇宁看着浑身被淋湿了的陈淼，又看看门外倾泻的大雨，他不由得冷笑："苦肉计？"

陈淼被一秒看穿，伸手擦了一把脸上的雨水，伸手扒住门框，似乎是怕陆潇宁直接再一把关上门。

"陆哥，对不起……"他跟一只在雨天被主人丢出去的小狗似的，浑身狼狈不堪，连叫都不敢大声叫。

陆潇宁最后放他进来了。

陈淼将蛋糕拎进来放到了茶几上，然后说："我给你买了蛋糕来，昨天是我不好。"

陆潇宁听他提起昨天，那股邪火一下子就上来了，大声说："谁稀罕你的什么破蛋糕？你就拿这玩意儿敷衍我？"

陈淼耷拉下眼皮,不敢抬眼看他。

陆潇宁越说越来气。本来他睡到一半被陈淼吵醒就十分火大,这会儿又想起来昨天陈淼明知他厌恶叶赫,却偏偏要跟叶赫走得近。

他盯着陈淼,嘴里说道:"你也知道是你不好?连我的生日都不记得,你却跑去给叶赫送什么衣服!

"跟着他来的工作人员那么多,他怎么就稀罕你去给他拿?

"你到底是我的助理还是他的助理?"

陆潇宁看陈淼不吭声,心里十分憋火,随手就拿起旁边的一个摆件摔到了陈淼脚下:"你是聋了还是哑巴了?"

陈淼一下惊得后退两步,陆潇宁估计都不知道自己的状态有多恐怖。

那一件东西被摔了之后,接下来就越加一发不可收拾,从门口的室内景观花瓶到架子上的摆设,还有那些茶杯、展示架、电视机……都无一幸免地被陆潇宁砸了。

他的两只眼睛都被气得通红,他对着陈淼一顿骂,觉得陈淼分外不识抬举。

陈淼被他吓住一般,就差贴着墙角站了,战战兢兢地说着:"你别砸了……对不起……对不起……"

在这一片粉碎的狼藉中,伴随着一些摔得粉碎的物品在空气中飘起的烟尘,陆潇宁一步步走向墙角的陈淼。

陆潇宁在这一天发了这么大的火,理智全无一般砸了一整个客厅的东西,但陈淼拎过来的廉价蛋糕还待在茶几上完好无损。

像是有一场毁灭性极强的风暴,却偏偏绕过了它。

陆潇宁凑近陈淼,然后说:"我这么讨厌叶赫,你靠近他,是想要挑衅我吗?"

陈淼连大气都不敢出,怕哪一句答得不对,就要被陆潇宁像是对待这一屋子物品一样,摔个稀巴烂。

于是他又小声说:"我错了。"

陆潇宁发泄过了一阵，心情似乎比刚才缓和了些，虽然面色不悦，但总算平静了不少。他问："那既然你知道错了，是不是该受点儿罚？"

陈淼看着陆潇宁连连点头。

陆潇宁最后看着陈淼不痛不痒地吐出一句话："那你今天晚上把这里收拾干净！"

虽然客厅一片狼藉，看起来工作量很大，但是陆潇宁发完脾气后，陈淼得到这样的处置结果已经是心下一松，不由得说道："谢谢，陆哥。"

如果陆潇宁此刻能够不那么自以为是，就能够发现，陈淼此刻的样子与那天他接到陆谦宁甩给他那件大厚羽绒服时，笑着说"谢谢，陆哥"的状态并无二致。

那里面没有任何情绪，只是单纯的一句礼貌的感谢话语。

陆潇宁醒来的时候先是闻到了一股饭菜的香气。他迷迷糊糊地睁开眼睛，从枕头旁边摸出电量只剩下百分之三的手机，上面显示时间是上午十一点十分。

他把手机又丢到一旁，随便扯了一件睡衣穿上，洗漱时听见了客厅的门响。

陈淼在厨房里做饭，站在那里，脸色不太好。

顾宸进门看到的就是这个景象：陈淼穿着件拖地的睡裤，锅里不知炒的什么，弄得一个客厅都香得过分。而陆潇宁正从卧室里出来，头发还有些湿，看起来像是早起刚冲了个澡。

顾宸手里拿着一个文件夹，看见陆潇宁出来于是走过去："这个可是个大惊喜。"

陆潇宁抬了抬头。顾宸一般不会轻易说这种话，搞得他也有些好奇。

"到底是什么东西，这么神秘？"陆潇宁接过密封得严实的文件。

顾宸看了一眼在厨房里做饭的陈淼的背影，又将视线转回到陆潇宁身上,说:"任栖的同门师兄余棆的下一部戏。"

余棆跟任栖虽然同样是导演,但是他们很不同。余棆是一个非常有个性又自我的人,家境好,并且对影视作品有着超乎一般的审美观。但他不拍电视剧。

如果说任栖还会因为投资商的要求而用一些带资进组的演员,余棆就显得分外不食人间烟火。

对他来说,拍电影是他进行艺术创作的一种表现形式。他选的剧本有时候很小众,由于电影表现形式抽象,台词也晦涩难懂,电影上映的时候观众不买账,电影放映厅里甚至不到十位观众。

他也曾脑洞大开,大刀阔斧地改编过一部悬疑推理的电影,甩了同时期的商业电影一大截,捧了数个奖杯回来。

任栖说他之所以能这么纯粹又随心所欲,是因为他的家世给他的底气。

电影的票房并不在他的考虑范围内,拍出自己想要的东西,呈现自己的独特构想,拍得高兴才是最重要的。他也不用考虑电影会不会赔钱,没投资商的时候就自己投。反正他的钱也花不完,他自己这么说过。

三年前,任栖在一次访谈节目中浅笑着摇头,最后说余棆能随心所欲,他不能,因为他还得生活。

所以说余棆这样的人选演员,根本不存在什么人带资进组被选中的可能,显得特别纯粹。

陆潆宁打开那密封的文件——是剧本。他简单地翻了一下,发现内容并不完整,可是也能看出来内容艰涩。

陆潆宁看着顾宸说:"这是一部文艺片。"

顾宸的脸色变了变,他伸手接过剧本,也翻开看了看,看到男主角是一位画家,漂泊不定。

"还真的是。"顾宸把剧本放到了一边,想了想说,"我一开始的时候并未接到消息,是任栖联系的我,让我转交给你的。"

这任栖也是够别扭的，明明在片场并未给过陆潇宁什么好脸，找起演员来倒是还记着他。

陆潇宁双手交叠地放在膝盖上，还未开口突然看见顾宸的脸色古怪，续而变得有些难看。

他顺着顾宸的目光望去，发现是陈淼端着烧的鱼出来了。

陈淼穿的是陆潇宁的衣服，看起来不太合身。

陈淼再是迟钝也无法忽视这注视的目光，于是抬头也望了过去，叫了声："顾先生。"

陆潇宁蹙眉，回头看向陈淼："谁让你穿我的衣服的？"

陈淼说："我的衣服昨天被淋湿了，今早才洗，还没干。"

客厅里弥漫着饭香。顾宸的午饭是在陆潇宁家吃的，陈淼因此又多炒了一个菜。

清晨有阿姨过来收拾了客厅，又在冰箱里放了些新鲜的食材。

顾宸左右打量了一下，发现客厅里竟然少了很多东西，那些以前的珍贵摆件，竟然一个都没了。

饭后，陈淼从冰箱里拿出昨天的蛋糕，切开了之后，陆潇宁只尝了一口就嫌弃得要命："甜腻得要死，你这是买的什么廉价奶油？陈淼，你能不能给我买点儿好的？"

陆潇宁伸手把蛋糕上的塑料小王子拔了出来，嘴里说着："这不会掉漆在蛋糕上吧？"

陈淼埋头吃着蛋糕，心想挺好吃的，觉得陆潇宁已经挑剔得不似常人。

他一口一口闷闷吃着蛋糕，心下走神。

陆潇宁不适合用小王子，也不适合用小公主，他比较像《白雪公主》里那个漂亮挑剔的恶毒王后。

陈淼从陆潇宁家中出来的时候已经距离顾宸离开快有一个小时了，他没有想到还能在路口遇见顾宸。

车停在路边的一根电线杆旁边，顾宸坐在驾驶座上。

一只狗路过，在电线杆旁抬腿撒了泡尿。陈淼蹬着破自行车"哼哧哼哧"地骑过来，看见顾宸时还没意识到顾宸是在专门等他。

陈淼笑得露出白牙，还打了声招呼，结果顾宸叫住了他。

陈淼上车的时候，顾宸点燃了一根烟，把只降了一半的车窗完全降了下来，开门见山地问："陆潇宁家的客厅里怎么少了这么多东西？"

陈淼情绪不明，沉默了一会儿才小声回道："他发脾气，都摔了，阿姨上午没来得及让人往里添呢。"

"他发脾气？"顾宸意味不明地笑了笑，问，"你惹的？"

陈淼的嘴唇慢慢抿紧了。

顾宸接着说："我以前怎么没看出来你还有这本事呢？"他把手在车窗檐上轻磕了两下，烟灰顺着他的车身往下飘落。

"叶赫是陆潇宁高中时期的朋友，入了娱乐圈以后觉得在陆潇宁身上捞不到好的资源，于是跟陆潇宁闹掰了，所以陆潇宁现在对他这么深恶痛绝。"

顾宸这段话说得有些突然，而且还有些不明不白。陈淼对叶赫并不好奇，每次遇见他都没有什么好事，却也是被顾宸这话弄得有些疑惑。

"为什么他跟在陆潇宁身边会没有资源？"陈淼抬起头问道。

顾宸眼里情绪复杂，说："不是所有人都能像陆潇宁一样，哪怕不跑宣传，不录综艺节目，除了演戏什么都不做还能源源不断地接到剧本。陆潇宁背靠陆家，但现在陆家那位对他不理不睬，公司上层对待他尚且态度模糊，不知该捧还是该打压，不管往父与子哪头靠现在看起来都不太明智，对待叶赫那是更不用说了。叶赫根本没办法靠着跟陆潇宁的交情拿到任何资源，而他是一个目的明确又有野心的人。当然，他后来确实很成功。"

顾宸说到这里时眼神状似不经意地瞥过陈淼，语带警示："这么些年跟陆潇宁来往的人不在少数,都想从他身上得到利益,如果你也是这样想的,我劝你还是清醒一点儿,好自为之。"

陈淼回到自己的出租房里的时候已经天黑了,他随便煮了点儿清汤挂面"呼噜呼噜"地吃完了。

他在回来的路上不小心摔了一跤,坐下的时候屁股很疼,又连忙站了起来,结果动作有些猛,一下疼得他龇牙咧嘴。

陈淼换了条裤子,为了省电,灯都没开。

他在沾满油渍的窗口前,在红色的塑料盆里把裤子按在搓衣板上搓,抬头就可以看见半个月亮。

月光洒进窗口,他低着头往那裤子上打肥皂,弯腰搓了两下,"哒哒"的抽气声伴随着衣服在搓衣板上摩擦的声音在夜里响起。

而此刻的陆潇宁躺在自己的大床上翻了两次身,突然觉得口干舌燥,一杯冰水下肚,才觉得好了些。

他有差不多十天的假期,决定去欧洲的一座私人海岛上度假。

余棯的戏他准备接了,开机前不好好玩玩放松一下,开机后可有的忙了,他根本没时间放松。

他想了想,带谁去呢?

他把水杯放在桌上,想了许久,也没能找出一个非常合适的人选,于是最后还是决定就带陈淼吧,方便。

于是陈淼跟着陆潇宁去了欧洲,在沙滩上、甲板上、巨大的落地窗旁都留下了两个人游玩的身影。

陆潇宁说是嫌陈淼太黑,把带来的防晒油都给了他。

这天陈淼拿着一个砍好的椰子,往沙滩这边走来。

陆潇宁正好冲浪回来,浑身湿淋淋的,海水顺着白皙皮肤上隆起的肌肉一路下滑。他走到陈淼身边,甩了甩脑袋,湿发上的水甩了陈淼一身。

他这个时候才看到陈淼手里拿着的椰子，圆滚滚的椰子球顶部被开了个圆形的洞，上面盖着被取出来的那块盖子，像个小帽子一样，里面插着一根塑料吸管。

陆潇宁低着脑袋吸了一口椰汁，突然听到了一声"咔嚓"的声响。他第一反应以为是记者，但是这样偏僻的私人海岛，记者怎么可能会跟到这儿来，而且会这么明目张胆？

结果陆潇宁望过去，发现是一位胡子花白精神头儿却很好的老人。

老人很友好地朝陆潇宁笑了笑，并且朝他招手。

陆潇宁走过去，老人向陆潇宁展示他刚才拍的照片，照片上陆潇宁和陈淼俨然是一对好朋友的模样。

陆潇宁听不懂老人说的话，比画了几下，才知道老人是在要他的联系方式。

他看了那张照片几眼，又望向还站在沙滩边的陈淼。

傍晚时分，漫天绯云，似是一路烧至天边的火焰。

陈淼低头用吸管吸手里的椰子汁，风吹过，把他狗啃似的头发吹得乱七八糟的。

陆潇宁最后在老人的手机上留下了联系方式。

回去的飞机上，陆潇宁在补觉。

陆潇宁睡着的时候，又长又密的睫毛温顺地贴在白皙的下眼睑皮肤上，显得鼻梁硬挺，嘴唇的形状也好看，嘴角天然就像带着笑意一样。可醒着的陆潇宁经常臭脸。

陈淼虚虚张开五指，对比了一下，心里想不明白，这次出来明明防晒霜全都是自己用了，陆潇宁都没涂过，为什么陆潇宁还是一点儿都没有被晒黑的痕迹，自己看起来却那么黑？

其实陆潇宁在陈淼刚刚动那一下的时候就醒了。他微微睁开眼看见那虚晃着五指的影子，之后又闭上了眼。

而端详着自己的黑手的陈淼并没有注意到这些，心里有些羡慕似的慢慢收回了手。

陆潇宁闭上眼，却不知为何再也酝酿不出睡意。过了十来分钟，他不耐烦地睁开眼，看见陈淼偏着脑袋，一副上眼皮要碰下眼皮的样子。

他把陈淼摇晃清醒，喊："别睡着了！就快到了！"

陈淼被猛地一晃，清醒过来，看了一眼时间，心想：怎么就快到了，明明还有四十多分钟呢。

陆潇宁昨天折腾自己到这么晚，要吃这个要吃那个的，他倒是补好觉了，却不让自己睡？

陈淼打量了几下陆潇宁的脸色，心里觉得他又是起床气发作了。

陆潇宁在回来之后的第四天就进了组。

那部电影的片名叫《碎窗》，听起来就很文艺，讲的是一个画家流连于各个情人之间，有关情感和艺术创作之间的故事。

这部片需要塑造的是一个外形美貌、瘦削、苍白和阴郁的男人。每一位为他的外貌所倾倒的人，最后又都被他的古怪阴郁性格给吓走了。

她们不断地来爱他，然后把爱收回，像是在他心上重重踩上了一脚，又轻飘飘地走了。

画家一次次地消耗情感，然后信任被摧毁，重塑之后再被摧毁……

他瘦弱而苍白，眼神空洞，最后才明白永远不会背叛他的是他的作品。于是他每日将自己锁在房间里，对着画板画画，用和爱人说话一样轻柔的语调跟作品说话。

邻居从窗户那里看到了他一次，惊悚地后退，嘴里叫喊着"他疯了"。

那晚之后画家连夜砸碎了窗户，把窗户用木板钉死了。

从此他的世界被封闭了起来，他在墙上画画，在地上画画，在一间不见光的、充满霉气与夹杂着各种颜料的古怪味道的、看似绝望的房间里创造幸福、温暖的画面。

画家看起来已经不行了,一副油尽灯枯之态,而他的画欣欣向荣,视觉上形成了一种强烈的反差感。

画面的最后,他躺在一片向日葵丛里。他幻想出的一位漂亮的女人躺在那里,肚子那里高高隆起,他就蜷缩在那块位置上平静地闭上了眼。

而一个星期后邻居报警,说是闻到了一股恶臭。

当人们打开那间房屋时,那股气味几乎让他们当场呕吐出来。

而房间的四壁上全是不成形的杂乱线条。原来画家的颜料已经被用尽,那画笔已经被磨损得不成形状。

这无疑是一部比较压抑的片子。

陆潇宁为了达到余检心里的设想,于是疯狂减重。他吃不了的东西,陈淼都偷偷背着他吃了,不敢在他面前吃。

如果让他发现,那他定要发脾气。

陈淼给陆潇宁准备了减肥餐,水果什么的他都要切好了才递给陆潇宁。

拍外景的时候,陈淼一个人能当两个人使唤,一只手打着伞,另一只手给陆潇宁拿着小风扇。

陆潇宁下戏了如果看到陈淼没在休息室里等他也要发火,入不了戏被导演骂也要陈淼来小声地安慰。

不到半个月的时间,他似乎恨不得让全剧组的人都知道他今年三岁。

《碎窗》这种大银幕作品,又是余检指导的,自然跟任栖导《浮玉》这种商业大IP电视剧时赶进度的做法不一样。

余检又不如任栖圆滑。任栖觉得陆潇宁戏演得烂的时候一般不会明说,经常指桑骂槐,让陆潇宁听着也撒不出火来。

但是余检不一样,他的声音不大,话却一针见血又不留情面。

陆潇宁跟《碎窗》里的人物反差太大,光是为了塑造形象就吃了不少苦头,为了那种憔悴的苍白感,他经常在夜里饿得醒来,白日又没办法集中精力,入不了戏。

那日一场戏重拍了五次之后,余棯直接在众人面前把陆潇宁刚才演的那段戏批得一文不值。

陆潇宁身上的白色衬衫上全是颜料,味道难闻,这场戏一直没过,他最后忍无可忍地跟余棯吵了起来。

余家这位搞艺术的小儿子跟陆家这位大少爷针锋相对,任栖不在,一时间竟然没人敢上去劝架。

陆潇宁最后一气之下扬言要罢演,将手里的台词本甩到余棯的脚下,让他另请高明。

余棯气得夹着烟的手都抖了,他喊住那些去拦陆潇宁的工作人员:"爱演不演,让他走人!"

陈淼从外面买了东西回来正好撞见一脸戾气的陆潇宁。陆潇宁从陈淼那里拿了车钥匙,谁也没搭理,一个人开车走了。

一个半小时后,陈淼在陆潇宁家中最里面的房间里找到了他。

屋子里弥漫着一股酒味,陆潇宁盘腿坐在地毯上,伸手倚着沙发角,面前是一块巨大的银幕,里面正放着一部电影。他的脚边倒着一个空酒瓶,手里攥着另一瓶酒,里面的酒已经下去了大半。

陈淼走过去,看到屋里关着灯,只有那占据大半墙面的屏幕亮着光,音效声很小。

陆潇宁此时看起来有种十足的脆弱美。他的头发因为角色需要蓄长了些,盖住了半张苍白的脸,他此刻偏头仰在沙发上,下颌弧度完美。

陆潇宁很突然地问了一句:"真的演得很烂吗?"

陈淼的目光回到了屏幕上,上面正在播放陆潇宁以前演过的一部电影。他在里面是个配角,没几句台词,却在当时被一些观众评论说他把男主角衬得像位路人。

陈淼对这样的陆潇宁显然很无措。陆潇宁一直以来都不是一位需要安慰的人，一直表现得冷漠又强大，性格也很强势。

陈淼沉默了许久。但他的沉默在此刻十分不合时宜，像是一种无声的默认——陆潇宁演的戏真的很烂。

就在陆潇宁无法忍受的时候，陈淼突然像是想到了安慰的话。

"你真的很好看。"陈淼那样真诚地评价道。他说不出太花哨或者更能凸显陆潇宁的容貌特点的词语，于是这样说着。

而余桧这天评价陆潇宁的第一句，就是他除了这张脸能看之外，戏烂得像是河沟里的烂虾。

陆潇宁深吸了一口气，可是心口的火到底是强压不下来。他最后连一个眼神都没有给陈淼，摔门而出了。

这件事最后还是由顾宸跟任栖出面收场。他们闹了得有一个星期，最后在那个周末，陆潇宁跟余桧坐在了一张饭桌边，两个人对着坐，一个比一个脸色难看。

但是既然能来，就说明这两个人也并不是真的想决裂。

一开始这就是余桧亲自选的人，嘴里说着人家除了脸外一无是处，但是他本来就是冲着人家那张脸去的。

余桧想塑造一个病态阴郁又有着让人惊艳的美貌的画家，让这么多人为他倾倒，哪怕最终离去，还是对他念念不忘。

那让众人最初对他如飞蛾扑火一般的热情还是源自他的美。

余桧也问过任栖，任栖只说了两个字"能演"。

有任栖这句话其实就够了。

谁知道陆家这位大少爷脾气这么恶劣。

那段戏其实是陆潇宁按自己的理解演绎出来的状态，余桧一开始就不认可，重拍了三四次，陆潇宁还是固执己见。

"脾气恶劣，戏里戏外一样任性。"余桧这么评价道。

那顿饭虽然吃得食不知味,但是第二天陆潇宁也算是回到了片场。那场戏两个人没再起争执,但问题也并不是得到了解决,而是被搁置起来了,先拍其他的戏份。

陈淼开车带陆潇宁去影视基地。陆潇宁下车后,陈淼把车停进地下车库。

中午的光景,陆潇宁要陈淼去买咖啡。

天气有些阴,像是要下雨的样子,但是还没下下来。陈淼没带伞,于是只得加快动作。

结果他没想到他回来的时候正好撞见了肖洺。

肖洺也在影视基地里,穿着一身古装,束腰显得腰身纤细。

二人坐在一个果汁店里点单,肖洺觉得咖啡苦,点了杯果汁,陈淼要了杯白开水。两个人聊了一会儿,就分开了。

陈淼买回来的咖啡已经凉了,在果汁店里软磨硬泡地请人家老板帮忙加热了一下。

回到片场的时候,看到剧组没在拍陆潇宁的戏份,陈淼左右张望了一圈,没发现陆潇宁的身影。

余棯看见了他,抬抬手里的烟尾巴,指了指别处说:"顾宸来了,跟陆大少爷在休息室里呢。"

陈淼听着这句话中似嘲似讽的"陆大少爷",笑着露出白牙,点点头道谢。他拐进走廊,找到了陆潇宁的休息室。

门没被关紧,两个人谈话的声音从休息室里传了出来。

"你让陈淼搬进你家里了?"是顾宸的声音,严肃中又透着些不悦之意。

陆潇宁则是懒洋洋的无所谓态度,陈淼能够想象他此刻的样子,应该是躺在那棕红色的懒人沙发上跷着腿玩着手机。棕红色显得他的肤色很白。

那张简易的懒人沙发还是陈淼亲手拼装起来的。

"有时候太晚了就让他睡我这儿了。这不是方便吗?他本来第二天早上就还要起来给我做饭啊。"陆潇宁回道。

"可是……"

陆潇宁开始有些不耐烦了:"啧,我不是都说了,留他过夜是为了他第二天早上更方便一点儿吗?你怎么这么婆婆妈妈的?"

顾宸看着陆潇宁这样的态度,也觉得自己似乎有些小题大做,但最后还像是不太放心,说:"我总觉得他不是那么简单的人。"

陆潇宁似乎被这句话逗笑了,从沙发上坐起身来,身上放着的台词本掉了下来,发出一声闷响。他笑着问:"顾宸,你到底怎么回事?一个助理而已,也值得你这样小心谨慎?"

顾宸的脸色变了变,他也不再多说什么,想要换个话题却突然瞥见了门口灯光映照下的阴影,忙厉声问道:"谁?"

陈淼丝毫没有被发现的惊慌之色,站在门口推开门,说:"我看你们在谈话,就没有进来。"

陆潇宁这会儿看见他眉心也皱了起来,问:"你在门口多久了?"

"我……我刚到,我什么也没听见,哈哈哈,买咖啡的人太多啦,我排了好久的队。"陈淼讪笑了两声,笑声干巴巴的。

顾宸没在片场待多久,跟陆潇宁谈完,又去找了余桧。

下午的戏陆潇宁状态有些不好,拍了三条,才过了一条。

余桧提前收了工,让陆潇宁自己回去好好找状态。

大银幕上的作品,一切细节都会被扩大,而且余桧原本就是随心所欲,却又对某些点有着无端执着的人,让他满意并不是一件特别容易的事情。

陈淼送陆潇宁回去的路上,陆潇宁坐在副驾驶的位子上。

车内气压很低,陆潇宁从未感觉车内的空间如此逼仄。他双手交叠把脑袋压在后椅上,不时漫不经心地瞥一眼正专心致志开着车的陈淼。

陈淼攥着方向盘,手指有些用力,指尖的肤色看着都比别处的浅了些。

陆潇宁眉毛紧蹙，一脸郁闷的样子。

陈淼也是一副很忧心的样子，内心思忖着到底什么时候开口提加薪的事，又到底要怎么开口才合适……

他有些难过地想，再不加薪，钱就不够用了。

陈淼一副神游天外的样子，神色格外深沉，情绪也格外低落。

陆潇宁将目光从陈淼那发紧的指尖到他紧绷着的小黑脸上来回扫过三遍，最终忍无可忍地出声："想说什么就说！"

陈淼被猛地一惊，红了脸，一副颇难为情的样子，一咬牙，说："没什么想说的。"

车厢里又陷入了诡异的沉默气氛之中。

直到快到家了，陆潇宁才像是彻底憋不住了，脸色一阵青一阵紫的，色厉内荏地说："想说什么就说，这么摆着脸色给谁看呢？我……我今天那话是故意说给顾宸听的……谁叫你自己偷听？"

只说了这么一句看似解释又不像解释的话，活像是要了陆潇宁的半条命一般。车刚一停，他就立刻摔门下了车。

陈淼那天晚上不明白陆潇宁为什么又莫名其妙地闹别扭，但是并不惊讶，因为陆潇宁总是这样，莫名其妙地自己生闷气，再莫名其妙地自己好。

陆潇宁最近这段时间瘦了很多，特别是电影拍到后期的时候，他体重猛减，短时间内暴瘦似乎使他的抵抗力也有所下降。

正值天气多变，已经很多年没感冒过的陆潇宁感冒了。

他脸颊两侧瘦削得厉害，陈淼拿着杯子给他冲药剂，他只闻了一下就皱着眉推开了。

陈淼又往前推了推，说："喝了吧，总有些用的，你不喝自己也不舒服。"

陆潇宁的鼻翼两侧被卫生纸磨红了，他说话时鼻音很重，听起来一点儿威慑力也没有："太难闻了，而且你昨天跟我说是甜的，为什么骗我？"

陈淼说:"我没有骗你,是有些甜的,你不信再尝尝?"

"你以为我是三岁小孩儿吗?"陆潆宁烦躁得要命。他脑袋昏沉,嘴里泛苦,说起话来十分不满。

余棯跟副导演坐在一旁,看见陆潆宁那副状态,余棯从喉咙里发出一声意味不明的哼笑声。

副导演看看余棯的脸色,又看看陆潆宁的样子,也是一副不太看得惯的样子说:"陆家这位大少爷真是被惯得脾气够大的。炫耀什么呢?就他自己有助理还是怎么着啊?"

《碎窗》的最后一幕在那一年的初冬拍完了。

最后一个镜头,陆潆宁蜷缩在他幻想出的母亲的温暖子宫内,周围是铺天盖地的象征着希望与幸福的金黄色向日葵。

陈淼在远处看着陆潆宁站起来,看着他白色的衬衣上布满褶皱,望向镜头的时候眼神里充满黯然、哀伤与绝望,仿佛身上不是乱七八糟的颜料,而是纵横交错的血痕。

而那场与余棯有争执的戏,最终是余棯让步了。他当时评价说:"陆潆宁现在就是画家本人,如何演自然是按他说的来。"

陆潆宁的全部戏份拍完的那天,一整个下午他都呆坐在休息室里,没有跟任何人交谈。

陈淼进去的时候摸了摸他冰凉的衣服,又看了看他没换掉的沾满灰尘与颜料的服装,突然发觉他瘦得连眼眶都凹陷了进去,显得他的五官更加立体。

陈淼心想:这余棯可比任栖会折磨人多了。

陆潆宁虽然性格不太好,但是在拍戏上难得纯粹。拍《浮玉》的时候天气那么冷,他穿着那么单薄的戏服,也没多说过一句话,导演怎么讲也没见他发过脾气。

他跟余棯起争执也不过是因为对戏的理解有不同的见解。

这部戏拍到最后,连余棯也没能多说什么,一个下午都在跟工作人员商讨，反复地看最后的那场戏。

陈淼看着坐在那里一句话也不说的陆潇宁，突然想起来，家里那口给陆潇宁煲汤的锅都快要落灰了，或许明天就可以拿出来了。

杀青宴的这晚，陆潇宁缺席了。

陈淼将车开到半途，陆潇宁的手机响了。车内就那么大的空间，陆潇宁就坐在他旁边，他听到手机里传来一个十分欢快热情的声音，叫了一声"阿宁"。

于是陆潇宁让陈淼掉转了车头，车子驶入一片繁华的夜幕里。

陈淼其实知道陆潇宁这天很累，《碎窗》拍起来对他来讲无疑是个挑战。他入戏难，出戏也不见得简单。

陆潇宁很少有如此平静的反常时刻。他的脸上没有不耐烦神色，也没有任何其他的情绪。

陈淼突然说："我们要不要回家？"

陆潇宁停顿了两秒似乎才反应过来，然后说："不回，我朋友回来了，去看看。"

是多么重要的朋友，才会让他连杀青宴都缺席呢？

车停在了一处很隐秘的门口，那扇门甚至看起来还有些破，门上的锈迹不知道是不是故意做出来的。

陈淼伸手去推门的时候被陆潇宁攥住了袖子，陆潇宁说："门不在这儿。"

从前院绕过，到了后面又往地下下了两层，他们才来到真正的目的地。

里面的人一见到他，都是一脸的惊喜兴奋表情。

"难得陆少爷赏脸来啊！"

"你以为呢！都是大明星了，是你想见就能见的？"刘楷笑着给陆潇宁拉开凳子，又把目光落到陆潇宁身后的陈淼身上，眼里飞快地闪过一丝讶异之色，又很快地掩饰住，轻松地说，"齐臻今天还特意为你排了舞呢，说是你今天拍完戏，让你好好放松一下。"

陆潇宁却并没有要介绍陈淼的意思。他在刘楷拉开的位子上落座，陈淼就跟着站在他的身后。

他也不接刘楷的话，只是问道："齐臻呢？这才刚回来就赶紧表演了？"

"那可不是！你知道齐臻现在出场费多少吗？"刘楷冲陆潇宁比画了一个数字。

陆潇宁很轻地骂了句脏话。

几个人哄笑起来，陆潇宁拿起身前倒好的酒喝了一小口，就听见场内突然一片喧哗。

地下一层的大厅内亮如白昼，中心的两米高台上一位穿着一件黑色衬衣的男士上场，开始热舞。

陈淼的目光落在台上。

齐臻只表演了一个开场舞就下来了。他在这里的人气应该很高，退场的时候台下嘶吼一片，彩带礼花齐放，气氛热烈至极。

他进来包间就走到了陆潇宁身旁，笑得眼睛眯起来说："阿宁，好久不见！"

那是陈淼第一次见到齐臻。

因为陆潇宁不喜欢那个场所，所以他们最后换了场地，选择了一个附近的酒吧。

里面灯光昏暗暧昧，几杯酒下去，那些人搂着身边的各色美女，还有的搂着两个。

陈淼在那里坐立难安，只能把自己想象成一个没有感情的物件。

到了深夜，齐臻在舞池里嬉笑着出来时看到陆潇宁像是喝多了，慢慢倒在了沙发上。

齐臻看了一会儿，发现原来那人是在为陆潇宁遮光。

齐臻脸上的笑意慢慢收敛了。

哪怕后来很多人讶异为什么陆潇宁会跟这样毫不起眼、丢在人堆里找都找不着的陈淼做这么多年的朋友，齐臻都不觉得太意外。

陆潇宁这样的人，愿意和恨不得连头发丝都给他照顾熨帖的陈淼做朋友，那实在是太正常不过了。

那天不知是陆潇宁喝多了，又或许是刚拍完戏还未能够从那个状态里脱离的缘故，他整个人显得极其不在状态，紧闭着眼睛靠在沙发上。

陈淼看了眼时间，已经深夜十二点四十分了。

他跟陆潇宁这些朋友不过是第一次见面，跟他们并不熟悉。陆潇宁这副样子，着实让他很难办。

陈淼坚持到了一点钟，实在是受不了了，觉得这酒吧内空气混浊，灯光混乱成一片，闷得要命。陆潇宁还如睡死了一般，陈淼低头附在他耳边叫了那么多声，他都没一点儿反应。

陈淼最后决定跟那位坐在最中间的人说一声，先带陆潇宁回去。他还不知道那人叫什么名字，但是知道陆潇宁这天是因为这个人才缺席杀青宴的。

他把陆潇宁半扶起来。陆潇宁的体重并不轻，哪怕他这段时间因为拍戏已经清减了不少。

"你好……我先带他回去了，他喝多了……酒。"陈淼的声音在酒吧混乱的音效声里变得断断续续，不太清晰。

那个人把还剩个杯底的酒杯放下，眉眼上挑，笑意盈盈地说道："你好，还没跟你认识一下，我叫齐臻，阿宁的发小。"

陈淼于是也很有礼貌地伸出手去，脸上的表情严肃得要命，像是他们不是身处灯光昏暗的酒吧，而是在什么铺着红地毯的重要场合，进行一次意义非凡的会面。

那确实是很有礼貌的一次握手，双方的手一触即松。

而在陈淼没有看到的地方，齐臻一直紧盯着他半扶着陆潇宁出去的背影，直到他们的背影消失在酒吧的门口，齐臻的视线才慢慢地收回来。

陆潇宁被陈淼放在了后座上，陈淼把车开得很慢，也很稳。

陆潇宁平常根本不会那么容易醉，这天也不知道为何，也可能是因为拍戏太累，心绪又没走出来……

陈淼这么想着，结果在下一个路口转弯的时候，陆潇宁就醒了过来。

陆潇宁想着自己一个人半躺在后座上，脑袋都快掉到座椅下了，陈淼还在前面握着方向盘，都不知道关心自己，便扒着陈淼的椅背，叫了陈淼一声，把陈淼吓得够呛。

"你醒啦？"陈淼心里无奈，觉得真有意思，酒吧里这么吵，陆潇宁睡得叫都叫不醒，这会儿在车里，街上都没多少人了，这么安静，他反倒醒过来了。亏得自己拖着他到车上，这么沉。

陆潇宁没说话，车一直开得很平稳，甚至比平常慢一些。

等到了家里，陈淼给呆坐在沙发上的陆潇宁煮了醒酒汤。

陆潇宁望着把汤碗端过来的陈淼，突然说："你说，那些人是因为画家长得好看，所以过来靠近他，对他好。"他没去接那碗汤，继续问陈淼，"那你呢？你是为什么？"

陈淼犹豫了一会儿说："因为你付给我工资呀。"

"可是我的每一位助理，我都付给他们工资，可是他们都没你对我这么好。"陆潇宁这天竟然格外有耐心，说话的语气都十分平静。

陈淼这时候才觉得陆潇宁是真的喝多了。对待酒鬼，他确实会放松一些警惕。他半蹲下身子，把醒酒汤递到陆潇宁嘴边，然后说："那当然是因为我比他们都贪心一些，会想要更多——更多的工资。"

陆潇宁微微仰了仰下巴，明明坐在沙发里，却还要端着一副居高临下的姿态，倨傲地说："既然你也知道你贪心，那难道不应该更努力一点儿吗？"

陈淼很是受教地点点头，讨好一样地说："嗯，我努力一点儿。"

年末的时候《碎窗》定档，继《浮玉》之后陆潇宁的高热度时期又到了。

任栖跟余棯曾在《碎窗》拍完后坐在一起交谈过，那时候余棯给任栖看最后一段戏的剪辑。两个人闲聊到最后，任栖才猛然发现，投资商里竟然有盛蔺集团。

"盛蔺集团？"任栖突然皱眉，然后扭头问，"陆家控股的那家公司？"

余棯不太在意地叼着根烟，没点燃。任栖不喜欢烟味，难得忙里抽空过来，余棯总要注意点儿。他随口说："啊，是啊，我还以为你知道呢，当初不是你跟我说陆潇宁能演吗？"

"你想多了，我说陆潇宁能演是因为我本来就觉得他是有些天赋的，而且人也算努力，圈里面就他还能什么都不做，只专注在演戏上，跟你不是很像？我觉得你们应该合得来才这么说的。"

余棯端着一副对这样的评价颇有微词的表情，然后绕回来接着说："那陆家这态度不也是挺暧昧的吗？他们嘴上不支持，其实暗地里还给自家未来少东家赞助电影呢。"

任栖笑着摇头："陆家那位可不是那么好说话的人哪。"

两个人那时候还没多想，直到后来他们才发现陆家那位岂止是不好说话那么简单，最后更是怀疑陆潇宁后来变得那么可怕根本就是遗传！

陈淼穿着睡衣在厨房里围着围裙做饭。自从陆潇宁拍完《碎窗》后他就开始变着法儿地给陆潇宁做饭，两个人吃饭四菜一汤是最基本的配置。

现在的陈淼做饭可比以前得心应手得多，那边煲汤，这边炒菜。

陆潇宁中午才伸着懒腰从卧室里出来。他看着陈淼忙碌的背影，也觉得饿极了,干脆就直接坐在餐桌旁玩着手机等陈淼。

这陈淼像是非要把陆潇宁身上瘦的那几两肉补回来似的。

陈淼放在口袋里的手机突然响了起来,他正在盛汤,腾不出手来,便任由它响着。

等盛完汤,陈淼把手机拿出来,看见上面的号码,瞳孔骤然一缩,然后赶紧按掉了。他把手机又塞回去,结果刚挂掉电话的手机又响了起来。

他关掉声音,手机就在口袋里一直振动,提醒着他。

陈淼最后推开了厨房的门,把手伸进口袋里紧紧攥着手机,脚步有些慌乱地进了卫生间。

陈淼路过跟前的时候,陆潇宁漫不经心地抬了抬眼帘,又把目光落回到手机显示的今日的热搜榜上。他连微博都没开通,也不经常上来看,如今闲暇时随意一点,就看到自己的名字竟然在热搜榜上挂着。

陈淼在卫生间里打开了水龙头,又把门紧紧锁上,才小心翼翼地拿出手机,按下了接听键。

他很是刻意地压低了声音:"不是说让你不要给我打电话吗!有什么事情发信息啊!"

那边说话人的语气似乎也很是激动,断断续续地说了半晌。

陈淼愣住了,表情在那一瞬间变得茫然,继而浮现出难以置信的惊喜之色。他再三确认:"你是说……找到捐赠者了?是这个意思吗?我没听错吧?"

而就在这个时候,门外突然传来了陆潇宁的声音:"陈淼!你到底在干什么?"

陈淼本就有些紧张,情绪不稳,这么一声直接吓得他的手机都掉到了地上。而那原本就不剩多少电量的手机,被这么接连打了几个电话,现在摔到地上后彻底黑屏了。

陈淼赶紧把手机捡起来,然后塞进兜里,慌慌张张地就又出去了,问:"怎么了?"

"你没闻见吗?一股煳味啊!"陆潇宁皱着眉毛,"你到底在干吗?菜做好了没?忘了关火?"

陈淼往厨房里赶去,果然看见那个菜煳了。

他飞快地过去把火关上,然后把锅里那黑炭一样认不出原样的菜倒掉了,扭头隔着玻璃看见陆潇宁还坐在餐桌前跷着腿等着吃饭呢。

于是陈淼把做好的饭菜先端了出去。

一直以来被四菜一汤伺候着的陆潇宁望着桌上的三菜一汤,又看看给自己盛了满满一碗白米饭的陈淼,像是很随意地开口问道:"谁的电话?"

陈淼拿着筷子的手一顿。他还以为厨房里有炒菜声,又有抽油烟机在工作,加上门也被关着,陆潇宁没听到呢。

陈淼回道:"一位朋友。"

这个回答很出乎陆潇宁的意料,陈淼现在几乎是二十四小时都在为自己工作,陆潇宁从来没听他提起过他有什么朋友。

陈淼给陆潇宁拿了个小碗盛汤,看着陆潇宁一口一口吃着饭,自己都没怎么动筷子。

这样的视线让陆潇宁想忽视都忽视不了。

而那天的陈淼确实被那个突如其来的消息刺激得失去了理智,他原本应该用一个更理智、更妥帖的理由,也应该等陆潇宁把饭吃完,自己好好地、平静地想一想再说。

可他实在是太心急了,于是在陆潇宁抬头问他是不是有什么话要说时,像是等待了很久似的脱口而出:"是的,我有件事情要拜托你。"

这让陆潇宁来了兴致,他继续问道:"什么事?"

陈淼几乎没有什么时间去组织好自己的语言和逻辑,只是稍一犹豫,就说:"我……我想找你借钱。"

陆潇宁望着陈淼,陈淼身上的睡衣以及他其他的那些衣物,都已经被洗得褪了色,他还在穿。

陆潇宁自认给陈淼开的工资在同行业内也是只多不少的,但是陈淼对待自己还是一贯节俭。他以前以为陈淼是抠惯了，就是这样的性子，他看在眼里，嘴上嫌弃过几句，却也到底没真的说过什么。

可是他现在看来这完全就不是那么一回事。

"为什么要借钱？"陆潇宁彻底放下了筷子，像要仔细听陈淼说出他的理由。

陈淼故意错开了视线，看着陆潇宁放在桌面上的白皙的手指，那手指正无规律地轻敲着桌面。陆潇宁又问："借多少？"

陈淼的声音很轻，像是有些底气不足，怕陆潇宁会拒绝他似的："三百万？"

陆潇宁显然也是一副没想到的样子。他的目光扫过陈淼细瘦的手腕，再落到陈淼十分紧张的脸上。

为了省剪头发的钱自己把头推得泛青的陈淼，张口就要借三百万。

陆潇宁此刻的语气还能称得上是平静："你借三百万干什么呢？"他想起刚才那个电话，害得今日的饭桌上都少了一个菜，问，"是你的那位朋友要借吗？"他很是怀疑陈淼其实是被人骗了。

结果陈淼似乎并不愿意向他透露什么有关那位朋友的消息，一副很紧张的样子，摇了摇头，然后说："不是的。"他的语气有些急切，说，"其实……其实是我以前爱跟人赌钱，输了很多。"

瞧瞧，他不仅有自己的小秘密，甚至慌得连一个像样的谎都扯不出来了。

陆潇宁蓦地笑了，望着陈淼，语气称得上是柔和："我以前怎么没发现，你还是个赌徒呢？"

第四章
手术费

《碎窗》这部影片在国外拿了奖，余棯并不是很吃惊。毕竟这也不是他拿的第一个国际电影界的奖了。

但是这对陆潇宁来讲并不是一件可以忽略的事情，于是网络上都是铺天盖地的有关陆潇宁的消息，吹演技的，吹颜值的，对比别的新星的，热闹非凡。

一时间陆潇宁的话题热度持续不下。

顾宸当时还觉得这是个好现象，不温不火的陆潇宁像是终于要火了。

这天，一个宣传活动刚刚结束，陈淼开车带陆潇宁回家，刚拐进那个路口，迎面而来一阵闪光灯。陆潇宁瞬间就变了脸色，嘴里骂了一句。

陈淼也反应迅速地掉头，后面竟然还有车往这儿跟了过来。这些记者真是够猖狂的。

陈淼轻踩脚下的油门，转了三条街才把那群人甩掉，而旁边的陆潇宁的脸色已经难看得要命。

车停在一个红灯路口，陈淼悄声询问："我们去哪儿？还回……还回去吗？"

"还回去干什么啊！那儿都被人发现了，门口不知道蹲了多少记者呢！"陆潇宁烦躁得不行。

"那……去哪儿呢？"此刻前方红灯正好到了最后一秒，陈淼犹豫地问。

陈淼听见陆潇宁清晰地回答道："去你那里。"

陈淼手里的方向盘差点儿打滑："什么？"

陆潇宁难得很有耐心地重复了一遍："去你家，听不懂吗？"

陈淼家的那个胡同，陆潇宁的车根本开不进去，陈淼光是找停车的地方就找了好久。

这一片地方鱼龙混杂，他生怕陆潇宁的车在这儿放一夜被人划了，或者明天过来少两个车轮子之类的。

陆潇宁倒是没察觉陈淼的紧张情绪，只能看见前方越来越昏暗。这块要经过好远一段距离才能看见一盏不太明亮的路灯。

这里房屋的建筑的样式非常老，破旧又低矮。

伴随着一些已经被拆掉的房子的碎砖烂瓦，那些低矮的房子在这片废墟里像是很坚强地残存下来一般。

车停好了以后，陆潇宁跟着陈淼下车。由于太昏暗，他不得已拿出手机来照亮。

只走了一小段路，陆潇宁突然被绊了一下，身子撞了陈淼一下。

陈淼于是回过头来伸手牵住他的袖子，回头时看见他那张在暮色里都显得十分英俊的脸。他身后是如此破败昏暗的建筑，远处的灯也时明时暗，他站在这里显得格格不入。

陆潇宁只是站在这里，哪怕随随便便拍一张照片，也会好看得跟幅画似的。

陆潇宁把手机在陈淼眼前晃了晃，问："发什么愣呢？"

一向挑剔的陆潇宁，竟然在此刻没有丝毫抱怨与吐槽的话，陈淼甚至觉得他对自己的住处有着非同一般的兴趣。

而陆潇宁果然也接着催促道："快走啊！"

陈淼领着陆潇宁来到自己的破出租房，两个人呆站在有着无数划痕、斑驳破旧的木门前。

陆潇宁的耐心果然只有三秒，他皱着眉问："这是你家吗？"

陈淼点了点头。

陆潇宁跟受不了似的，往那破门上砸了一拳，不耐烦地说："那你还不开门？这么冷的天，这么晚了！陈淼你到底怎么回事？"

没想到这一拳下去直接不用开门了，那许久不曾打开的无人问津的破烂木门在被捶这一下之后直接倒了。

木门砸下去扬起来的灰尘让陆潇宁睁不开眼，他那一身刚参加完宣传活动穿的高级服装这会儿都不知道已经沾上了多少灰。

陈淼故作镇定地带着陆潇宁进到屋里，把许久不用的热水壶拿出来，要烧热水。

屋里只有一张小板凳，很矮，陆潇宁那长腿估计也伸不开。陈淼把床上拍了拍，讪笑着说："要不你先坐床上吧……"

陆潇宁垂着眼皮，纡尊降贵一般坐到了陈淼用手拍干净的那一块地方。

陈淼去自己的衣柜里想找出一床干净的床单换上，然后忙着给陆潇宁烧水。他一段时间没有回来住，这里很多东西竟然都落上了一层灰。

陆潇宁打量了一下这间屋子，一眼就可以望见全部：一个衣柜、一张床、一张板凳，破了一小块的塑料大红盆，桌子上摆着两个碗，还有一口铁锅，刷得倒是很干净。

陆潇宁蹙眉："陈淼，我一直以来给你开的那些工资，你都花到哪里去了？"

陈淼沉默了一会儿，水也烧开了，"咕嘟咕嘟"地响着。他把热水倒进碗里，然后笑着说："上次不是说了嘛，我生性贪婪，好赌。"

他这是不打算说的意思了，陆潇宁心底冷笑，就算他不说，自己也能查出来。

107

陈淼像是故意岔开话题一样，说："这么晚了，先睡觉吧……"

陆潇宁心里气不顺，自然不可能善罢甘休。他脸色冷硬，语气烦躁："你这破地方让我怎么睡啊？这么硬的床，坐着都觉得硌得慌！"

陈淼有些羞愧似的低头，很小声地说："那要不然……你睡我的衣服上。"

陆潇宁"哼"了一声，勉为其难地说道："算了，就凑合睡一晚上吧。"

一个狭小的房间内全是柑橘调的香水味，陆潇宁有一搭没一搭地跟陈淼说着话："在你这儿睡觉跟露营其实也没什么区别了。"

他抬头看了看那破旧不堪的房梁，说："陈淼，你这儿根本没法儿住人。这真的不会塌吗？"

陈淼半晌才回过神来，然后说："不会。"他思考了一会儿又说，"但是下雨时会漏一点儿雨，我要在屋里打伞才能睡。"

不知为何，陆潇宁脑海里浮现出了陈淼在床上打伞时可怜兮兮又有点儿傻乎乎的模样。

"那是不是还是我家里舒服？"

其实平心而论，陈淼打心里觉得在陆潇宁家里睡得最好的一觉还是第一次睡沙发的时候。

这个想法微微掠过脑海之后，像是提醒了陈淼一些事。他问道："陆哥，你什么时候能借给我钱？"

陆潇宁有点儿不高兴地打断了他的话："你能说点儿别的事吗？"

陈淼愣了一下，然后说："那要说什么？"

陆潇宁神色变冷，然后起身穿衣服："算了。"

陆潇宁边扣扣子，边跟陈淼说："想要我借给你钱，除非你一五一十地把事情给我全部交代清楚。"

他说完就拿起了车钥匙，应该是想摔门走的，结果发现这儿已经没有门了。

陆潇宁从那扇倒下的破门上踏过去，然后嘴里骂了一句。他觉得自己是发疯了,好好的为什么要跟陈淼来这个破地方?

那天之后,陈淼没有再出现在陆潇宁面前。

陆潇宁跷着腿坐在公司的办公室里,对面的顾宸的脸色有点儿不好看。他拿出手机然后递给陆潇宁说:"你自己看看。"

陆潇宁随手滑了几下,一副不以为意的样子,眼神颇为嫌弃地说:"最近公司这是挣了多少钱,这么舍得为我宣传?"

顾宸脸色古怪,然后看着陆潇宁一副似乎毫不知情的样子说:"公司没有买。"

"什么!"

这次就是陆潇宁也开始觉得有些不对了。

距离金春杯的颁奖活动还有半个月,陆潇宁在人气投票榜上一直稳居第一,甚至跟第二名出现了断崖式的数据对比,而且这种井喷式热搜话题已经持续这么久,这一切都让顾宸觉得事情有些不对头。

特别是在公司没有为陆潇宁做营销的前提下,这件事就更惹人起疑了。

已经开始有些路人粉丝在骂陆潇宁了。

"博眼球!"

"不想看却三天两头刷到,快吐了!"

"捧不起来能不能不硬捧?头一次见热搜话题这么霸榜的!"

…………

陆潇宁翻过这些评论,脸色也变了。

他跟顾宸对视了一眼,两个人心底均有了一些不好的猜测。

当然在这样的推广下,陆潇宁也吸了不少"颜粉"。

有些"营销号"还在一水儿地吹捧陆潇宁的颜值和演技,陆潇宁的粉丝跟那些"黑粉"在微博话题下争论得不可开交,整个评论区乌烟瘴气的。

"查到是谁的动作了吗?"陆潇宁问道。

顾宸摇了摇头，说："一开始没有留意，以为只是普通的'营销号'博主在博眼球而已，你那段时间《破窗》拿了奖，本来话题性就极高，没想到现在热度还在攀升。"

"要想办法把热度降下去。"陆潇宁有些心烦。一般人不会这么明目张胆地来招惹他，那些发他的"黑料"的记者以及"营销号"也不过是为了吃口饭，不可能这样针对性地对他。

陆潇宁在桌面上轻敲了两下手指，然后说："先查查是谁在背后搞的这些动作。"他伸手打开了面前的笔记本，然后拿出一张银行卡往电脑上敲着数字，顺口问，"对了，你以前是怎么认识陈淼的？"

突然"嘀"的一声提示音响起，屏幕上显示账户已被冻结。

陆潇宁紧紧蹙起眉头，又换了一张卡。

顾宸站在窗口正在吸烟，扭头回答道："在商场，他在卖鞋油。"

又是一声"嘀"的提示音响起，接下来第三张、第四张……

陆潇宁突然吐出一口气说："不用查了，我想我知道是谁了。"那口气呼出来以后，他脸上却并没有松了一口气的轻松之意。

顾宸起身往前走去，看到陆潇宁屏幕上的画面停留在转账的页面上。他有些疑惑地问："钱转不出去？"

"三百万，你要转给谁？"

"你刚刚说你知道到底是谁在背后搞这些动作了？"

接连三个问题，陆潇宁一个都没回答，坐在那里久久地沉默着。

与此同时，陈淼在医院里，手里拎着保温桶在电梯的最角落里站着。他戴着黑色的口罩跟帽子，把自己包裹得严严实实。

电梯停靠在十六楼。

陈淼走进一个病房，房间内倒数的第一个床位上躺着一个瘦弱的男生。

那男生头上戴着顶针织帽，是陈淼前段时间亲手织的，托自己找的护工带过来的。

那男生脸上透着不健康的白,但是能够看出本人依旧非常帅气,秀气的眉轻蹙着,眉色有些浅。

看见来的是陈淼,那男生瞪大了眼睛,一副很是惊喜的模样,高兴地说:"你怎么舍得来了!我跟玲玲姐说了好几次让你来,你都不来呢!"

那个男生坐起身,细瘦的手腕从条纹病号服里伸了出来。

陈淼伸手把他拉开,说:"别闹,小瑜。"

陈淼把口罩摘掉,然后拉上了旁边遮挡的床帘,把保温桶拧开,一股饭香瞬间弥漫整个病房。

陈瑜夸赞道:"你的手艺越来越厉害啦!我姐那时候就超级喜欢吃你给她做的饭。我有一次弄撒了一点儿,她骂了我好久呢。"

陈淼看起来情绪并不是很高昂的样子,目光沉静地说:"你知道了吧?现在有个捐赠者在跟你配型,我刚才跟你的主治医师聊了聊,你毕竟很年轻,做手术的话,有很大的概率能够康复。"

陈瑜看着陈淼,手里端着陈淼做的饭,嘴里虽然夸着好香,却一口都没动。他追问:"那手术费呢?我们没有手术费怎么办?"

陈淼起身把他的被子往上扯了扯,说:"手术费你不用担心,我会想办法,你只要安心养好身体就好了,你会健康地活下去的。"

陈瑜很是突然地笑了,苍白的脸上笑容灿烂。他笑起来的时候就更像他姐姐了,陈淼一时失了神。

陈瑜说:"谢谢小淼哥。"

陈淼动作顿了一瞬以后看着陈瑜说:"其实你不用这样,不用特意讨好我,也不用总是提起你姐,我答应她会救你,就不会不管你。"

陈瑜脸上的笑容定格,然后慢慢收敛住了。他本身不是很爱笑的人,可是笑起来的时候会跟姐姐更相似,所以他必须在陈淼面前这样表现。

陈淼又把自己的口罩戴上,然后扣上帽子,扭头对着陈瑜说:"不想吃就放下吧,桶里留的是给玲玲的。"

也许是因为被病痛折磨，病床上坐着的少年收敛起刻意的笑容之后，哪怕是面无表情的时候身上还是有一股阴郁之感。

他目送着陈淼走出病房。这人匆匆来，匆匆去，谨慎小心得像是一个见不得光的影子。

他嘴角扬起来一个讽刺的弧度，把手里的汤倒进了旁边的垃圾桶。

电梯口人有些多，陈淼排了很久才赶上电梯，等到了第十层，电梯停了一下，下去了一部分人，又有几人上来了。

齐臻走进电梯的时候就注意到了角落里那个从头到尾包裹得严严实实的人。他很是刻意地凑到了那人的身边，语气极为热情："陈淼是吗？你也来看病人？"

陆潇宁跟顾宸坐在车里，这段路十分拥堵，车行进得非常缓慢。

前面一大群人拥堵成团，一辆救护车正呼啸着行来。

陈淼从人群中挤出来，进去的时候身上穿着的外套这会儿不见了，身上只剩下一件单薄的打底衫。

原来有位女生在街上突然晕倒，有车为了避开她却发生了连环追尾事故，现在乱成一团，相关人员正在做着疏通的工作。

顾宸突然语气不明地说了一句："他倒是还挺有爱心。"

陆潇宁顺着他的目光望去，只见那正被扶上救护车的女生的头上盖着一件黑色外套，外套正是陈淼的。

陈淼这时候已经不声不响地消失在街角了。

陆潇宁从鼻腔里发出一声不屑的嗤笑声，没做什么评价。

那位女生被送上救护车之后，这条街很快被疏通开了。顾宸打着方向盘，缓缓开口问道："有电视台邀请你去他们的跨年晚会上压轴表演。"

陆潇宁想也不想地就拒绝了，然后不满地问顾宸："你怎么回事？不知道我都是不接这些活动的？"

顾宸沉默了一会儿说："你不是需要钱？"

"我什么时候……"陆潇宁突然想起了那转账没转过去的三百万。而且从那天之后,陈淼不知道一直在忙些什么,请了几天假之后就不见踪影了,这天竟然在街上撞见他在这里救助当街晕倒的女生。

陆潇宁心里一阵烦躁,这人这么泛滥,怎么不知道来关心关心自己的老板?

当车行驶到公司的时候,陆潇宁才冷不丁地开口:"跨年晚会上要表演什么?"

陈淼是蹬着自己的破自行车快到家的时候被拦下来的。拦他的是一辆黑色的宾利,车上下来了四位穿着黑色西装的人,他们面无表情,语气也不掺杂任何情绪一般说:"是李琰先生吗?"

陈淼瞳孔一缩,攥紧了车把,说:"你们认错人了。"

四位私人保镖看起来不为所动:"请李先生上车。"

陈淼犹豫了一瞬,把自己的破自行车放到墙边停靠住,又拿着车篮子里的锁把自行车锁上。

从这排场看来这帮人着实不像是那群追债的人,陈淼坐进车里,心中几个念头来回转。

车停在一家私人庄园前,进去就是大片的绿色草坪和连绵不绝的低矮假山。

进了里面,上到电梯里,到此刻陈淼都没碰见过一个除了这群保镖以外的人员。

到了最里间的房间门口,一名保镖敲了敲门:"人带到了。"

里面的人打开门,陈淼走进去,屋内的保镖退出去关上了门。

陈淼抬眼看见一位男士,对方穿着一身休闲服,坐在那里手里捧着一杯红茶,红茶还冒着热气。

陈淼几乎都不用迟疑就确认这是陆潇宁的家里人,因为从那张脸上完全可以看出一些陆潇宁的影子。

那人甚至连一个眼神都没给陈淼,只说了一句:"李琰是吗?过来聊聊。"那人好像没什么耐心,开门见山地说,"我是陆潇宁的父亲,今天找你是想聊聊有关他的事情。"

陆潇宁的父亲?!对方看起来还这么年轻。

陈淼打量着对方,心里肯定着陆潇宁的家族基因。陆潇宁五官这么出色,他父亲的基因的功劳着实不小。

陈淼心里对此行对方的目的已经有了猜测。

"你是最近陆潇宁身边的助理吧。"对方语气像是陈述,声音不高,没什么高高在上或者不可一世的神情表现在脸上。真要说的话,那落在陈淼身上的视线其实有些过于冷漠。

像是坐在那里的陈淼不过是一个物件——一张桌子、椅子那样。

对方不会不尊重桌子、椅子,也不会对桌子、椅子发脾气,但对它们也没什么实在的感情,因为那很没必要。他的这点跟陆潇宁很是不同。

"这次找你来呢,是因为陆潇宁已经这个年纪了,却还是很鲁莽、幼稚,让我在这么忙的时候还要腾出时间来管教孩子,实在是叫人见笑。"陆安凌嘴角微微勾起一个弧度,但是任谁也没办法从那双冷漠的眼里看到任何与笑意有关的东西。

陈淼着实有些心里没底,迟疑地说:"事实上我觉得我和陆潇宁根本不算是朋友。而且既然您已经知晓了我的名字,那么想必也已经调查清楚我的情况了。"

陆安凌打断了陈淼的自作聪明。他看了一眼陈淼普通的脸,觉得陈淼能在陆潇宁身边当这么久的助理,那必然是有些什么过人的手段。

"我是需要你劝他回来,他是我的独子,也该回来干点儿正事了。"陆安凌这么说着,然后推给陈淼一张支票。

干点儿正事?

陈淼这时候才恍然明白,其实在陆安凌眼里,陆潇宁出来演戏——天寒地冻的环境里拍打戏,冻得双手几乎没什么知觉;拍《碎窗》瘦得快要脱相;熬夜背台词找感觉——都不过是不懂事的小孩儿出来瞎胡闹一样。

陈淼回忆起那晚昏暗的房间里，满屋的酒气，大银幕放着烂俗老套的剧情，银幕的光映照在陆潇宁那时显得分外苍白脆弱却依然让人惊艳的脸上，他抬头问陈淼："真的演得很烂吗？"

陆安凌继续说："他现在名下所有资产都被冻结了，没有办法借钱给你。陈瑜还等着做手术呢，不是吗？"

陈淼很是突然地露出一个苦笑："他不见得会听我的，您太高估我对他的影响力了。"

事实上陆安凌在见到陈淼本人以前，一直觉得他是一个手段了得的聪明人，才能在陆潇宁身边当那么久的助理。

但是陈淼这副犹豫的样子，让陆安凌逐渐有些不耐烦。但是他还是决定多费一些口舌来引导陈淼做一个聪明的选择。

"他其实一直只演戏，不接别的演艺活动的，但是在一个小时前，他接下了一场跨年晚会活动的邀请，要上去跳舞。你说他会跳舞吗？"

陈淼脸上刻意堆砌出来的勉强笑容再也维持不住了。他一直以来疑惑不解的，甚至最近刻意回避的、想不明白的事，在这一刻突然有些明白，却不太敢明白。

就比如，在那天的凌晨，陆潇宁为什么会对他说"算了"。

原来陆潇宁一直把他当朋友。

陈淼其实很不想说"算了"，陈瑜还等着做手术，催债的人逼得他隐姓埋名，活得像一只躲在阴暗角落里的老鼠。他也想接下陆安凌的支票，告诉对方自己一定苦口婆心地规劝陆潇宁回到陆家，放弃那些电影梦。

可是陆潇宁说"算了"。

于是陈淼也只能说："算了。"

哪怕陆潇宁说"算了"的时候还带着一股潇洒的骄矜气，高高在上，而陈淼的"算了"就是普普通通的"算了"。

但陈淼还是这么说了。

"让他做不喜欢的事情他会发脾气,他发脾气总不太好劝。"陈淼这么讪笑着说完。

"真够能装的。"陆安凌喝了一口手里热腾腾的红茶,望着陈淼离去的背影这么点评道。

送陈淼走的是陆安凌的贴身助理,三十岁出头,戴着一副细框眼镜,还是那辆黑色的宾利,只不过这次没有那四位保镖了。

车子拐进一个路口后陈淼说:"把我放在前面就好了,我的车在那里。"

前面的司机听到这话后,在后视镜里与后面坐着的助理对视了一眼,助理点了点头。

车门打开,陈淼下来以后又关上,助理降下来半截车窗,递给陈淼一张名片:"如果李先生改变主意的话,可以再和我联系。"

陈淼接下名片,礼貌地说了声"谢谢",然后走到他之前锁住的自行车旁边开了锁,跨上自行车骑走了。

已经是十二月份,陈淼把他的外衣给了街上那个突然晕倒的女生,这会儿从开了暖气的车上下来后忍不住一阵瑟缩。

黑色的宾利车从陈淼身边驶过,带起一阵风。

助理从后视镜里看到陈淼越来越小、卖力地蹬着自行车的身影,也愣了愣。他倒是没想到,陈淼嘴里的"车"是辆这样破旧的自行车。

按他所了解到的情况来看,陈淼已经做陆家这位大少爷的助理两年了,而陆潇宁的资产被全部冻结是最近这一个月的事情。

既然是身边的助理,凭陆潇宁多年的行事风格,他总不会对助理苛待至此吧。

陈淼被电话吵醒的时候是夜里十一点。

陆潇宁那边是十分气急败坏的声音:"陈淼!你给我发的那信息是什么意思?"

陈淼一下子被惊醒,咽了口唾沫然后说:"就是……辞职的意思,我觉得我已经说得很清楚了。"

"辞职？为什么？就是因为你找我借三百万，我没借给你？"陆潇宁几乎是咬牙切齿地说出了这句话。

陈淼吞吞吐吐地说："那倒也不是，只是我实在是没那么多精力了，你可以……可以让顾宸哥再给你找一位助理……"

陆潇宁几乎被气昏了头。他怎么也没想到消失了很久的陈淼，突然跟他联系就是要辞职。

陈淼听陆潇宁很久没有说话，很是忐忑地又说了一句："你以后……要加油啊……"

这像是他最后的祝福了。

陆潇宁很是不客气地回了一个字："滚！"然后挂断了电话。

陈淼在自己的房间里煮饭，吃完了以后，开始往保温桶里倒锅里的那些东西。

他接到护工的电话的时候，手一抖，刚煮的热汤洒了一地。

他连收拾都没能来得及收拾，就一路往医院赶去，大冬天的硬是出了一身汗。

他看着原本应该躺着陈瑜的房间的病床空荡荡的，请的护工在那旁边捂着嘴哭，断断续续地哭着说："他们……不认识的……一群人……就把小瑜拽下来拖走了……"

医院里的那些人对着欠了众多外债、不缴费用却一直住在这里占着床位的他们也是一阵感叹。

他们说是报警了，但是在警察赶来前没拦住人。

陈淼能够听到自己清晰的心跳声。他把手机掏出来，看到上面发来了一条新的短信。他告诉自己要镇定下来，陈瑜只有他了，他要保护好陈瑜。

信息上面说的是"城东郊区，坞安三号仓库"。

陈淼在四十分钟之后赶到了那里。

天色已黑，寒冬腊月天，扑面就是一阵寒风。

陈淼只身走进去，看到了角落里被绑着的陈瑜，陈瑜嘴里被塞着块脏布，双手被反绑在身后。

陈淼刚走进去两步，就被人从身后一脚踹倒在了地上。

听到一声闷响，紧闭着双眼的陈瑜像是突然惊醒一般，看见是陈淼，开始控制不住地挣扎起来。

陈淼先是被揍了一顿，直到直不起身来，那群人才散开。

一个叼着烟，看起来是个小头头的人过去踢了踢陈淼，说："不是说分期还钱吗？"

陈淼闷哼一声，疼出来一身的汗，但还是说："有什么事找我，你们抓他干什么？又不是他借的钱。"

"啧，瞧瞧你这话说的，你借钱还不是为了这个病秧子，要怪就怪你自己不忍心呗。你不去看他，我们也发现不了不是？真是够辛苦的啊，改名换姓的，你真以为自己躲得掉还是怎么着啊？"

"我不是还了一部分了吗？"陈淼单手撑着地，慢慢想要起身。

"你那才还了几个钱啊？听手底下的人说你认识了位明星，那明星该有钱啊！你拖着兄弟几个在这儿不还钱，钱全给了那病秧子啊？"那人说着又是一脚踹了上去。

陈淼痛苦地捂着腹部。他喘了一口气，很慢地说："还……我还，再给我一点儿时间。"

"再给你一点儿时间？"那人嘴角扬起一丝恶意的笑容，回头望着陈瑜，又将视线移回来，轻飘飘地说，"那也不知道他能不能撑住呢？"

陈淼挣扎着爬起来，然后踉跄着过去，却又被拦住。

陈瑜挣扎着，满脸泪痕，一副出气多、进气少的模样。

陈淼霎时间血凉了一半，然后像是失去了理智一样撞开拦住他的那些人，扑到了陈瑜身边，对着那些还要过来阻拦的人嘶吼道："他要死了，你们一分钱也拿不到！"

眼看着陈瑜像是要不行了，那群人的脚步也迟疑了一瞬。他们当然清楚，陈淼当初是为了谁借钱的，陈瑜如果真的死了，陈淼说不定真的会跟他们鱼死网破。

这并不是他们想要看到的结果，毕竟他们是来要钱的，不是来要命的。

不管是陈淼还是陈瑜的命在他们这里都不值几个钱，只有人活着，才能带给他们更多的利益。

叼着烟的那人这时候摆了摆手，让手底下这群人往后撤了撤。陈淼眼眶通红，显然是一副被逼急了的模样，他们再往前一步他似是要拼命。

"啧，行了，行了，瞧你也怪可怜的，我再给你最后一周的时间，下周一把钱连本带利地还过来，要不然别怪我们到时候再邀请你家这个小瑜过来。"他把"邀请"这两个字咬得很重，一副威胁的样子。

陈瑜身体滚烫，白皙的脸蛋上有着片片污痕。他穿着单薄的条纹病号服，在这样寒冷的冬天，本就虚弱的身体起了高热。

那群人放下这些话之后就走了。

陈淼解开陈瑜被绑着的双手，抽掉他嘴里的破布。

陈瑜一直没出声，不知道是没力气，还是刻意忍住了。

陈淼蹲下身子，让他趴到自己背上，揽住他的腿弯，把他背了起来，同时小声安慰着："小瑜不要怕……哥这就带你回医院……"

陈瑜看起来一点儿生息都没有，但是陈淼的肩头湿了大半，一片冰凉。

陈淼打了救护车的电话，可这位置实在偏僻，陈瑜的情况很糟糕，他觉得此刻一分一秒都像是在煎熬。手心出了一把汗，他背着陈瑜，走在一条连路灯都坏了的街道上。

寒风刺骨，陈淼喘着粗气，小声叫着陈瑜的名字，跟他说话。

终于在走了二十分钟后，他们拦到了一辆出租车。

陆潆宁在那一年的最后一天晚上，去参加了跨年晚会的彩排。

彩排结束后他一出来，看见顾宸连带着余桧、任栖竟然都在。

陆潇宁在休息室里看着他们三个人，除了余桧的神态看起来还十分悠闲之外，顾宸一脸凝重的表情，任栖直接是看见他一进门就叹了一口气。

陆潇宁这阵子本就处境艰难，现在根本接不到任何剧本，也没有人敢找他合作。

再加上陈淼这个时候不知道抽什么风，先是玩失踪，后是闹离职的，更是惹得他十分恼火。但是他转念一想，好在陈淼看不到他现在狼狈的样子。

陆潇宁走进去，开口说道："怎么着？今天怎么凑这么齐？"

顾宸抬手揉了揉眉心，问："你没看今天的热搜？"

陆潇宁随手滑开手机，看到了被顶到热榜的"抵制陆潇宁""陆潇宁滚出娱乐圈"等等相关话题，都是在榜单前几的位置上。

余桧这时候在窗边透完气过来，难得鼓励一般地讲："没关系，其实你也不是一点儿机会都没有，这不是还有个金春杯的颁奖活动吗？今年的最佳男演员，十有八九得是你。"

余桧这么讲不是没道理的，《碎窗》演到最后，连余桧都对陆潇宁的表演没话讲，陆潇宁自己更是许久都出不了戏。

更何况《碎窗》在国际电影节获奖了，陆潇宁今年如果能拿奖，那也是实至名归。

陆潇宁刷了会儿热搜话题，然后很是平静地关上了手机，没有骂脏话，也没有发脾气。

任栖总没有余桧那股子天真的乐观劲儿，开口问道："他会不会干预金春杯的颁奖？"

陆安凌的手会不会伸得那么长，没有人敢说一句肯定的话。

但是陆潇宁摇了摇头，很肯定地回答道："不会。"

他们的目光转了过来，陆潇宁继续说："凭我对他多年的了解，他应该更希望我获奖，然后再将我从高处扯下来，在我眼看着自己离成功只一步之遥的时候，他再去亲手毁掉我的一切。"他的神色渐渐冷了下来,"我还小的时候他就是这样。我以前养的一条小狗,他不喜欢,但是在我把狗接回来的时候他没有阻止我,等我把狗养大了,跟狗有更深的感情了,他再让人把狗从我这里牵走。他说这样我会更长记性。"

余棯对这样的教育方式不敢苟同,无法想象陆潇宁这么多年是怎么在他父亲的摧残下成长的。

按陆潇宁这样的话来讲,那么前段时间的热搜话题,还有投资电影,不过是陆安凌为了将他扯下来时让他摔得更惨,才先将他往高处捧,用舆论为他造势。

三个人突然一片静默。

那天他们一同去吃了一顿饭。

酒桌上余棯喝多了酒,扬言下部电影还要找陆潇宁来拍,让陆潇宁不要怕他老子。

任栖笑他天真,顾宸只一杯一杯地喝酒,沉默着不说话。

他们一同相处的这两年的时光,说长不长,说短不短,顾宸最后说:"其实已经很幸运了。"

陆潇宁没有反驳这话。

他的确是足够幸运了,陆安凌还能够给他两年的时间让他出来拍自己想拍的戏。

他到底跟余棯不一样。余棯被保护得太好,上面还有几位哥哥,母亲又足够宠这个小儿子。

而这些都是陆潇宁没有的。陆安凌就陆潇宁一个儿子,那么大的家业挣到手里,陆潇宁有他必须承担的责任和要走的路。

难道他真的要跟陆安凌父子相斗,争个你死我活?他倒是想,但是他那点儿能耐,脱离了陆家,实在是太不够看了。

陆安凌只需要动动手指,似乎就可以掐断了他的生路,足以让他身无分文,圈里的各大公司也不可能为了签他去跟陆安凌对着干。

而这一切应该还都是刚刚开始……

而陈淼在这天晚上给齐臻打了一个电话。

"你上次说可以借给我钱,是不是真的?"陈淼瑟缩着身体走出医院的门口,天空飘来了几片雪花。

电话里似乎传来了齐臻愉悦的笑声。

"我需要三百万,你能不能先借给我一部分?"陈淼继续问。

齐臻回答道:"当然可以。"

陈淼说:"好。"

齐臻似乎像是在提醒:"短时间里你要这么多的钱,就算是我也不能轻易地借给你吧。这样好了,我发给你一个位置,你来签一下借条,这样我们都放心些。"

陈淼眨了一下眼睛,一片雪花融化在他的睫毛上。他握着手机说道:"我明白的。"

挂掉电话的齐臻将这段通话的录音发给了陆安凌,然后又转发给了陆潇宁一份。

做完这一切,他给陈淼发过去了一个酒店地址,连带着发了房间号码。他面前的桌面上还散落着陆潇宁让他帮忙查的陈淼的个人资料。

齐臻在自己的转椅上伸了伸懒腰,神色里透着股遮不住的兴奋劲儿。

陈淼在卫生间里把毛巾拧干,然后把被热腾腾的热水烫过的毛巾展开,给躺在病床上的陈瑜擦了擦脸。

陈瑜半睁开眼望着他。

陈淼弯下腰离近了点儿,像是安慰陈瑜一样说:"别害怕,你的主治医师跟我聊过了,手术成功以后,你康复的可能性会很大,毕竟你还很年轻。"

陈瑜的睫毛很长,在下眼睑处投出一片阴影。他很是勉强地弯了弯嘴角。

根据陈瑜的情况来看，手术肯定是越早做越好。从上次回来身体状况好了一点儿之后，陈淼就立刻和医生敲定了手术时间。

既然钱已经到位，那后来的这些事肯定安排得十分迅速。

手术的时间安排在下午，进手术室前，陈瑜握着陈淼的手，脸色苍白，手心里全是汗。

陈淼扯了扯僵硬的嘴角说："小瑜，不要紧张，也不要害怕，给你做手术的医生也很有经验。我呢，有点儿事要外出几天，到时候你做完手术出来，会有护工来照顾你，你安心养病，三五天我就回来了。"

陈瑜握着他的手没松，眼珠子转了转，视线凝在他的脸上，然后问："我手术出来，你不在吗？"

"护工会好好照顾你的，我给她留了一些钱。"陈淼看着他又说道，"真的，最多五天，我就会回来了。"

陈瑜最后闭上眼，然后松开了手说："谢谢你，小淼哥。"

陈淼很轻地"嗯"了一声。

他目送着陈瑜被送进手术室，站在那里盯着手术室紧闭的门看了十来分钟，然后转身离开。

陈淼到达那个信息中约定的酒店的时候是晚上九点钟。陈淼进酒店大厅的时候被拦了一次，门卫要登记他的姓名，问他有没有预约。

酒店看起来隐蔽性很强，而且是会员制，大厅装修风格极尽奢华，是中世纪的欧洲建筑风格，人从大厅的中心往上看，能看到一层一层的旋转楼梯。

陈淼报了名字之后就被领着往二楼走去，进门的时候被搜了身，连手机也被拿走了，搜身的那人走之前还很礼貌地对他弯下腰做了一个请的手势。

陈淼到底是第一次经历这场面，有些紧张，对着漆黑的木门犹豫了一会儿，才慢慢拧开门把手。

他刚一进门，那位侍者就很迅速地在门外拉上了门。

里面的人正喝着酒，有两个人跷着腿坐在沙发上，手里拿着酒瓶，还有一个人在房间的窗户边站着，手里正拿着一根棒球棍。

听到门响，那三个人同时把目光落到了站在门口的陈淼身上。

陈淼紧贴着门，迈不动脚步了。

他心头剧震，有些难以置信——为什么齐臻没有出现在这里？

对面沙发上的两个人，一身的酒气，屋里那股强烈的酒精味道冲击着鼻腔。

陈淼瞬间意识到自己是被齐臻给耍了！齐臻根本没打算帮自己，自己也是病急了乱投医，齐臻这样和自己萍水相逢的人，怎么会突然好心愿意借钱给自己呢！

陈淼反应过来之后，立刻转身想要拉开门往外跑。

可是身后的男人的反应速度也极快，陈淼被拉住拖拽了回去。陈淼用力挣开，再次往门口跑去，跑到半截就被追来的人一脚踹到了腿弯上，刚一趴下就被身后的两个人钳住肩膀按住了，动弹不得。

那人嘴里还在骂骂咧咧："就你这小身板，还想跑呢？自己什么时候得罪人了还不知道？装什么呢你？"

陈淼用力蹬着腿，还真的一脚蹬上了那人的腰腹。

那人一恼，嚷嚷道："给他来一棍子！还敢踢老子，今天我非让他长长记性！"

就在这个时候，那位站在窗户边看起来像是三个人中的领头人的男人终于开口说话了："行了，吵什么？别浪费时间，他这么不老实，给他灌点儿酒。"

陈淼挣动得很厉害，那些人手中的酒洒出来大半，还有部分呛进他的鼻腔，他剧烈地咳嗽起来。

给陈淼灌了酒以后，这群人显然放松了一些警惕。

结果没想到按住陈淼的那人手上的劲儿刚卸一点儿，陈淼就直接从地上弹起挥了一拳，正打在那人的脑袋上。

那人捂着脑袋觉得一阵眩晕，骂了一声，陈淼就跟一头失去了理智的小牛犊一般,横冲直撞地随手抓起东西不管是什么就乱挥一通,手脚并用地往前爬,迅速扑到门旁边,拧开门就往外跑。

后面传来了那些人咒骂叫嚷的声音,还有乱成一团的脚步声。

而这些声音在陈淼耳朵里全都像是被搅和成一片的杂音。他的视线一片模糊,浑身上下都热得似要烧起来,血管都似在发麻一样。

他跟跄着往楼下跑去,后面有人追上来,脚步声响作一片,前方还有一些穿着保安服的人往这边跑来。

陈淼已经分辨不出方向。就在他跑到大厅的时候,脚步一绊,摔倒在了地上。

陆安凌进来时身后跟着陆潇宁,八名穿着黑色西装的保镖围在他们的四周。

陆潇宁面无表情,身上穿着一件银灰色的挺括西装,身材挺拔而修长,头发一丝不苟得像是从哪个盛装出席的新闻发布会上刚刚出来。

陈淼看见一双黑色的皮鞋停在自己手边。

他微微抬起头望了一眼,模糊的视线里,却不知为何将那居高临下睨视着自己的陆潇宁眼里的寒意看得格外清晰。

整片大厅骤然安静下来,像是被按下了暂停键。

外面传来了阵阵闷响,是烟花炸开的声音,一声接着一声。

陆安凌朝陆潇宁挥挥手,突然说:"阿宁,新的一年希望你快乐。"他像是在彰显他的志在必得,带着笑意说,"记得回家。"

陆潇宁拉拽着意识已经不太清醒的陈淼进了门,落地窗外的江景一览无余。

绚丽灿烂的烟花点亮半个夜空,映照着波光粼粼的江面。

陈淼已经醉了,脸色通红,基本是靠着陆潇宁的支撑才没有滑倒到地面上去。

他进来之后,脸上被泼了一杯冰水,将他的意识唤回了几分。他呆头呆脑地盯着陆潋宁那张看不出情绪的脸，愣了一会儿才声音嘶哑地道谢："谢谢，陆哥。"

屋里的灯是暗色的橘光，陆潋宁的脸色晦暗不明。他语气不善地问："谢我什么？"

陈淼被一些吸进鼻腔的水呛住，他揉了揉鼻子。

陆潋宁朝他走近了些，连声发问："不该怪我坏了你的好事？我倒是小瞧你了，陆安凌给了你多少钱？三百万吗？为了钱你倒是够不择手段的啊！"

陈淼模糊的视线里，陆潋宁的轮廓都在发光。他看不真切，只能看到陆潋宁不断开合的嘴吐露着一些他无法消化的字词。

三百万？

这仿佛提醒了他什么。对，三百万，他还需要三百万。他到底干了什么？他又把事情搞砸了，但是好像他也没有把什么事情搞好过。

搞砸了，他又搞砸了，又搞砸了……

他糨糊似的脑子里不断回旋着这几个字——要怎么办？怎么办？陈瑜到底该怎么办？

"陈瑜"这两个字仿佛是按下了他身体的什么开关，他摇晃着身体推开陆潋宁就要往外走。

陈瑜现在躺在手术室里，催债的那些人肯定不会放过他，怎么办？自己到底应该怎么办？

那自己要带陈瑜跑吗？陈瑜的身体受得了吗？来得及连夜转院吗？下一座城市去哪儿呢？

这些问题刀子似的不断在陈淼的脑子里搅动。他眼睛里一片赤红，他刚走到门口摸到门就又被陆潋宁一把拽了回来。

"要去哪儿？"

陈淼迟钝地说："我得走了，我还有事……"

"什么事？继续做些出卖我的事？"陆潋宁站在门口一动不动，眼里酝酿着一股压抑许久的风暴。

只不过陈淼并没有察觉。他浑身燥热,头脑混沌,头一次对陆潇宁失了耐性似的说:"你让开,不关你的事,我已经辞职了。"

陆潇宁像被这话彻底点着一样,愤怒地说:"你到底有没有听我在说什么?你做出来这么多欺骗我的事,没有任何想要解释的打算吗?"

陈淼喘着粗气,望着陆潇宁被怒火扭曲的面孔,挣扎着去踢他:"我已经辞职了,我要离开这里!"

"你辞职我批准了吗?你以为你是谁,这么能自作主张!"陆潇宁声音里透着压不住的怒火,他不留余力地按住了想要离开的陈淼。

陈淼这时候突然说了一句:"那要先给钱……你要是想要我继续为你工作,就要先给我……"

"钱"字还未说出口,陆潇宁就朝他的脸上打了一拳:"你从头到尾都在骗我!到现在为止,你对我连半点儿愧疚之心都没有!你耍我!"

李琰因为这猝不及防的一拳没有站稳,重重往后倒去,同时撞倒了他身后的花瓶。

"哗啦啦"一声,花瓶骤然碎裂,李琰倒在地上的时候不小心压到了几片碎片,脸上立马见了血。

陆潇宁见状立刻联系了医生上门。

那是一个晴朗的冬日,阳光明媚。

陆潇宁的演艺生涯在这个冬天彻底画上了句点,以一场彩排和一个有些仓促的跨年晚会结束。

那是一直在镜头面前冷着脸、不买那些娱乐媒体的账、自由随性的陆潇宁的首次舞台演出。

动作很僵硬,看得出他不会跳舞,在一群穿着喜庆鲜艳服装的伴舞面前,场面稍显滑稽。

而不知是从哪个具体节点开始,跟陆潇宁有关的一切消息与视频都在网络上销声匿迹了。

下午三点钟的琳特莎庄园内，陆潇宁坐在沙发上。他身上有股烟酒气，头发有些长了，盖住了眼睛。他双手交握，白色的衬衫上还有几滴不明血迹。

他那副阴沉沉、气压极低的样子，说是刚从什么凶杀案现场逃出来的都有人会信。

齐臻在他对面的沙发上仰躺着，往嘴里抛送着一颗葡萄，脸上带着嬉笑神色，望着陆潇宁的模样，"扑哧"一声笑出了声。

他伸手拿出在身旁沙发上的文件夹，从中拿出一小沓资料，算不上太厚，然后很是做作地清了清嗓子："李琰，乌景湾镇居民，母亲在他六岁时跑了，十岁时父亲车祸去世，他一直跟着奶奶生活，跟陈家是邻居，从小和陈瑜、陈垭欣一起长大。

"三年前李琰与陈垭欣登记结婚，婚后不到一年半陈垭欣就因家族遗传性血液病去世。李琰原本是在镇里的秦六爷手底下工作，后来因为跟陈垭欣结婚就离开了那里，找了份工作稳定但工资不高的给厂里运货的工作。结果因为陈垭欣的病情，他借了一些高利贷。陈垭欣去世之前把弟弟托付给了他。乌景湾镇原本就是穷乡僻壤，没什么钱，他还不上欠的钱，于是带着陈瑜来到这里，改了个名字，捏造了个假身份，在这儿一边打工躲债，一边挣钱去给陈瑜治病。"

短短几句话，似乎就道尽了陈淼二十多年来的一切经历。齐臻翻到出生年月那里，嘴里"啧"了一声，意味不明地说："天天嘴里'陆哥''陆哥'地叫，搞这么半天他还比你大两岁呢。"

他扬了扬手里的东西，抛给陆潇宁。

齐臻从沙发上起身，充满笑意的一双眼看着陆潇宁，摇了摇头，遗憾地说："阿宁，这样一个浑身是把柄的人，未免太好拿捏，你怎么弄成这样？"

李琰睁开眼睛的时候屋里没开灯，但是窗帘没拉，外面有些微弱的灯光投了进来。

他看见陆潇宁坐在他的旁边,正低着头不知道在想些什么。

李琰感觉左边的眼睛有些不对,他眨了两下,抬手就要摸,结果被一旁一直沉默着没有动作的陆潇宁抓住了手腕。

陆潇宁先是很深地吸了一口气,李琰能够感觉到他在克制着自己的情绪。

李琰问:"我的这只眼睛怎么了?"

陆潇宁说:"只是左眼皮上方有一道割伤。"

气氛陷入一阵很诡异的沉默之中。

陆潇宁扫过李琰的脸,然后突然说:"你说你是不是活该?"

李琰很显然并不是这么认为的。他直挺挺地躺在床上,没有愤怒,也没有委屈。他偏了偏脑袋,用露出来的那只眼睛望着陆潇宁,说:"你是不是应该赔我一点儿医药费?"

陆潇宁险些控制不住情绪,攥拳问:"要钱?给陈瑜做手术用,还是要还债?"

李琰只呆愣了一瞬就很快接受了现实:"你都知道了?"他收回目光,望着天花板,像是有些明白了陆潇宁昨晚突然失控的缘由,于是解释道,"我并不是为了骗你,我用假的名字是为了躲债。"

他当然不是为了骗自己,陆潇宁已经明白得不能再明白了。

这个躺在床上叫李琰的人,不管是不是撒谎,那些细致体贴的照料,那些温热的饭菜,那些迎合讨好的行为等等,不过是因为李琰想要钱而已。

因为那个叫陈垭欣的人——他的妻子临终的托付,或者只是拜托他的一句话,他就可以做到如此地步。

陆潇宁紧紧地盯着李琰,声音几乎都要因这样的事实而愤恨到发抖:"你该去演戏的,你才是位真正出色的演员!"

他压抑不住情绪,一把拽起李琰的衣领,怒视着李琰,嘴里失去理智地嘶吼着:"如果那个叫陈垭欣的女人真的爱你!她死前就不应该把她弟弟托付给你!你能干什么?一个高中都没读完的人!你怎么救

129

她弟弟的命?"

李琰显然是半点儿受不了陆潇宁对陈垭欣的负面评价,伸手去扯陆潇宁拽着自己的衣领的手:"你懂什么?这些又关你什么事?我都说了我已经辞职了!"

陆潇宁望着他被纱布裹住的一只眼,咬牙说道:"你其实是双眼都瞎了吧!你到底能不能清醒一点儿?"

李琰说:"到底是谁不清醒?"

陆潇宁动作一顿,从李琰那只露出来的依旧清澈明亮的眼睛里,望见了自己扭曲愤怒的一张脸。

对,到底是谁不清醒啊?

李琰看着陆潇宁的模样:他喘着粗气,盯着自己的目光似是自己做了多么穷凶极恶的事。

"算了,我不要你的医药费了。"李琰这样说着,然后避开了那样逼人的视线,尝试着挪动自己的身体。陆潇宁现在给他的感觉非常危险,他觉得自己不能再待在这里了,他昨天醉得连怎么来到陆潇宁家的意识都没有。

就算自己骗了陆潇宁,如今被他出气揍了一顿,说自己活该那就活该吧。

可是陈瑜昨晚刚做过手术,他必须得打个电话过去问问陈瑜的情况。

李琰这么模模糊糊地想着,不知为何头脑却越发昏沉起来,身体的温度也变高了。没等他找到自己的手机,整个人就陷入了一片黑暗里,失去了意识。

陈瑜坐在轮椅上,身体还是很虚弱。但是不知是否是阳光格外灿烂的缘故,他的气色看起来好了不少。

在医院花园式的翠绿草坪上,陈瑜用胳膊肘撑着下巴尖,盯着远处一个跑来跑去的小孩儿。

小孩儿拿着个气球，前方还有他的母亲在朝他张着手，笑着要他慢些跑。

这时候前方的侧入口那里突然进来了一个身材挺拔修长的男人，男人戴着一副遮住半张脸的墨镜，露出来的半张脸展露出了那完美的下颌线，和有着优美弧度的嘴唇。

那个男人身后还跟着两名穿着黑色西装的保镖。

陈瑜神色自若，根本没觉得哪里不对，直到那三个人径直朝他的方向走来。

他身后的护工先是微微弯了弯身，问："陈先生，你认识？来找你的？"要知道从她开始照顾陈瑜到现在，并没有什么人来探望过他。

陈瑜收敛了神色，把那随意撑着下巴的手放到轮椅的扶手上。

那气势逼人的男人已经走到了陈瑜身前，用一副很确定又有些戏谑的语气说："陈瑜？"

陈瑜没说话，但是对方这副架势，哪怕他现在想让护工推他回病房，估计也是做不到的。

"请问先生你是？"陈瑜仰起头来，阳光照射到他那张容貌姣好、肤色白皙的脸上。

陆潆宁说："你并不需要知道我是谁。"他嘴唇紧抿，伸手递出一张卡，说，"这张卡里的钱应该够你后续的恢复治疗费用，还有你这辈子以后的生活费了。"

陈瑜有些讶异，旋即想到了什么，试探着说："你是小琰哥的朋友吗？"

在提到这个名字的时候，陈瑜明显察觉身前这位男人的气势都变了。他嘴唇紧抿的程度加深，那很显然不是一个很友好的信号。

"是，很好的朋友。"陆潆宁很突兀地扯起嘴角。

陈瑜是个很敏感的人，觉得哪里有些不对，试探着说："我给他打过电话、发过短信，他都很久没回我了，他还好吗？"

"好。"陆潆宁说。

陈瑜被这样简短的回答噎住，但是也并未多纠结，伸出细白的手指握住了那张卡，然后露出了一个十分甜美的笑容："那我就放心了，小琰哥竟然能交到你这样的朋友，怪不得。"

他像是表示了理解——对这个陌生男人的慷慨行为。

陆潇宁突然轻声重复了一遍："这样你就放心了啊？"

陈瑜脸上的笑意僵了一瞬，然后很快掩饰过去，他点了点头："对啊，他能认识你这样的朋友，我当然高兴。"

"我这样的朋友？我是什么样的？"陆潇宁一把拿下了墨镜，露出他那冷漠无情又带着审视目光的双眼，问，"你高兴？高兴什么，高兴能拿到钱？"

他看着陈瑜那张露着虚伪又脆弱的笑容的脸，发出一声嗤笑："你是不是就用这副样子死死地抓着李琰救你啊？你怎么不问问他到底是怎么凑够你的手术费的？又是付出了什么代价才换来你今天这一切的啊？"

陈瑜脸上的笑容再也无法维持。他也不再伪装，攥紧了那张银行卡，恢复了他本来就有些病态阴沉的样子，说："那又怎么样呢？他是心甘情愿的，我又为什么不能接受？我如果不接受，那他付出的这些岂不是白白辛苦了？我不过是想继续活着，他也希望如此，我总不好辜负他的努力吧。"他打量了陆潇宁一眼，继续说，"而且，我本来就厌恶他看我时的眼神，他不过是在我身上怀念我姐的影子，填补自己没能救我姐的遗憾罢了。"

陈瑜是个很聪明的人，对这些事太清楚不过，并且对李琰的付出，他可以心安理得地享受。就像他每次只跟李琰说谢谢，但是从来没有过问过李琰身上的那些伤是怎么来的，又或者李琰是怎么样在短期内凑够了他的手术的钱的。这些事他其实是并不关心的。

而此刻的陆潇宁也看清楚了这点。他突然觉得这一切都很可笑，李琰此人尤其可笑。

于是他看着陈瑜那张毫无愧意、连虚假的关心都没再展露的脸，

132

说道:"他要为我工作五年,才换到了这么多钱。"

陈瑜停顿了一瞬,然后看向陆潇宁。

"你这么看着我干吗?他一个高中就辍学的人来到这里,怎么凑够你的手术费的?你不问就可以当作毫不知情吗?"

这样直白的质问话语,使得陈瑜的脸色越发苍白起来。

"他竟然为了你这样的人,在我面前耍花招,太愚蠢了。"

明明是艳阳下的一个笑容,又是那样五官出色的一张脸,陈瑜看着,偏偏心里打了一个冷战。

陆潇宁说完这些话,就把墨镜戴上了。他在这里已经耽搁了太久。

陈瑜看着他要离去的背影,骤然慌了,声音尖锐地喊:"你站住!小琰哥到底在哪儿?你不能这样……"

"浑蛋!我不要你这钱了!"他把那张卡朝陆潇宁的背影丢去。而由于情绪激动,身体奋力往前倾,他从轮椅上直接扑到了草坪上。

护工赶来,发出一声惊呼。

陈瑜咬牙切齿,满脸愤恨之色,而那被他丢过去的卡,连陆潇宁的衣服边都没有碰到。

身后的人骂着什么,陆潇宁已经听不清了,那闹剧似的场面通通被他抛在了身后。

陆潇宁回到家里,看到李琰从卧室中出来。他的高烧已经退了,脸上已消了肿,左眼皮上的纱布被拆掉了,但是还留着一道新鲜的疤痕,暗红色的血痂分外明显地横在左眼皮上方。

有人过来接走陆潇宁的外套,客厅里开始有人往长桌上端菜。

李琰见陆潇宁神色有些疲惫,但是气质依然是有些说不出的锐利感。

他凑到饭桌前,陆潇宁像是刚刚发现他一样,抬了抬眼皮问道:"你没吃饭?"

李琰点了点头:"没有呢。"

陆潆宁似乎觉得他好笑:"故意等我呢?"

李琰没讲话,陆潆宁接着说:"那坐下吧,这些也够你吃的。"

李琰坐下来,时不时地打量着陆潆宁。陆潆宁表面上一副风轻云淡的模样,似是将他们那天发生的争执完全抛在了脑后了。

餐桌上响起筷子碰到瓷碗的声响,李琰食不知味,几分钟才往嘴里递一筷子饭菜。

等到看见陆潆宁停了筷子,李琰才像是终于组织好了语言似的,语气诚恳地说:"陆哥,我骗了你,其实我知道你很生气,但是我也实在是迫不得已。"

陆潆宁没接他的话,只是朝他脸上仔细看了一眼,然后问:"身体现在也好了?"

李琰忙不迭地点头,带着刻意到有些谄媚的笑容说:"好了,好了……"

陆潆宁听罢,看着李琰说:"那就收拾一下东西,我们最迟明天晚上就会离开这里。"

"离开这里?去哪儿?"李琰看着他将要起身,也跟着站起来,板凳摩擦地板发出刺耳的"吱"的一声。

陆潆宁偏了偏头,告诉他:"还有,以后不要再叫我陆哥。"

李琰愣了一下,不太能理解陆潆宁的话到底是什么意思,但是陆潆宁显然不是很有耐心再跟他解释什么。

于是李琰只能跟上去,用手慌忙拽住要上楼梯的陆潆宁,问:"等等,你说的话是什么意思?"

陆潆宁把身后李琰拽住自己的手扯开:"字面意思。"

李琰的情绪几乎瞬间就上来了:"我是不可能离开这座城市的,陈瑜的手术刚做完,我到现在还没能够去看看他,而且我已经辞职了!你为什么就不能放过我?"

陆潆宁嘴角扯出一个冰冷的笑容:"陈瑜的医药费都是我垫付的,你欠我这么多钱,你想去哪儿?在没还清债之前,你就继续给我做助理吧，毕竟你还能找到比做我的助理赚得更多的工作吗？"

话音刚落，李琰就红着眼睛挥拳而上了："浑蛋！"

这拳头来得又急又快，陆潇宁猝不及防。他着实没有料到李琰敢跟自己动手。

陆潇宁的脸被这一拳打得偏向一旁，头发遮盖住了眼睛。远处在门口站着的保镖这时候也发现了他们在争执，往这边聚来。

可是陆潇宁慢慢把头转回来，脸上的表情阴沉中又夹杂着怒火，他喊了一声："都站住，不许上来！"

他看着浑身上下紧绷着、攥紧拳头同样怒视着自己的李琰，说："怎么了？怎么不继续装了？"

他一把攥住李琰的衣领，把人扯过来，两个人竟然就在客厅里动起手来。

客厅里一片混乱，响起拳头与肉体撞在一起的闷响，夹杂着餐桌上的玻璃碗掉到地上碎裂的声音。

保镖们面面相觑，一时间真的没人敢上来阻拦两个人。

两个成年男性，在客厅里打得眼睛赤红，眼神似恨不得噬对方骨肉般狠厉。

李琰的身体也不过是刚恢复，如今跟陆潇宁缠斗在一起，哪怕他先前打架挨揍的经验不少，时间一长他也还是逐渐落了下风。

最后陆潇宁把他摁到地上站不起来，客厅里一片狼藉，只听得到粗重的喘息声。

李琰躺在地上，脸上又挂了彩，陆潇宁也不遑多让，嘴角被李琰打破了，身上的西装还有着李琰踹出来的脚印。

李琰从喉咙里发出一声闷哼，情绪激动地喊："你到底想要干什么！你这样太没道理了！"

陆潇宁盯着他说："李琰，你真的让我耐心全无了。"

第二天一早，经过了一夜思考，李琰想通了。

毕竟就像是陆潇宁所说的那样，自己确实欠了对方很多钱，而且以他的学历他确实很难再找到比为陆潇宁打工更挣钱的工作。

离开这座城市的时候，陆潇宁没有回头。

车里的李琰闭着眼，原本就不太出色的脸，这会儿更是有些不能看了。

陆潇宁盯着李琰看了一会儿。他总觉得李琰昨天下手是比自己重的，怎么现在倒是李琰的脸肿得比自己的还要高？

下午两点钟，他们到达了 A 市。

几乎是他们刚到，陆安凌那边就给陆潇宁打来了电话，说要让老宅的管家过来。

陆潇宁领着李琰进到房子里，陆安凌安排过来的这群人无一不恭恭敬敬地低着头问好，连一个多余的打探目光都没有。

李琰回来后睡了一觉，醒过来时正好是晚饭的时间。他睁开双眼，看到的是完全陌生的房间，周围的工作人员也是完全陌生的。

李琰作为陆潇宁的生活助理，也住在陆宅。每天早上，待陆潇宁吃完早饭后他便开车载陆潇宁去公司，然后和秘书对接陆潇宁一天的行程安排。

除了负责接送陆潇宁，他还需要提前安顿好陆潇宁的三餐，格外注意脾气变得更加糟糕的陆潇宁的饮食偏好。

陆潇宁刚回陆家，那段时间压力很大，需要他忙的地方有很多，在公司需要伪装成无懈可击、高深莫测的少东家，听从陆安凌的安排去应酬，去熟悉、接管陆家的产业，还要频繁地开会、做决策。

李琰被迫适应新的工作节奏，也跟着忙得脚不沾地。

初春后的一个下午，管家在院子里浇花。他回过头来，看见那位肤色有些深的男青年站在敞着门的客厅那里看着他。

管家手里拿着出水的水管头，扭头问他："你要不要过来浇花？"

没想到李琰在听到他的话以后，突然转过身去，"噔噔噔"地跑上了楼。

后来的一天,管家跟陆潇宁在二楼的书房里谈话。

陆潇宁手里随意翻看着一本书,问着李琰最近工作的情况。

管家一一汇报,陆潇宁这时候起身来到了窗边,看见李琰在院子里弯着腰,一只手里还拿着个小铲子,在一株正开着的花的根部戳弄着什么。

"他那是在干什么?"陆潇宁突然打断了管家与往常别无二致的汇报话语。

管家顺着陆潇宁的目光也往下望去,这个时候李琰已经起身去够地上正在喷水的水管了。

管家回答道:"浇花。"一点儿赘述也没有。

"他主动要去浇的?"

管家毫无表情的一张脸出现了一丝松动:"不是,是我邀请的。"他顿了顿又说,"他好像有点儿讨厌我,我不在的时候他才会愿意过去。"

李琰是在一个骤然降温的一天,发现陆宅的庭院里突然多了一个花房,花的种类繁多,郁郁葱葱,恒温如春。

李琰发觉陆宅里的厨师好像换了人。新厨师手艺不错,只是做出的菜的口味变得偏淡了一些。

而陆潇宁……陆潇宁还是永远对李琰恶语相向,但是李琰的花房里的花却也永远被养得生机勃勃。

月季、蔷薇、栀子、鸢尾,他从未让任何一朵花在李琰面前凋零。

第五章
烤红薯

那一年的春季过后，初夏就紧跟着来了。天气回暖，院子里的花开得很好看。

有天晚上陆潇宁回来，路过李琰的房间，竟然看到床头柜上放着几朵被修剪的花，插在一个透明玻璃花盆中。

房间里萦绕许久的柑橙味中，掺杂着一缕花香。

李琰或许是下午修剪了很多花枝，有些累，小夜灯的灯光照到他的脸上，他眼睛紧闭，呼吸均匀，睡得酣甜。

瞧瞧，他这还伴着花香入眠呢。

像是为了剥夺李琰的快乐，陆潇宁没收了李琰的那盆放在床头柜上的花，把它拿到了自己的书房去。

结果陆潇宁推开书房的门，发现自己的书桌上也摆放着同样被修剪过的一盆花。

陆潇宁时常觉得，这样的李琰其实像是一棵歪草，叶面看起来已经枯了半截，破碎不堪了，结果再仔细一瞧，靠近根部那里还生机勃勃着呢。

稍不留神，他就又在发芽了。

从那盆像是李琰主动示好的花之后，他们之间的关系好像缓和了那么一点儿。

三个月后，李琰不告而别了。

几乎是在李琰刚到 A 市的边界处时，陆潇宁就接到了电话。

那是在一个很重要的陆氏高层的内部会议上，陆安凌坐在中间的主位上，陆潇宁坐在他旁边。

手机在不断地振动，陆潇宁按掉了两次，第三次响起时，在陆安凌轻皱着眉头的视线中，陆潇宁出去接了电话。

电话来自他的另一个助理，对方告知了他联系不上李琰的消息。

陆潇宁的脸色霎时间沉了下来，手指攥紧了手机。

他没再进会议室，站在陆氏大厦最高层的走廊的落地窗前，看着脚下明灭的灯火。

三个小时后，陆潇宁的手机上传来了李琰的最新消息。

李琰到底还是天真了些，又或者说从一开始就对真实的陆潇宁有着误判。

而陆潇宁被切割掉理想主义的一部分情怀，远离了他的光影梦之后，陆安凌带领着他，同时也同化着他。短短的两年里，他的内里几乎可以说是在以一种恐怖的速度进行着蜕变。

他不再喜怒形于色，脸上很少有什么表情，走到哪里都似乎是一张高深莫测的脸，让属下揣摩不透，给人极大的压迫感。

上个月他代替陆安凌去会见一个生意伙伴，那人笑着过来握手，说他远远望去简直像是另一个陆安凌。

他很淡地扯了一下嘴角，说"不敢不敢"。

他有时候不想承认，但是事实就这样摆在眼前——他之所以能这么快地适应并且接受这样的规则，是因为他骨子里跟陆安凌原本就是一样的人。

过了大约二十分钟，陆潇宁的手机上传过来一张照片：有些昏暗的公路上，李琰坐在一辆大篷车上，车上运输着几只毛发有些脏兮兮的绵羊，车上还有些羊粪，李琰的怀里抱着一只小羊羔，他笑眯了一双大眼，手里拿着干草在喂羊。

照片的右上角可以看到在昏暗的夜色下耸立起的石牌，显示出"乌景湾镇"几个大字。

陆潆宁垂着眼睛，把视线停留在李琰带着笑意的脸上。

为什么诡计多端、擅扮可怜、总爱在自己面前耍些小聪明的李琰会这样天真？

他觉得李琰好笑。

他做了决定，要过一段时间再去找李琰。

而此刻的陆潆宁都未曾察觉，他这样的行事手段，跟那个故意暗中捧他，在他终于在演技上获得认可时，让他生生止步于离那个奖杯一步之遥的地方的陆安凌有多么相像。

李琰回了乌景湾镇，这个他从小生活到大的地方。

主要是他竟然在 A 市遇见了镇子里的吴叔，他几乎是行为无法自控地上前去叫了一声"吴叔"。

吴叔热情又惊喜，说没想到在这里遇见他，说他离开乌景湾镇之后怎么就跟大家失去了联系，说很多人很想念他，说小琰怎么看起来还是没变样……

李琰坐在吴叔的大篷车后面，听着吴叔说很多话，一边回应，一边提醒吴叔，说话就说话，不要回头。

李琰看着大篷车车尾冒出来的浓烟，听着屁股底下发动机发出很大的噪声，在气味不太好闻的被羊粪堆积的敞篷车厢里，露出了一个已经许久未曾展露的轻松笑容。

乌景湾镇短短几年间变化很大，特别是李琰的邻居陈家。他家那像是突然拔地而起的三层洋楼，成为那一条街上最惹眼的存在。

李琰在自己老家矮旧的房屋前呆愣了半晌，才推开门走进去。

门发出一声很陈旧的、不堪重负一样的"咯吱"声,呛人的灰迎面而来。

他用了一个小时简单地收拾了床铺,看到床头柜里放着一些旧物:他小时候的玩具,跟陈瑜、陈垭欣的合影,跟奶奶的合照……

他进门时翻出来的蜡烛的烛光被风吹得倾斜,在墙上照出不协调的影子。

那天晚上,李琰整个人处于一种很亢奋的状态,他翻旧相册翻到半夜,才揉了揉眼睛沉沉睡去。

李琰这段时间里去奶奶的坟前扫了墓,絮絮叨叨地讲了很多话。

他去陈家看望了一下,陈家至今只剩下陈父一人,他过去敲了敲门,结果开门的竟然是一个陌生女人。

陈父变了样子,没有了那副因为孩子身患绝症而悲苦的样子,那原本灰白了一半的头发,不知何时又黑了回来,想必是染的。

陈父看见许久未见的女婿,脸上挂着不咸不淡的表情,跟李琰介绍了一下他的新妻子。

李琰张了张嘴,对着那位看起来跟自己年龄相差无几的女人叫不出"妈",也叫不出一声"伯母"。

他打量着陈家这栋里外都看起来有些豪华的房子,还有那价值不菲的家具。

许是看到了李琰这样打量的目光,陈父一下来了精神,拍了拍李琰的肩膀,喜悦地说:"你不知道,我们家陈瑜现在可出息了,有好心的捐赠者跟他配型成功,然后他就去上学了,说是拿了很多奖学金,花都花不完,投资做了些小生意,又大赚了一笔。"

说起陈瑜,陈父的脸上神采奕奕,他把手里的茶杯往桌上一放,那女人就赶紧给他添满了水。

"要不我怎么说小瑜就是命好呢!他比他姐姐强啊!给我打了那么一大笔钱……"

李琰听着,跟听天书没什么区别。

陈瑜应该生活得挺不错的,照顾得了自己,还能照顾家人,让家人扬眉吐气。

就是这段出息了的命好的日子,他们对李琰这人只字未提。像是陈瑜这人能转运,格外受命运眷顾。

陈父还在滔滔不绝地说:"想当初我们这条街上的,哪个人看见我们陈家的人不是退避三舍,生怕我们借钱?这两年,他们都快把我这刚砌起来的门槛给踩烂了……"

李琰脸上带着一种很恍惚的笑容,不断应着陈父的话:"那……那确实挺好的……"

回到乌景湾镇的日子过得很快,李琰在自家小院子里挪了土,栽了小半院子的青菜。

恍惚过了三个月,李琰时常听到隔壁陈家喝酒聚会的声音,那些陈父多年未曾联系的友人又不时冒了出来。

明明那些年陈父四处借钱不得,打他们的电话都打不通。

李琰那天晚上去超市买了两瓶二锅头去陈垭欣的坟头喝,原本衬着"呼呼"的北风似乎才更应景,但是那天晚上天气闷热,林子里的蝉鸣聒噪得让人心烦意乱,连一丝风也没有。

他蹲坐在陈垭欣的坟头,伸手摸着她的墓碑上的碑文,上面还有些被磨损的痕迹,周边杂草丛生。

他似乎是喝掉了一瓶半的酒才有勇气说话,一开口就被呛了一下,发出一阵咳嗽声。他半眯着眼睛,视线停留在石刻的"陈垭欣"三个字上,小小的方块里的陈垭欣面带恬淡的微笑。

"我把陈瑜救回来了……"他吐出一口气,脸上却全然没有像是松了一口气似的表情,只是说,"答应你的事我都做到了。"

"大家过得都挺好的……"李琰露出一个笑容,不太好看。他有些磕巴,犹犹豫豫地说,"我也是。"

他稍微凑近了点儿,像是小孩子讲悄悄话一样跟陈垭欣说:"你呢？是不是也不会再痛了？"

　　这片荒无人烟的深林，除了李琰，应该不会有第二个人深更半夜来了，但是他还是听到了一声很清脆、很突兀的声响。

　　在嘈杂的蝉鸣声中，响起一声枯枝被踩断裂的声音。

　　李琰瞬间就回过头去。

　　可是远处深林，树叶"簌簌"作响，那群吵闹的蝉似乎叫得更大声了。他又慢慢回过头来。他心里其实是不害怕的，如果来的真的是陈垭欣，就算是鬼，他想自己也会去拥抱她。

　　可是李琰的期待最后还是落了空，他执拗地望了一会儿，那里什么也没有。

　　一周后刘庆知道李琰回了镇里，吵嚷着要让李琰请吃饭，说这么多年兄弟，李琰一下子去大城市这么多年，连一点儿消息也没有，实在是忒不够意思。

　　结果李琰去的时候，发现那里不仅有刘庆，当时在秦六爷手底下干活儿时那些关系好的兄弟几乎都来了。

　　李琰呆愣愣的，盯着刘庆半晌，冒出来一句话："这么多人，我可请不起……"

　　几个人叫骂开来，把白酒、啤酒接连往桌上抬，李琰被灌得够呛。饭局的最后，刘庆拍着李琰的肩膀，问他要不要回来。

　　李琰醉得趴倒在桌面上，饭店的包间里的白炽灯灯光在他的瞳孔深处投射出一丝散发开来的光，刘庆那张留着青色胡楂的脸不断在他眼前晃悠。

　　李琰其实听到了刘庆在说什么，但是愣了一会儿，像是才接收到信号似的。他本想拒绝的当口儿，脑海里突然出现那声树枝断裂的清脆声响。

　　电光石火间，他有了一个猜想。或许那天晚上，他不应该把事情想象得像是去世了的陈垭欣来找他了那么美好。

他这次回来也没找工作，陈父现在似乎有些看不上他，给了他几百块钱，就开始经常使唤他。

李琰那天晚上用了一个晚上做决定，又用了二十分钟收拾行李。

这样下去也不是个办法，他总不能不工作，回秦六爷那里不是最好的选择，却是最合适的选择。

毕竟如果那天真的是陆潇宁的人跟着自己，那自己要怎么办呢？自己欠陆潇宁的钱还没攒够呢……

有时候人果然很贪心，回来的时候他心里想着只是回来看一眼，毕竟他的家人和朋友几乎都在这里，结果回来之后他就想一直在这里待着。

李琰之前在秦六爷手底下干活儿，说是当保安，其实就是看场子。毕竟秦六爷几乎可以说是当地非常厉害的人物了，一般他的产业也根本没几个人敢来闹事的。

李琰辍学之后就跟着秦六爷了，眼看着秦六爷的生意越做越大，钱越挣越多，李琰也从看场子的升级成跟在秦六爷身边端茶倒水打下手的。他也不知道自己哪儿入了秦六爷的眼，秦六爷说要认他做干儿子。

李琰当时没同意，而且陈垭欣一直很想让他换个工作，于是李琰拒绝之后顺便也提出了要走的要求。

秦六爷当时没阻拦，但是其实也是有些不高兴的，不然当时也不会在李琰最困难的时候没有施以援手。

李琰这次回来去他那里，那哪里是回去找个活儿这么简单，那根本就是回去认爹的！

李琰确实对危险有着足够的机警性，也有一些小聪明。

他像是一种野生动物，粗糙、天然、莽撞又足够敏捷，有着一套自己应对困难的法则，但是那只适用于他的那片丛林，也只适用于他与他的同类之间。

如果走出去，他这样的"有些小聪明的普通人"对上陆潇宁这样的人，就有些不够看了。

陆溓宁在陆氏的办公室里随手将手中助理传过来的秦六爷的资料甩在了一旁，用一种很平淡的语气评价那位年长他快有二十岁的长辈："小商人。"

李琰坐在吧台的最左侧，刘庆进门的时候就看见他一个人坐在那里，手里拿着一瓶酒保给的酒，已经喝下去一半了。

他走过去，冲酒保打了声招呼。酒保叫了一声"刘哥"，递过来同样的一瓶酒。

这时候时间还早，酒吧里的人还比较稀少，前面台上刚来没几天的歌手正在调音。

刘庆坐在李琰旁边，手里的酒瓶碰了一下李琰的，玻璃瓶相撞，发出一声清脆的声响。

李琰回过神来看向他，刘庆打趣道："怎么了？这是不高兴了？"

李琰摇头否认道："没有。"

"啧，不就是认了个爹吗？你瞧昨儿个秦六爷高兴得把那大红包裹那么厚！我们琰哥的手该拿不下了吧……"

"你哪只眼睛看见他高兴了？"李琰被刘庆夸张的说辞惹得哭笑不得。

"他那是面上没露出来，心里可高兴着呢。"刘庆信誓旦旦，上去一巴掌拍在李琰的肩头，"走，离晚上来人还早呢，咱们先去吃碗拉面，再整几个串。"

李琰当即放下了酒瓶，问道："哪家的拉面？吴叔那家还开吗？"

"瞧您说的，还开吗？都开三家分店了！"刘庆扯着他往外走。

李琰又回到了以前自由快意的时光，跟着那群兄弟，沾着一身烟酒气，喝酒、打牌、抽烟，醉倒了就直接睡在店里，反正这一片几乎都是秦家的产业。

凌晨之后，位于F市区与乌景湾镇的交界处，热闹非凡，俨然一座小型娱乐城。

乌景湾镇这些年发展变化很大,其中秦六爷功劳不小,镇子傍依着寸土寸金的 F 市,引进来不少商业投资。

到了深夜三四点钟,刘庆他们那群人又喊李琰吃夜宵。李琰看了眼时间,说再等会儿这都能直接吃早饭了。

几个人劲头上来,吃完了饭还非要打牌。

李琰看着人老实巴交的,其实牌技非常了得,打牌打到了早上八点,赢了一桌子零钱,咧嘴笑着露出了一口大白牙。

一直到这一年夏季的尾巴,李琰都可以说是度过了一段许久未有过的轻松肆意的时光。

那天是初秋的第一场雨,刮着大风,细雨绵绵,骤然降温,空气中都沾着凉气。

天色已晚,萧瑟的风中,一辆辆黑色的昂贵轿车驶入了乌景湾镇,有十多辆,车轮卷起泥水,有些溅到了车身上。

陆潇宁打开车门,一辆辆线条流畅的黑色车里下来了很多保镖,打着伞站在雨中等他。

陆潇宁的视线往前望去,越过黑色的大伞,看到了露着点点灯光的小楼房。

他收回视线刚要下车,突然看见了旁边保镖已经溅上泥点的裤腿和黑色皮鞋,于是又把脚收了回来。

亮着点点灯光的小楼房其实一点儿也不小,这幢有四五百平方米的庭院别墅,是秦六爷目前的住所。

陆潇宁的车停在这里,齐臻跟林裎、林佟都已经到了。

看见后面姗姗来迟的陆潇宁的那阵仗,齐臻忍不住笑了,走过去拍陆潇宁的车窗。保镖打着伞跟着他,雨滴"哗啦哗啦"地打在伞面上。

三个小时以后，陆潇宁才从他那价值不菲的轿车上下来，脚踩在了一条长长的黑色的绒毯上，几位保镖簇拥着他，黑色的大伞撑在他的头上，像是密不透风地将他护送进了秦家的大门。

秦六爷已经得到了消息，家里的下人没再阻拦陆潇宁。秦六爷也很想知道，来者不善，又肆无忌惮，到底是什么来头。

陆潇宁走进秦家的宅子，客厅里竟然已经围满了人，众人满目愤慨地盯着陆潇宁带来的人。

看来这宅子不只有一个门，不然陆潇宁的车堵在正门口，这些人应该是没什么机会进来才是。

主位上坐着的应该就是传闻中的秦六爷了。

陆潇宁走到客厅前站定，没再继续往前走了。他的目光落在秦六爷身上，脸上的表情微动。

对方看起来倒是年轻得有些超乎想象了，完全不像四十五岁的年纪。

秦六爷端着茶坐在主位的梨花雕木椅子上，不时抿上一口。

他看起来温润文雅，身上一点儿匪气也没有，这跟陆潇宁刚看到秦六爷这人的生平简介时所想象的人物形象大相径庭。

齐臻进来的时候带着一股潮湿气息，在秦家光可鉴人的地板上"啪嗒啪嗒"地踩出来几个泥脚印。

空气里的气氛应该是很紧张的，齐臻却像是根本无所察觉，抹了一把脸，兴奋地去拍陆潇宁，却看到陆潇宁微微蹙眉，然后躲开了。

齐臻愣了愣，然后从上到下打量了陆潇宁一遍。

结果齐臻发现陆潇宁从头到尾都精致整洁得不像话：他一身长款羊绒大衣，显得身材十分挺拔，脚上是纯手工制作的皮鞋，上面一尘不染，配上他那高高在上、冷若冰霜的一张俊脸，显得高不可攀、不可一世。他原本相貌上就十分具有侵略性，这会儿那种侵略性就更明显了。

而除了陆潇宁，齐臻和陆潇宁的助理林裎、林侪，他们无一不是沾了半裤腿的泥水,身上带着潮湿的雨气。

陆潇宁恨不得从头到尾都要完美,不愿意在此展露出哪怕一分一毫的狼狈样子。

齐臻心里感叹着:真是疯了。

大厅里其实很安静,陆潇宁先开口说了第一句话。他问:"李琰在哪儿?"

秦六爷端着茶杯的手微微一顿,然后他望着陆潇宁,回道:"原来是找小琰的,我说怎么回事。"

他又添上一杯热水,热气散发开来。

"让他出来。"陆潇宁站在那里,嘴里吐出这几个字,目光如刀,停留在秦六爷身上。

底下的人一下子沸腾起来,叫嚷开来。

"想都别想,我们不可能出卖自己的兄弟!"

"别做梦了!"

"大不了跟他们拼了!"

"这群人到底什么来头……怎么会招惹上……"

……………

秦六爷没有制止这种喧闹,只是沉默了下来。

他太清楚不过,对方不是他招惹得起的,F市林家的林裎在这人身边都得靠边站,这人到底是什么来头已经不重要了。

就在这样的当口儿,李琰出来了。

陆潇宁从来没见过这样的李琰。

他穿着一身黑色的短袖,戴着黑色的帽子,嘴里还有一根吸了一半的烟。他从二楼走下来,人群慢慢给他让出路,旁边很多人叫着"小琰哥"。

刘庆脸色凝重,伸手拽了往前走的李琰一把。

李琰伸手拍了拍他的手掌,安抚一样,然后拉开了他的手。

李琰走过去，没给站在那里的陆潇宁一个眼神，只慢慢摘掉了帽子放到旁边的梨花木桌上，然后动作有些缓慢地把嘴里的烟按进了烟灰缸。烟还剩下小半根，他动作犹豫得像是觉得有些可惜。

他做完这一切，然后走到了客厅的正中央。

"给干爹添麻烦了。"李琰说。

主位上的秦六爷半合着眼眸，没人看得清他眼里的情绪，只听一直沉默不语的他很低地"嗯"了一声，算是在回应。

李琰做完这一切，又走回到梨花木桌前，拿起那黑帽子戴上了，然后眼神平静，慢慢地一步步走向陆潇宁。

他走到陆潇宁面前站住。

陆潇宁把眼神落在李琰身上，又看见主位上端坐着的秦六爷的视线也落在这里，带着恶意地开口问李琰："干儿子？"

李琰不回答，陆潇宁又在他身上闻到了烟味，好像很好奇似的说："我以前怎么不知道你还抽烟呢？"

李琰在这个时候骤然抬起了头，直视着陆潇宁说："以前为了给陈瑜省点儿钱治病，就戒了。"

话音刚落，陆潇宁就扬起了手。

李琰原本以为这一巴掌会落到自己脸上，但是陆潇宁只是伸手打掉了李琰的黑色帽子，帽子发出很轻微的"啪嗒"声，落在二人的脚边。

在那一刻，凝住的空气仿佛被撕开了一条裂缝。

陆潇宁很缓慢地勾起了嘴角，眼里没有半分笑意地盯着李琰笑道："故意的？迫不及待地要我找你算账？"

他这样说着，脚也向前迈动了一步，更靠近了李琰，似乎不想放过李琰脸上一丝一毫的表情。

李琰双手攥紧，克制着自己不要往后退。他浑身紧绷着，乌黑发亮的眼睛对上陆潇宁的目光，隐忍地说："陆潇宁，你不要太过分，我不欠你什么！"

陆潇宁这时候很是淡然地将目光越过他，深沉地望了秦六爷一眼。

他收回视线来，似乎是找到了一个更高的立足点："今天秦家的所有损失，事过之后我会双倍赔偿。"

随后他看着李琰说："给陈瑜的手术费还有生活费，还有你欠下的债款，李琰，你欠我的钱还没还完。

"还有，李琰，你忘了吗？我之所以借钱给你，是因为我们签了五年的劳务约，你要给我当够五年的助理，才能还清你欠我的债款，跟我回去吧。"

李琰短促地喘气，到底没再发出任何声音。

陆潇宁看他如此，露出一副早就料到的表情，然后伸手去把他扯过来，就要带着人走。

秦六爷这时候才从主位上起了身，把那杯凉透了却未尝半口的茶放下了，说："赔偿就不必了，陆先生年纪轻轻，如此强人所难，嚣张行事，到时候不后悔就行。"

"那就不劳烦您费心了，有儿子孝敬，就别总想着让别人认你做干爹了。"陆潇宁针锋相对地冷笑着说完。

他头也不回地拉着似乎已经丧失了语言功能的李琰往外走，门外的保镖很快簇拥上来，在他们头顶撑起黑色的大伞。

齐臻笑眯眯地跟气得脸红脖子粗的秦六爷那帮人挥挥手，拖着长音说："拜拜——"

林裎和林侔跟秦六爷打过交道，对着秦六爷点了点头，算是打了声招呼，也跟着走了。

这场闹剧般的场面就此收尾。

李琰跟陆潇宁坐在车里，外面是轰隆隆的雷声。后半夜这雨才算是彻底下下来，"噼里啪啦"地打在车身和车玻璃上。

李琰坐在车的后座上，身子尽量往离陆潇宁最远的地方挪。

陆潇宁他们到家的时候，别墅里的人竟然都没有休息。

管家过来伸手接过陆潇宁沾了雨水的羊绒大衣。李琰穿着一件短袖，被陆潇宁从身后扯了出来。

陆潇宁冷着一张脸，眼里是丝毫不加掩饰的怒意，如今到了家里，那强撑着的虚伪客套就再也演不下去了。

陆潇宁进了房间，没有再看李琰一眼。

李琰回来给陆潇宁工作了半年后，天气很好的一个周末，李琰闲来无事出去散散步，却没想到被一辆车撞伤了。

陆潇宁得知这件事之后飞奔来医院，劈头盖脸地骂了李琰一顿。

李琰伤了腿，在医院住了三个月。

李琰在这座城市里没有什么别的朋友。而陆潇宁工作繁忙，每次来看他几乎都是单方面地对李琰的冷漠进行控诉，又或者讲一些类似"为什么会这么不小心"之类的指责的话。

在医院养病期间，李琰除了在病房外散散步，无聊时就一个人在病房里发呆。

那段时间，他开始经常想起以前的事，想起奶奶，想起小时候住在乌景湾镇的日子。

他又经常会忘记一些刚刚发生的事情，甚至在举起来水杯要喝水的时候，只停顿一瞬，思绪就飘向很远的地方，等再回过神来时，水杯里水都变凉了。

李琰此前自以为自己是一个能够独处得很好的人，却在医院养伤的这段时间里，莫名觉得气急败坏的陆潇宁在安静的病房里制造出来一些噪声也同样令人怀念。

可能是因为那段时间里两个人交流沟通时不欢而散的次数过多，而陆潇宁的时间又实在有限，在李琰的腿伤快康复时，陆潇宁出现的次数变得更少。

李琰养好腿伤后回到了陆宅，继续担任陆潇宁的生活助理。陆潇宁一天有大大小小无数个会议，李琰需要随时待命。

繁忙的工作导致李琰经常过了饭点才吃上饭，一次两次也便罢了，长此以往，身体自然要给出反馈。这段时间他的胃部时不时就要痛上一痛，好像以此提醒他亏待身体需要付出的代价。之前胃痛不严重的时候李琰还可以强忍，次数多了，总免不了露出马脚，被陆潇宁撞见。

一天下班后，陆潇宁走进李琰的房间，提出让李琰去医院做个检查。

李琰摇摇头，神色出现了一丝焦急，仿佛陆潇宁现在就要抓他去医院一样，挣开了陆潇宁的手："不去医院……我不看医生！"

他在床上疯狂地往后退，手脚并用着，甚至在陆潇宁身上踹了好几脚。

"你！"陆潇宁伸手去拽他，试图让他冷静下来。

李琰完全不配合，最后一脚踹在陆潇宁的肚子上，陆潇宁才松了手。

陆潇宁看着已经迅速缩回被窝里裹住自己的李琰，心里气血翻涌。

他这个时候还不知道李琰本来就不喜欢去医院，身体也本能地惧怕打针。

"你到底想干吗？"陆潇宁嘴里恼火地骂了一句脏话，迈开大步就摔门而出。

他摔完了门站在门口，又觉得十分气不过似的，一脚踹在门上，门发出一声"砰"的巨响。

陆潇宁的叫嚷声又隔着木门传来："讳疾忌医是算怎么回事啊！"

在陆潇宁这个月第三次骂骂咧咧地夺门而出时，李琰最终妥协了。

医院是陆家的，是陆安凌早期投资的私人医院。李琰裹得严严实实地从宾利车上下来，跟着陆潇宁往里走。

他们进去之后刚下电梯，郑医生就迎了上来。

郑峙的年龄比陆潇宁大不了几岁，他求学的时候得过陆家的资助，算是陆家的半个家庭医生。

李琰这次的检查做得很全面，全身上下大大小小的检查做了个遍。

打针的时候李琰又突然失控，陆潇宁过去按住人才让医生抽了血。

李琰的脸色很差，抽完血后他还一副很害怕的样子，陆潆宁就脸色更差地坐在旁边给他用棉签按住止血。

　　陆潆宁跟郑峙去拿检查报告。李琰的报告上显示，李琰的胃病比较严重，需要注意按时吃药，清淡饮食，少吃油腻辛辣的食物。

　　大约过去了一个小时，陆潆宁跟郑峙才回来。

　　陆潆宁拉开车门看着李琰慢吞吞地坐进去，然后自己也矮身坐了进去。

　　余棯跟任栖在路对面的另一辆车里，任栖在车里先是"啧"了一声，然后目光转向余棯，问："不下去打声招呼？"

　　他们去担任一个影视作品颁奖晚会的嘉宾，途中路过A市，没想到竟然碰见了陆潆宁，他们和他得有两年多未见了。

　　陆潆宁摇身一变成了陆总，到底气势非凡，出来一趟那保镖恨不得里三层外三层的。

　　余棯摇了摇头："算了，徒增尴尬。"他有些神色不定，欲言又止，"只是……"

　　任栖偏头看向他，问："只是什么？"

　　余棯不卖关子，把话说完："只是他跟那陈淼之间怎么看起来怪怪的？"

　　"哪里怪了？"

　　余棯表情夸张，似乎觉得任栖非常有失身为导演对情绪以及氛围捕捉的敏锐性，解释道："那陆潆宁以前脾气大，坐车都要陈淼先去把车门拉开，然后自己再坐进去。"他像是在向任栖炫耀自己观察得细致，"你没发现吗？陆少爷在剧组里拍戏的那段时间里，只坐陈淼的副驾驶座。"

　　任栖似乎觉得余棯说得很有趣，紧接着问道："那现在呢？"

　　余棯挑眉："现在？"他撇了撇嘴，看好戏似的说道，"现在，啧啧，瞧瞧陆潆宁那眼神里有多大的怨气。从医院出来到上车，他一路

153

跟陈淼说着什么，陈淼可是一个眼神都没给他，不愿搭理他呢！"

陆潇宁带着李琰从医院回来后，每天让管家监督李琰吃药。

有一天，李琰不慎被猫抓了。

有只流浪猫神出鬼没地突然出现在花房里。

身材有些瘦小的猫咪蜷缩着身子，在花架的角落里舒服地打盹儿。

李琰在那里观察了一会儿，没忍住想用手摸摸它。结果没想到他刚伸出手来，那只警惕性极高的猫咪就睁开了眼，嘴里发出威胁性的"哈——"的声音，目露凶光地盯着他，爪子上去飞快地抓了他的手臂一下。

李琰感觉手臂上一阵刺痛，收回手来，见手臂上有几道血印子，赶快跑进厕所里冲洗。但那只猫咪不知为何像是受了惊一样，接连打碎了两盆花。

管家以为李琰是出了什么事，进来的时候正撞上那往外逃窜的猫咪，于是猫咪被捕了。

李琰把手塞进兜里，在管家过来询问情况的时候摇头说没受伤。

管家点点头，当着李琰的面给陆潇宁打了电话，说李琰被猫抓伤了。

李琰睁着大眼睛盯了管家一会儿，抿紧嘴巴，回了屋。

陆潇宁那天晚上叫了人过来给李琰打疫苗。

原本探头探脑地在二楼望着楼底下那只被锁进小笼子里的猫的李琰，又瞬间缩回了脑袋。

别说是李琰不想回忆，这几针疫苗打得陆潇宁也是精疲力竭。

李琰几乎可以说是想尽办法，妄想躲掉这几针。

他很小的时候有一次发烧，被奶奶背着去镇里的一个赤脚医生那里打了一针，结果不知道是因为他太紧张，胳膊不断挣扎，还是因为那赤脚医生本就技术不过关，结果针头断在了里面。那是李琰第一次打针。似是要把屋顶叫破的号哭声响起，伴随着奶奶轻声的"不疼不疼"的诱哄声，李琰的胳膊那里被挑破，冒着血珠子，断进去的针被拔了出来。

从那以后李琰就不愿打针了，看见针头就心里发怵。

从书房的桌底把李琰拽出来的时候，陆潇宁恼火得要死，克制不住地发火道："你是不是找死啊？那是一只流浪猫，如果身上带着病毒，你不打这针，到时候染上了病毒，病发作了，你就没命了！"

李琰冲着陆潇宁摇头，不愿意讲话。

他平常不愿意跟陆潇宁讲话，被逼急了才愿意搭理上一两句。

从医院回来后，陆潇宁的脾气就收敛了很多。郑峙说需要让病人保持心情愉悦。

陆潇宁最看不得李琰这样，攥着他的胳膊不松手，表情凶恶地要让医生直接过来就这样打针。

李琰再怎么说也是二十多岁的人，怕打针怕成这样，自己也觉得不好意思。

他的胳膊被拽了出来，半个身子都还躲在桌子下面，一听陆潇宁要让医生来书房，他觉得这样打针实在叫人笑话。

他很勉强地爬出来，走到卧室去。

郑峙看见李琰那样也是觉得惊讶。一开始听陆潇宁说的时候他还不信，这会儿真亲眼看见了才知道真是这样。

郑峙用酒精棉擦拭李琰的皮肤的时候，看见他的胳膊上很明显地起了一层鸡皮疙瘩，身子也克制不住地发着抖。

"这么大的人了，你以为你是小孩儿吗？"陆潇宁语气很嫌弃，把李琰的袖口往上拽了拽，方便郑峙给他扎针。

郑峙的语气则轻柔得多："你不要紧张，你绷得越紧，针越不好打进去。"他又看着陆潇宁说："应该是心理障碍，你可以跟他讲点儿别的事，分散一下他的注意力。"

陆潇宁慢慢放轻了一点儿语气，安抚一样跟李琰说："别担心，等你打完这几针，我就把那该死的猫送走！"

经此安抚，李琰浑身更紧绷了，还止不住地哆嗦起来。

郑峙很无奈地看了陆潇宁一眼，说："算了，你还是按住他吧，按紧一点儿，别让他动，要不然还要挨第二针。"

打完针后，陆潇宁就让李琰回房间休息了。

一天，李琰给好久没联系的陈瑜打了一个电话，响了五声后，那边的人才接起电话。

"喂？"陈瑜的声音响了起来。

李琰的神色变得有些激动，陆潇宁已经很少看到他情绪上有这样大的波动了。

"小瑜，我是小琰哥。"

那边接电话的人似乎在听到这个答案后变得有些不耐烦了："小琰哥啊，怎么了啊？有事？"

李琰愣了一下，然后继续说："哦……我就是想问问你现在生活得怎么样。你……你回去继续上学了吗？身体呢……身体还好吗？"

"好，我都挺好的。"陈瑜的声音透过听筒传来，"你还有事吗？我在赶一个实验报告，明天就要交了。"

"那确实挺好的，你一直比较聪明，成绩也不错吧？"李琰抱着手机跟陈瑜聊了好久。

挂断电话后，陆潇宁在旁边嘲讽了一句："陈瑜那样一只白眼儿狼，人家根本不想跟你讲话，你听不出来吗？"

陆潇宁跟李琰之间原本稍趋于缓和的关系又一次破裂。

李琰不愿意再跟陆潇宁讲话了。

时间持续了一周，家里的花房里的花，李琰都不去浇水了。

陆潇宁心里又急又恼火。

医生得知李琰的近况后，建议陆潆宁让患者适当地接触大自然，让李琰经常出去走走，这样有利于李琰的病情康复。

在春末夏初的一天清晨，陆潆宁率先打破了两个人之间的僵局，对李琰说："你想出去玩吗？"

李琰很缓慢地点了一下头。

"那就讲话。"

陆潆宁等了大约有三十秒钟，李琰才从干哑的喉口吐出一个字："想。"

管家在旁边补充道："前面新湖中心公园刚修好，可以去看看呢。"

那已经是他们之间认识的第四个年头了。在那一年，李琰在大学城街边遇见了乞讨的老岳。

那不算是太美好的初见，他们争抢一个空的矿泉水瓶。

李琰死死攥住瓶子不松手，老岳也不是吃素的，倚老卖老地说道："你这小伙子身强力壮的，找什么工作不行，在这里跟我抢这些空塑料瓶！我说我最近怎么捡到的瓶子越来越少了，都让你小子捡走了吧？"

李琰皱紧了眉头，据理力争："这个可是我先捡到的。"

"尊老爱幼你没听过是不是？"老岳吹胡子瞪眼。

"那你也不能抢吧？"

两个人之间的塑料瓶子争夺战就这样开始了，结果是两败俱伤。

李琰跟老乞丐抢瓶子，周围的人看到了都声讨他。他最后涨红了脸，还是松手将瓶子让给了老岳。

而老岳每日把重点放到捡瓶子上之后，根本没空在街边乞讨挣钱。

最后两个人闷头蹲在街边，老岳看着这个年轻的竞争对手，发现他也在面前摆了个破碗。

什么意思？这人是要跟他抢饭碗抢到底啊！

"不是我说你，你年纪轻轻，有手有脚的，干什么不行，非在这儿跟我较劲是不是？"老岳被气得喘着粗气。

李琰蹲在那儿不说话,一只脚蹲麻了就把重心移到另一只脚上去。

老岳拿着拐棍戳了他一下。

啧,这一下,还挺疼。

李琰扭过头,皱着一张脸问:"你干吗?"

"你是干吗的啊?"老岳比他叫嚷得还响。

看着李琰那三脚踹不出来一个屁的样子,老岳拿着拐棍掀翻了李琰的破碗。这一下他才认出来,又是一顿臭骂:"你这是拿的我的碗啊!"

李琰一副受不了的样子,说:"我在垃圾桶里捡的,是你不要了的!"

那个时候李琰还没有想到自己后来会跟老岳关系那么好。

陆潇宁在这一年受了伤。在陆安凌把权力放给他,他接管陆家,彻底成为陆家新一代掌权人的前一个月,他出了车祸。

这场车祸似乎还挺严重,李琰有半个月没见到过陆潇宁。

后来李琰再见到陆潇宁,是他出席完董事会回来后,似乎还喝多了酒。

李琰那段时间过得相对轻松一些。陆潇宁出了车祸后,由陆安凌的人全权照看。李琰落得轻松,不用每天开车载陆潇宁去应酬,也不用操心陆潇宁的三餐安排。他闲来无事,白天便帮管家做些浇花、除草、收拾卧室之类的小事,周末还能出去跟老岳斗嘴,磨下来钱吃牛肉面,晚上回来喂喂猫。

管家那天在院子里,远远地就看见李琰回来了。

在这样的天气里,他穿得其实有点儿厚。

在两个人即将擦肩而过时,李琰停下脚步不动了。

管家戴着手套正在修剪院子里的树枝,手上都是一些树枝上的碎屑。他停住动作,看着李琰,像是在问:有事?

李琰眯着眼睛看着他,然后慢吞吞地从自己的厚外套的兜里掏出一个圆滚滚的东西——是个裹了塑料袋的烤红薯。

他拿着那个外皮被烤得焦黑,从裂开的缝隙里能看到里面烤得嫩黄的红薯，递给了管家。

管家似乎也是有些不敢相信，又询问了一遍："给我的？"

李琰点了点头。

管家接过红薯后，李琰就进屋了。

陆潇宁应该是深夜一点左右回来的，浑身的酒气。

陆潇宁一回来就直奔李琰的房间，看着已经睡熟了的李琰，伸手去晃他，想要把他叫醒。

"你今天给了管家一个烤红薯？"

这可真是天大的事了。李琰在心里埋怨管家：怎么能这个样子？自己再也不要给管家任何东西了。

李琰又很会欺软怕硬，在心里默默埋怨管家，面上却死闭着眼睛演死人，任凭陆潇宁把他晃来晃去，就是不肯睁眼，呼吸还挺平稳。

陆潇宁的语气突然变得很奇怪："你知道今天是什么日子吗？"

李琰继续"睡"着。

过了有好几分钟，陆潇宁还静立在他的床头没有任何动作。

李琰试探性地半睁开眼皮，发现陆潇宁已经不在屋内了。

陆潇宁拿了酒去了书房，喝了很多。他整个人的状态都有些不对，但是又说不出来是哪里不对。

他脸上发热，有些难受地把脸贴在冰凉的书桌上，然后他就感觉自己出现了幻觉，好像做了一个梦。

李琰走进来的时候，就看见陆潇宁头发凌乱，书房里满是酒气。他披着衣服慢慢走近陆潇宁。

陆潇宁看起来不是很清醒，看见李琰之后，又猛地绷紧了身体。这是一个很突兀的动作，然后李琰就发现他手里其实攥了个东西。

他像是很怕让李琰看见，手也从桌面上挪到了桌子下面。

东西是可以放进抽屉里的，可是不知道是什么宝贝，陆潇宁一副不太愿意松手的样子。

李琰慢慢试探着走近，然后就听到陆潇宁极轻地叫了一声："陈淼……"

李琰顿住动作，转头看向陆潇宁。陆潇宁也望着他。

就在这个时候，李琰突然笑了，露出一个许久没出现的，咧着嘴露出大白牙的笑容，灿烂得要命。

他说："陆哥，生日快乐。"

这次换成陆潇宁僵住了。

他的眼眶都变得赤红，望着那双黑白分明的笑意还未褪去的眼，陆潇宁仿佛是从牙缝里逼出了一句话："还生日快乐！这早过点了……"

那一瞬间，李琰几乎以为陆潇宁是要哭了。但是他那双通红的眼睛里到底没有落下泪来。

"我有点儿辛苦。"陆潇宁这样讲，讲完又有些后悔，像是这样会在陈淼面前显得自己不够厉害一样，紧接着又像是解释似的说，"但是我都做好了……"

李琰听着陆潇宁说这些胡话，安抚着讲："是的，你一直很厉害。"

陆潇宁又讲："我的伤口也有点儿疼……"

他像是在质问，受伤这么久，现在的李琰却从来没关心过他。明明以前陈淼吃鱼会给他挑刺，吃虾会给他剥壳……可是现在，他说他伤口疼，李琰都不理睬他。他躺在医院里，差点儿丢了半条命，也得不到半句关心的话。

这个时候，李琰才看清了陆潇宁手里一直攥着的是什么东西。

那是一个廉价的，有些地方的塑料甚至已经被磨损得掉了色的小王子。

陆潇宁或许是真的恨李琰，但是他也是真的很怀念陈淼。

第二天早上，李琰为陆潇宁打开车门，看见陆潇宁穿着一身银灰色的西装，面孔冰冷地坐进车里，像是永远无坚不摧，永远不会被任何事物打倒。

昨晚那个刚刚开完董事会，彻底接手了陆家，过完自己的二十六岁生日，喝醉了酒红着眼叫陈淼的陆潇宁，也像是一个不切实际的梦。

李琰不知道陆潇宁回来陆家以后到底过得怎么样，是不是比他拍戏时更辛苦。

但是陆潇宁又从来不会跟李琰讲这些事。他那样不近人情，居高临下，仿佛什么事都不放在眼里。

但是他跟陈淼讲……他跟陈淼讲他有点儿辛苦。

陆潇宁一直以为那晚收到的生日祝福是他酒后的梦。

他那天是真的很受打击，才会去喝那么多酒。

李琰用他的工资也好，捡塑料瓶卖的钱也好，蹲在路边乞讨得的钱也好，他用攒下的那些钱买了一个烤红薯，但是没有给陆潇宁。

陆潇宁那时候才二十岁出头，太年轻，太心高气傲，演戏的时候演不了男主角都要发一通脾气，去争上一番，更何况是在李琰这儿。

李琰，他的脸那样老实木讷，穿着脱了线的破衣服，给予陆潇宁这二十多年来从未有人给予过他的好。陆潇宁对他毫不设防，把他当作最好的朋友。

这让他怎么能接受，其实这一切都是假的，李琰也是冲钱来的，是为了救别人才对他好的？在李琰的生活里，他不过是一个悲剧戏码里的垫脚石，是李琰为爱义无反顾完成亡妻的夙愿的一个工具。

那个幼稚的、爱发脾气的陆潇宁，已经是陆潇宁能够作为朋友最好的模样。

而那样的陆潇宁，被李琰和他自己联手绞杀在旧时光里了。

陆潇宁有时在半夜醒来，会很不合时宜地想起自己曾经问顾宸，为什么会选择把李琰带过来做他的助理。

顾宸思考了一会儿，然后回答他说，因为李琰看起来很能吃苦。

二十六岁的陆潆宁总要做点儿跟二十二岁的陆潆宁不一样的事情。

他在一个晴天，独自回了李琰在乌景湾镇的破屋，搜集了里面的一切东西，妄图寻找一些李琰从前的痕迹。

他发现了那本陈旧的大相册，翻看的时候扑面扬起的尘埃十分呛鼻。

相册里有张照片，有三个小孩儿并排站着，其中两个应该是小时候的陈垭欣跟陈瑜，最左边站着李琰。

其实明明那两个白净精致的小孩儿更引人注目得多，但是陆潆宁的视线还是落在了边上那个笑得露着大白牙、黑黢黢的像只小泥巴狗似的李琰身上。

这样对比看来，长大后的李琰还是要比小时候好看一些的，五官虽说不上多出挑，但也算得上周正了。

陆潆宁把那相册从头翻到尾，连同那零零散散的一些不值钱的旧物，全都带走了。

他试着去了解这些，去了解他与李琰屡次三番发生矛盾的源头——陈瑜对李琰来讲到底意味着什么。

撇去别的不说，他们三个人原来真的是从小一起长大的。

陈垭欣去世后，陈瑜对李琰来讲应该是与他最亲的亲人。

陆潆宁在客厅里很无遮无掩地拿出了那本相册，李琰看见他手里的东西之后果然快步走了上来。

李琰把手伸过去，盖在上面，但是没敢用力夺相册，少有地主动跟陆潆宁讲话："这是我的。"

陆潆宁木着一张脸说："是的，是你的。"他松开手，平静地几乎可以称得上和气地将相册递给了李琰。

李琰当即双手搂住了相册，目光还有些不放心，不动声色地打量着陆潆宁，完全摸不准他如此反常的举动到底是为什么。

真要问陆潆宁为什么，陆潆宁自己应该也回答不出来。但是可以肯定的是，他觉得李琰自己主动给的烤红薯，一定跟他去夺过来的烤红薯的味道不一样。

那到底是怎么个不一样法儿，他得尝了才能知道。

陆潇宁看着李琰紧张地抱着相册，于是又慢条斯理地开口说："我去你的老家，特意给你带回来的。"他望着李琰，把"特意"这两个字咬得很重。

李琰有点儿不知所措，不知道陆潇宁发什么神经，要去他家那破屋里乱动他的东西。但是陆潇宁这样说了后，似乎还在等他说些什么话。

李琰于是试探着说了句："谢谢。"

陆潇宁挑眉，继续说："这不够有诚意。"

李琰凑过去拽了拽陆潇宁的袖子。

陆潇宁的眼睛亮了一下，但他很快克制住了内心的情绪，一副不是特别满意的样子："就只是这样？"

李琰抿了抿嘴，有几分绞尽脑汁的样子。他最后迟疑着，有几分犹豫地张开口："陆哥，谢谢你。"

陆潇宁听到李琰这样叫自己，神情愣怔了一瞬，好像一下子又被李琰带回到过去给自己当助理的时光。

不过他很快反应过来，不愿在李琰面前透露出半点儿自己还记得从前的模样。

李琰看着陆潇宁，以为自己说错了话，原本还想开口找补一些什么，却看到陆潇宁突然起身说："我还有事要忙，你先休息吧。"

李琰应该是很珍惜那本相册的。他趴在大床上，跷着腿翻来覆去地看着那本相册。

陆潇宁之后上楼，在门缝里看见李琰从床上抱着相册下来，然后自以为隐秘地撅着屁股跪在地下，把那本相册藏到了床底下。

陆潇宁"大发慈悲"地没有推门进去，让他以为自己藏得很好。

那个月的月末，陆潇宁带李琰去医院体检。

到了要抽血的时候，陆潆宁板着脸劝要跑的李琰。那工作人员看见李琰一个二十多岁的青年小伙儿还要人拉着拽着才能扎针，刚刚想要说些什么，就被陆潆宁一个警告的眼神给制止了。

李琰似乎也是觉得十分难为情，低下头，不愿意抬起来。

郑峙后来拿着检查结果跟陆潆宁在办公室里聊，觉得挺意外，说李琰身体恢复得不错，胃病的症状也比一年前好很多，但是以后生活中还是要多注意一些。

陆潆宁难得没去反驳什么，把比去年内容减少了一半的医嘱收了起来。

他走回李琰待的休息室，看见李琰没有在床上休息，而是坐在床边，腿都没有放上去，有点儿像一只不够精致漂亮的呆头鹅。

陆潆宁推开门，叫了一声他的名字。

李琰应该是极不喜欢医院的，陆潆宁一叫他，他就立刻起身快步凑过去，小声问陆潆宁是不是可以回家了。

陆潆宁领着他出去了。

那年的年末，陆潆宁去欧洲出差，回来的时候给李琰带了一盏设计感十足的流苏小夜灯。

李琰那天睡前还在那儿摆弄了许久，陆潆宁路过一看见，他就又不碰了。

但是陆潆宁觉得他应该是喜欢那灯的。

后来，李琰果然没忍住，给那盏价值不菲的流苏小夜灯编了小辫。

那一年，李琰养的猫胖了一圈，像是一只营养过剩的小猪崽；在院里栽的观赏性迷你向日葵蹿得老高，活像个变异品种。

第四年的末尾，陆潆宁在尝试着把自己毁掉的友情修好。

第六章
诡异的饭局

虽然陆潇宁觉得自己跟李琰之间发生了很多事情，但是接下来的余生应该足够漫长，他们会有大把的时间可以去纠正。陆潇宁想，他们会重新成为朋友。

陆潇宁觉得一切在慢慢变好。

结果半路杀出来个林笙。

李琰那天竟然为了这个人跟自己吵架，还跟自己闹脾气、甩脸色，还跟自己说这些冷言冷语来扯旧账。

从林家晚宴回来的那天，陆潇宁坐在车里，在心里不知道咒骂了那挑拨离间他和李琰之间关系的林笙多少遍。

回到了陆家，忍了半晌，陆潇宁不由得在李琰背后冷冷地开口："怎么，又要一个月不跟我讲话？你就只会这一招吗，为了那个什么林笙？"

李琰骤然身子紧绷，根本不准备搭理他。

陆潇宁觉得李琰简直太能给他招火了，忍无可忍地说："讲话！你不要真的逼我跟你发火。"

李琰耷拉着眼皮，一副很哀伤的模样。他这么一垂眼，那块疤在这样昏暗的光下，竟然还是如此显眼。

陆潇宁深吸一口气，仿佛做出了巨大的让步："陆家也有同样星级的酒店,你要是想去,也不是不可以去上班。"

过了一会儿,就在陆潇宁脸色越来越难看的当口儿,李琰才张开嘴问了一句:"那工资是多少?"

陆潇宁说道:"一周五百。"他语气不太好,"我早就想说你了,那家牛肉拉面不要吃那么多,你觉得那儿干净吗?"

李琰撂下一句"不用你管"就跑开了。

李琰真的去陆家的酒店兼职了。

在陆家的酒店里,陆潇宁亲自领着人过去,工牌都是他亲手戴上去的。

陆潇宁走了之后,所有人都对李琰毕恭毕敬。他每天到那里后,还有人为他专门准备好茶水。他那天没喝,那些人可能以为茶水不合他的口味,第二天又换了一种茶。

终于在他的桌面上的水果、坚果和茶点摆放得快满了的时候,他旷工了。

逛了三条街,李琰才看到了大太阳底下在啃着西瓜的老岳。

李琰也过去蹲着,讨了块西瓜来,在马路牙子上啃。

西瓜啃到一半,老岳突然慢悠悠地开口:"那个小伙子来找过你。"

李琰愣了一下,很快反应过来老岳说的应该是林笙。

"怎么了?你欠人家钱啊?他来了好几趟,还在我这摊前等过你。"老岳用拐杖敲了敲李琰面前的地面。

李琰不信:"那你没赶他?"

老岳轻哼了一声:"他给钱了,我这儿按时计费呢。"

李琰低头一瞅,老岳的破碗都收起来了,也不知道林笙这是给了他多少钱。

李琰突然有些生气似的说:"你干吗要他的钱哪!"

老岳被他这一嚷吓了一跳,手里的瓜差点儿都拿不稳了:"喊什么啊?小兔崽子,他在我的摊位前,给几个钱怎么了?"

李琰连瓜也不啃了，猛地站起身来，把瓜皮扔进垃圾桶里。

老岳气急败坏地说："啃干净了吗就扔了，浪费！浪费啊！不就要了他几个钱吗？分你一半总行了吧！"

李琰没理他，接着就转身直接走了。

他不好意思再见林笙，也不知道事情发展成这样，林笙还找他做什么。

林笙总不会是因为自己先前的隐瞒行为要揍自己吧？但是林笙看起来不是那样冲动的人。

李琰很不好意思再见林笙，不知道现在在林笙眼里，自己到底是个什么样的人。

他会不会觉得自己是个满嘴谎话的骗子？

而且，自己的朋友老岳还找他敲了一笔钱。

自己这样的人，他不是应该早早地避而远之吗？

他找自己做什么呢？

抱着这样有些羞愧的想法，李琰甚至有些刻意地在回避林笙，体育馆最近都不怎么去了。

但是在一个热闹的周末，林笙还是在那家偏僻的拉面店里堵到了他。

李琰看着林笙高高的身影立在拉面馆的塑料门帘前望着自己，有些局促不安。

这已经无处可避了，李琰只好干巴巴地打了个招呼。

"故意躲着我？"林笙很突然地问道。

李琰挠了挠脑袋，故意在那儿装傻："没有啊，可能就是不太赶巧呢。"

林笙沉默地看了李琰一会儿，看得他败下阵来。李琰耸着肩膀说："我不知道你还找我干什么。我知道你是真心实意地想要跟我交朋友，我却对你有这么多的隐瞒……"

林笙打断他的话，脸上没什么表情，看起来有几分严肃。

"不是，一开始我也不是真心实意地想要跟你交朋友，也有所隐瞒。"他对着愣住的李琰说，"我从国外回来是因为和女朋友闹分手。她是一位很出色的服装设计师，我见你穿了她设计的衣服，是限量发售的款，我想要那件衣服，所以才故意接近你。"

林笙没有继续有关这件衣服的话题，突然凑近李琰，轻声问了一句："我们既然对对方都有所隐瞒，那算是扯平了吧？"

李琰一瞬间有些茫然，林笙又很快拉着李琰往拉面馆里进，说："上次是你请客，这次换我请。"

林笙请客果然不像李琰那般小气，不光拉面加肠、加蛋、加鸡爪，又要了满桌子的菜。

李琰嘴里吸溜着面条，眼睛很亮，咽下去那一口面，跟林笙聊着一些有的没的，只字不提有关那天的事情。

"你今天没课吗？"

"没有。"

"哦，你们学校挺大的，我有一次进去逛过。"

"我们食堂的拉面也不错，下次带你去尝尝。"

"好，谢谢你。"

林笙听着这句谢谢，挑了挑眉毛："这么讲礼貌？"

李琰像是不好意思一样说："本来就觉得挺感谢你的。"

林笙有点儿较劲的样子："谢我什么啊？我也没为你做什么事吧。"

李琰不太善于这样语言上的纠缠，最后讲："谢谢你愿意跟我做朋友。"

这其实是李琰真心实意的回答。

晚上陆潇宁回到陆宅，路过李琰的房间。

李琰在床上半坐着给猫梳毛，看见陆潇宁在门口，赶紧打开窗，让胖咪出去了。

陆潇宁不让猫进屋的。

结果陆潇宁看了他一眼，没说什么就走了。

十一月二十六日，陆潇宁跟宋家一起举办了一场宴会。

宋家和陆家都大肆宣传，几乎整个A市上流圈子里的人物都到场了。

陆安凌在开场的时候致辞，宋家那位当家人笑呵呵地坐在下面鼓掌。

宴会在一个富丽堂皇的大厅里举行，觥筹交错，还有几位当红的明星，连带着社交媒体的记者都簇拥在门外。

矜贵冷漠的陆潇宁从头顶到脚尖都一丝不苟地出现在镜头前。

一个普通宴会，搞得像是一个商界大型的交流酒会似的。

李琰在市中心街角的马路牙子上捧着脸蹲着，目光凝在对面的巨型光幕上。

林笙站在李琰旁边，陪着李琰在那里看了一会儿。

林笙这时候忍不住转头去看蹲在地上的李琰。

许是李琰看向屏幕的目光过于专注，林笙思绪转动，然后问道："怎么在这里？"

李琰回答说："今天休息。"

李琰说完，听林笙许久不回应，站起身来，跺了跺有些发麻的脚，说："走吧，我们今天去吃火锅。"

林笙故意用目光瞥他，揶揄道："怎么？你有钱了？"

李琰笑着推了他一把，像是证明一般，从兜里"唰唰唰"地抽出四张五十的钞票。

"去吃哪家的火锅？"林笙跟李琰并排走着，"是要庆祝什么事吗？"

这顿火锅最终不是李琰请的，林笙叫了杜霖和篮球队的人过来。

几个人吃得热火朝天，李琰的心情似乎真的很不一样，他拿着酒杯跟林笙碰了好几次杯。

晚上到了十一点，他喝得醉醺醺的，现在也不跟林笙客气了，猛

169

地坐直了,拽着林笙说:"快,快送我回去。"

林笙皱眉问:"怎么了?晚回去一会儿也没关系吧?"

李琰苦着一张脸说:"哎呀,你不知道,管家是个'大嘴巴'。"

林笙有点儿没听懂,这都什么乱七八糟的话。只是看李琰真的急得直拽他,他才顺着李琰的劲儿起来了,跟杜霖使了个眼色,跟这群人打声招呼就带着李琰走了。

这不是一个很高档的火锅店,没什么停车的地方,林笙把车停到隔着一条街的地方了。

林笙走到车旁边,按下车钥匙,银灰色的保时捷的车门拉开,司机已经站在那里了。

林笙先坐进后座,然后李琰也跟着坐了进去,就在李琰身后的车门要关上的时候,车门的边缘伸进来一只手。

那只手五指修长白皙,硬生生地把快要关上的车门拉开了。

李琰的视线停在那只手上,都不用再细看,他就认出了那是陆潇宁的手。

车门被拉开,陆潇宁望向车里的两个人,冰冷的视线扫过,慢慢露出来一个令李琰胆战心惊的笑容。

"这么晚了,要去哪儿啊?"陆潇宁眼神冰冷,皮笑肉不笑地说。

林笙对这样可笑的话嗤之以鼻,毫不客气地回道:"是比陆总的宴会结束得还要晚吗?"

陆潇宁脸上挂着的那点儿不善的浅笑彻底消失不见了。他轻轻吐出了几个字:"不知死活。"

他看着李琰,沉声说道:"你先给我出来!"

气氛一瞬间凝固,仿佛是被什么黏稠的胶状物固定住了,李琰当下觉得有些呼吸不畅。

李琰慢慢从车上下来,走到了陆潇宁身边,冲林笙摆了摆手:"你先走吧。"

"要回宴会厅那里吗?那边有人在找了。"林裎跟在后面说道。

"不用，你过去跟他们说我身体不适，回去休息了。"陆潇宁的步速没有丝毫改变，他一路带着李琰回到了宴会酒店的地下车库。

刚才人还好好的，这会儿说身体不适，林裎轻轻皱眉，今天来了这么多人，光是陆安凌那边就不是那么好应付过去的。

他想再劝一句，结果陆潇宁已经拽着李琰坐进了车里，摔上了车门。

车还未驶出地下车库，陆潇宁就开始发作了。他伸手解开领口处的扣子，恶狠狠地盯着李琰说："你到底能不能让人省点儿心，少给我找麻烦！"

李琰明明在心里提醒自己不要跟他吵，还是忍不住回嘴："我跟林笙本来就只是朋友，你到底为什么非要这样？他不过是好心……"

"他好心才怪，你们认识才多久！"陆潇宁咬着后槽牙说道。

李琰被他的不讲道理激起来点儿脾气，激动地说："你本来就是不想让我好过，要我痛苦。别人伤害你一点儿，你就要千百倍地还回去！"

"停车！"陆潇宁突然厉声喊了一句，吓得前面弄不清楚状况的司机猛地一脚踩在刹车上。好在这段路比较偏僻，没什么人。

"你先下去！"陆潇宁满脸戾气，面色难看，夹杂着无法掩饰的怒意。

等车停下，司机下去了，车内只余下李琰和陆潇宁两个人。李琰看着陆潇宁在昏暗的灯光下显得有几分狰狞的脸，才开始有些后知后觉感到害怕。

"你竟然吼我？"陆潇宁被气得半死，"就他是大好人，我就是不想你好过、睚眦必报的恶人？"

李琰不想面对似的不接他的后半句话，争辩着说："我没有吼你，我的声音还没有你大。"

司机在十一月的寒风中抽了好几根烟，等到他的面颊被风吹得生疼，脚也站麻了，半包烟下去了一半的时候，那边才降下来车窗叫了他一声。

回到车里，司机赶紧打开前面的车窗，发动汽车。

陆溓宁已经没刚才那么恼火了，但是他向来小气，没那么容易消火，李琰都已经不吭声了，他还在继续说。

"因为这样的人跟我吵架，你自己说是不是有问题。"陆溓宁这个时候偏过头来去看李琰。

李琰整个人都蔫着，眼皮半垂下来，一副很虚弱的样子。他过了好久才缓过劲来，用濒临崩溃的语气说："没有人受得了你这样。"

陆溓宁脸色几变，恶言恶语已到嘴边又咽了回去。他很无法理解，李琰为什么对自己说出这样重的话。

陆溓宁在周一的时候出差走了。

陆溓宁每次出差，那边都会有专门的人安排行程与住宿，所以他就没带上李琰这个生活助理。这几天李琰每天早上去公司打了卡后就四处逛逛，打发时间。

到了天黑他往回赶时，突然一辆车横停在了他面前。

车窗降下来，露出齐臻那张挂着讨人厌的笑容的脸。他每次冲李琰笑的时候，李琰都觉得心里发毛。

他故作自然地往旁边绕。

齐臻瞧着这人还打算装没看见，于是开口叫住他："李琰！"他把盖住半张脸的墨镜摘下来，跟李琰讲，"这么巧！走回去多远啊，上车，我送你。"

李琰连忙摆手拒绝："不用，不用……"

齐臻难缠得要命，铁了心要在李琰这儿乐于助人一把，把大喇叭按得"嘀嘀"响，不紧不慢地跟在李琰屁股后面，说："哎呀，你这走着多累啊。叫阿宁知道了，我在街上碰见你还装作视而不见，他可要生气的。"

这话可不就在说正在"视而不见"的李琰？他拿齐臻这样的人没办法，路边的行人已经有些在往这边打量了。

李琰最终无奈地坐进齐臻的车里，跟齐臻讲："那好吧，快到的时候把我放在路口就行了。"说完他还礼貌地补充了一句，"谢谢。"

这句"谢谢"不知哪里逗到了齐臻，他又"扑哧"一声笑了出来，然后冲李琰眨了眨眼睛："不客气。"

车开了十分钟后，李琰就察觉不对，故作镇定地提醒道："不是走这条路。"

齐臻充耳不闻，继续往一条与陆潇宁家背道而驰的路线上行驶，甚至提了速。

这个时候李琰察觉出来这根本不是什么偶遇，这个行为跟"神经病"似的齐臻是冲他来的。

李琰一下子绷紧了身体，侧脸问齐臻："你到底要带我去哪儿？"

"大好的时光回什么家嘛！阿宁不是出差了吗？我带你去玩玩。"齐臻的语气十分热情，把方向盘打了个转，拐进一条越发偏僻的道路。

李琰皱着眉："不行！我有门禁的……"

齐臻一副无所谓的样子："你往我身上推嘛，就说我带你走的，阿宁不会怪你的。"

车速变得很快，李琰望着周围暗下来的夜色和逐渐不见人烟的环境，否定了自己跳车的可能，警惕地问："你到底要干吗？我不想跟你去玩。"

"你这样讲话，我真的很伤心。"齐臻装模作样地摆了摆手，嬉笑着讲，"别这么严肃嘛，怕我把你卖掉啊？"

李琰对这样的"神经病"想不出更好的交流方法，看齐臻好像心情很好的样子，还哼着一首曲调古怪的歌。

车子到达的地方是一处庄园，里面很静谧，齐臻下来之后就有侍应生过来恭敬地带路。

齐臻很显然是这里的常客，一副轻车熟路的模样，不时叫两声李琰，要他跟上。

李琰快步走过去，问他："什么时候可以走？"

"玩一会儿就走了，不会让你回去太晚的，你怎么这么没劲？"齐臻拽着李琰，"走了，走了。"

齐臻到了庄园内的仿古堡式建筑的十六层，推开门，里面的人差不多都到齐了。

李琰跟在齐臻后面，望见里面的沙发上坐着几个人。他认出这些是齐臻刚回来那年，陆潇宁连《碎窗》的杀青宴都没去，而去找齐臻的时候，在那个地下俱乐部见到的那群人。

灯光很暗，里面的酒已经开了几瓶了。

齐臻一进去，里面的人就嚷嚷开了："怎么才来？这都有人等急了。"

刘楷挤眉弄眼地伸手推了一把身边的一个漂亮女人。

"别，别，别。我今天可是带了人来的。"齐臻一侧身躲开了，笑着伸手把在门口不想进去的李琰扯进去了。

这些人就算很多年前匆匆见过李琰一次，现在也认不出来了。

几个人的目光扫过李琰，完全没有做任何停留，跟掠过一件物件一样。

到了这里，齐臻才慢悠悠地端起面前的酒杯，喝了一口，然后看着李琰有些失神的模样开口说道："你还不知道吧？阿宁跟他老子开战了，陆安凌那边给他施压，他这次出差就是因为前段时间谈好的合作方不愿意合作了，对方以前的合作都是跟陆安凌谈的。"齐臻将视线落到李琰身上，感慨似的说，"没办法，阿宁只好亲自跑一趟了。"

李琰听不懂为什么齐臻要跟自己讲这些话，又为什么非要把自己带来这里讲。

齐臻露出一个笑容，看着李琰的视线定在桌面上的酒瓶处，然后李琰突然转头问齐臻："有烟吗？"

李琰得到了一支烟，站在走廊拐角处的角落里抽。他旁边像是一个仓库,再往里是个卫生间,里侧有一车未推进去的酒,或许是哪个员工刚从仓库推出来,又要去上厕所或者忙别的什么事而忘记在这里的。

李琰漫无边际地想着一些与此情此景毫无关系的事情。

抽完一根烟,他伸手拿起推车里的一瓶酒看了看,包装全是英文,他什么也看不懂,只认得一个毫升数。

他把酒瓶放下,没承想在上面印上了手指印,他又用袖口把那块地方擦了擦。

"别擦了,你那件衣服够买多少瓶这酒,你知道吗?"齐臻的声音突然出现。他站在距离李琰不到两米的地方,然后迈开脚步朝李琰走过来。

"可以走了吗?"李琰实在是不想回那房间里去,气味混杂,让人不适。

齐臻走近李琰,闻到了一丝若有似无的烟味,好奇地问:"阿宁平常不让你抽?"

李琰回答:"我身体状况不好,医生不让抽。"

齐臻又用一种很上扬的语调评价道:"这么可怜?"

李琰于是又问了一遍:"你到底想干什么?"他的眼神平静,语气也没什么起伏,"我觉得我刚才已经把话都讲清楚了。"

陆潆宁干什么、做什么决定,都不是他能够左右的,为什么齐臻包括其他人都觉得他能有这么大的能耐?

齐臻轻声喃喃道:"我只是……"

李琰替他把话说完:"你只是有点儿好奇。"

齐臻突然抬手给了李琰一拳。

李琰被打了一拳后,一提膝,一道被膝盖骨撞击到腹部而发出的闷哼声响起。

李琰肯定是没留劲儿,他到底是个成年男人。

齐臻不得不退开两步,伸手捂住了肚子。应该是挺疼的,他的笑容都变样了,嘴里说道:"仗着陆潇宁?"

他重新伸手去抓李琰,要把李琰扯过来。

他脸上的表情让李琰觉得恐怖。

在齐臻又一次抬手的时候,李琰伸手拿过旁边的一瓶酒,直接朝他的脑袋上砸了过去。

"这才是仗着陆潇宁。"

李琰气喘吁吁地说完,一把推开齐臻,朝另一个方向飞快地逃跑了。

齐臻这边的动静可算不小,一群人连带着酒店的工作人员,听到那酒瓶碎裂掉落地面的声音就往这边赶了过来。

齐臻的那张脸苍白可怕。在一群人的惊呼声中,他死死地盯着那个逐渐跑远了的身影,讲了跟当年陆安凌初见李琰时说过的一样的话:"真够能装的。"

刘楷几个人看见齐臻这副样子,语气吃惊:"是那小子砸的?他的胆子可真够肥的啊!赶紧追回来!把人带过来!"

齐臻抬手摸了一把脸,视线有些模糊不清,他又用力擦了几下眼睛,抬手拦住那些保镖:"都回来!别追!那可是陆总身边的助理,你们给吓着了怎么办?"

齐臻甚至露出一个笑容,转头跟刚赶过来的林裎讲:"你有没有发现,他只怕阿宁?"

林裎只见过李琰数面,但是凭他那股在陆潇宁面前的畏缩劲儿,真的完全看不出是能抡着酒瓶子往人头上砸的主儿。

李琰跟没头苍蝇似的跑了好久,气喘不匀了都没敢停下来,等到他慢慢发现身后没有脚步声的时候,才不再强撑着力气没方向地跑。

他停下来,打量一下四周,发现完全认不出来这是在哪儿。

这个庄园很大,他应该是还在庄园内。天色暗下来了,他已经认不出来自己到底是从哪里进来的了。他想找人问一下，又怕被人抓住。

从刚才那种有些冲动的情绪中走出来，他才后知后觉地感到一些慌张。

他独自一人紧绷着神经走在完全辨别不出方向的道路上，不知道过了多久，觉得自己的大脑都已经是一片空白的状态了。

身后的车亮起灯光，直直地照着李琰，还像是怕他注意不到似的按了好几下喇叭，一路驶向李琰。

"嘀嘀嘀嘀，我是送李琰回家的小司机——"齐臻降下来车窗，嘴里唱着新编的歌。

李琰停住脚步，看向齐臻被简易包扎了一下的脑袋。他的衣服上还有些未处理干净的红酒渍，脸上带着兴高采烈的笑容。

齐臻停下车，探出脑袋来，趴在车窗那里，邀请李琰上车："快上来吧，你自己一个人走到天亮也走不回去的。"

他上下打量一番绷着脸的李琰，见他的额头溢出来一些汗，手里竟然还攥着那被砸破了的另一半酒瓶。

李琰的手心紧攥着瓶口，断裂得参差不齐的玻璃散发着幽幽的光。

齐臻的笑容突然僵了一下，他补充着说道："或许你应该先把手里的东西扔掉。"

李琰似乎没反应过来，目光顺着齐臻的视线落到自己的右手上，突然松了手，破掉的半截酒瓶掉落到地上，发出清脆的响声。

李琰摇头拒绝上车，对着齐臻露出不信任的表情。

齐臻对上他的眼睛，像是很好心地说："你找不到路的，时间已经太晚啦，管家不知道有没有出来找你呢？

"你看我现在真的还能对你做些什么事吗？我的脑袋还疼呢。

"上车吧，我都没带人过来，你到底还有什么好怕的？"

李琰看着齐臻，觉得他像是在表演一个充满善意的绑匪。

李琰最后讲："你喝了酒，还受了伤，应该让司机来开车。"

齐臻就真的下来跟李琰在路边等司机来。

在这期间齐臻一直在试图和李琰搭话,李琰觉得他这个人太不正常了,跟他很刻意地拉开了距离。

"那你不愿意上车,为什么我刚才开车过来的时候你不跑?"齐臻歪头问他。

李琰好像思考了一下,然后讲:"我怕你撞我。"

齐臻被他的逻辑说服了。

李琰这个人,表面看起来非常普通,容易被掌控和摧毁,但其实他是那种被人踹了一脚,直接站起来连身上的灰都不拍拍就继续往前走的人。他永远固守着自己的逻辑和道路。

坐在车里的李琰跟齐臻之间有大约一个抱枕的距离。

司机在前面心惊胆战地开着车,不时从后视镜里看向自家老板那被白纱布简单包扎了一下的脑袋。

"这已经迟到太长时间了。"李琰提醒齐臻之前说过的话,"你说过可以推在你身上的吧?"

齐臻很利索地回答:"是的,你当然可以推到我身上。"

司机把车开得很快,但是还算稳当,李琰猜他是着急把自己送走后,再送齐臻去医院。

李琰的视线再一次扫过齐臻的脑袋。他抿了抿嘴,有点儿不好意思,但是又觉得是齐臻先找的事。

可是现在齐臻受伤了,自己什么事也没有。

虽然齐臻表现得这根本不是什么大事的样子,但好像除了他自己,没有人这样觉得。

于是李琰下车时还有点儿不放心,望着齐臻,把声音稍微放低了点儿:"你能不跟陆潇宁讲今天发生的事吗?"他强调,"不只是回来晚了的这件事。"他把目光停留在齐臻的头上。

齐臻了然地点了点头:"我才不是那样爱告状的人。"他又朝李琰笑了笑,直白地说,"而且,我怎么觉得你像是已经忍我很久了。"他抬手摸了摸自己头上裹的纱布。

李琰的回答是利落地摔上了车门。

李琰回到房间洗了个澡，换了衣服躺在床上，刚闭上眼睛，管家就进来了。
"受伤了吗？"管家问道。
李琰躺得板正，睁着大眼，否认道："没有。"
然后管家就把手机递给了他。
李琰接过手机，想都不用想就知道电话那头是陆潇宁。
他整个人蜷缩在床上，手握着手机听陆潇宁讲话。
陆潇宁似乎是已经知道发生了什么事，先是骂了李琰一顿。
李琰辩驳着说："是他非要拉我上车的。"
"可是你们竟然还动手了！"陆潇宁语气不善，似乎极度不悦。
李琰心里又把齐臻骂了千百遍，这人刚答应他的话果真信不得。
"受伤了没有？"陆潇宁停顿了一会儿又问道。
李琰也皱着眉，很努力地解释："是他先动的手。"
陆潇宁沉默着不讲话了。
这样一言不发的状态让李琰很是忐忑不安，隔着电话他都觉得有些透不过气来。
他最后用妥协一样的语气说："好吧，他是受了伤。"
陆潇宁这个时候猛吸了一口气，积压着的怒气像是一下被点爆了："我问的是你！你故意的是不是？"
李琰抿紧了嘴，小声回答不知怎么又被惹火的陆潇宁："我没有……"
陆潇宁却像是气极了，"啪嗒"一下挂断了电话。
隔了不到三秒那边的人就又打了电话进来："把手机给管家！"
李琰忙不迭地把手机递给站在一旁一直都未出去的管家，神态像是在丢一枚即将燃爆的炸弹。
管家在那儿听电话，不知道陆潇宁在吩咐什么，管家不断回应着:"嗯。"

等挂掉电话以后,管家跟李琰说,要让他起来检查一下有没有受伤。

李琰躲在薄毯下重复着说:"没有。"

但是管家还是站在那里盯着李琰。

李琰最后终于把藏在薄毯下的手伸了出来,上面有几处被碎裂开的玻璃划破的地方。

管家拿来医药箱,给李琰的手涂药,处理了一下伤口,然后又拿出刚才那部手机,拍了两张图,当着李琰的面给陆潇宁发了过去。

不对劲,不太对劲。

齐臻在车里望着车门的把手上的血迹,眨了一下眼睛。直到他凑近了,用手摸了一下,才确定血真的是车门把手上的。

而李琰刚才是从这边打开车门下去的。

他受伤了——齐臻脑海里浮现出来这句话,脸上的笑容消失,逐渐沉静下来。

齐臻停顿了数秒,眼睛又扫过车门把手上那一点点血迹。

他突然出声:"送我去医院。"

司机从后视镜里看到刚才还吊儿郎当,完全不把自己头上的伤当回事的人,这会儿神色收敛,再无嬉笑之色。

齐臻又补充道:"把住院也安排上。"

司机也觉得自己老板这一阵一阵的,是有点儿病情加重的样子。

陆潇宁是在第二天的下午赶回来的,风尘仆仆,脸上有些疲色。

陆潇宁走进李琰的房间,看了看李琰受伤的手,之后又看了看李琰留了疤的左眼皮。

过了有十多分钟,房间里响起了脚步声,还有一声很轻的关门声。

陆潇宁竟然就这样出去了?

李琰闭着眼睛,悬着的心放下去了。他以为陆潇宁至少要出差一周,谁知道竟然这么早就回来了,是赶着回来教训自己吗?

这样想来,陆潇宁的生活似乎从某一个节点开始,变得特别枯燥并且有迹可循。

他每天都努力工作,跟李琰吵架,然后教训李琰,再自己将情绪整理好。

李琰没事还会攒钱吃碗牛肉拉面,但是陆潇宁好像没有一点儿别的生活。

李琰撇撇嘴,从床上坐起身来,看了一眼时间,下午四点半。

齐臻并不觉得这是个看望病人的好时间,陆潇宁应该在阳光明媚的十点钟来看望他,最好再带点儿鲜花和水果篮。东西不需要太贵重,心意到了就好。

而不是像现在,窗外天色已经不够明亮,而陆潇宁脸色阴沉,站在他的病床边上,活像是觉得他伤得还不够,想要再添上一拳。

齐臻躺在病床上,头上裹着纱布,虚弱地笑着跟陆潇宁打招呼:"刚回来就这么着急地赶来看我,阿宁,你这样我真的很感动。"

陆潇宁看他一副想要装成什么事都没有发生的模样,心里有些烦躁,但是他足够会演,顶着这么一副病弱样,陆潇宁不好发作。

陆潇宁脸色微变,最终揉了揉眉心,跟齐臻说:"你再这样,我们以后兄弟都没法儿做。"

齐臻脸色一僵,突然笑起来,像是听到了什么大笑话,笑得眼泪都呛出来了。

"阿宁,你不要这样不讲道理,是我先拉他走的没错,可是现在躺在医院里的人是我。"齐臻眼泪汪汪地说,"你不能这样偏心。"

"你知道我不讲道理还要这样做?"陆潇宁冷静地说,"我给过你很多次机会了。他跟你动手,难道不是因为你先惹的他?"

"我惹他生气又怎么样?以前又不是……"齐臻话说到一半,陆潇宁就伸手攥住了他的衣领,直接把他按到了病床头。

陆潇宁似乎是在克制自己跟齐臻动手的冲动,冷冷地盯着齐臻说:"差不多就行了,别真的惹火我。"

"你真把我当兄弟?陆安凌让你干什么你就干什么,你站他那边?"陆潇宁冷笑了一声。

齐臻直视着陆潇宁,眼里没有半点儿害怕的意思。

但是陆潇宁这天好像就只是来找齐臻算账的,他松手甩开齐臻,表情很是不耐烦:"齐臻,收起你那一套,这对我没用。当年李琰被打的事,连带着陆安凌,我不管你有没有插手,或者说到底是插了几手,但是算上这一次,我希望不会再有第三次了。"

齐臻也神色微变,陆潇宁到底不傻,他当时只是被气昏了头,到后来总会慢慢想明白。

李琰着急用钱这么久,怎么刚一辞职,这边就刚好有人愿意借钱给他?

"是他自己找上门来的,这事也要算在我头上?你都不知道他那个时候有多感激我!"齐臻扯着嘴角望着陆潇宁。

这一拳到底还是砸到了齐臻脸上,他的话踩到陆潇宁的痛处了。

陆潇宁恼怒地看着齐臻说:"如果不是他自己选的,是你逼迫的,你以为我会到现在才找你算账?"

陆潇宁放轻了一点儿声音:"他本来选我的,他找我借过钱,但是我没能拿出来,然后你出现了,骗他说你可以借钱给他,刚好什么事都解决了。"

话讲到这一步,齐臻也没什么好隐瞒的了,双方像是撕破脸皮一样,他也被惹出火来:"所以现在你是都要算到我的头上,好减轻你的负罪感?你跟李琰走到今日,全都是我一手造成的?"

"闭嘴!"陆潇宁的胸口剧烈起伏起来。他怎么可能把这些账全算在齐臻的头上?那明明是他自己的错。

齐臻被陆潇宁这没留劲的一拳砸到脸上,半张脸都麻了,半天才觉出疼。他咧了咧嘴，尝到了嘴里有一股血腥味。

真成，真够可以的。他们从小一起长大，以前陆潇宁和自己关系多好，偏偏来了个骗子李琰，什么都变了。

齐臻用舌头顶了顶腮，怀着恶意看着难得露出狼狈相的陆潇宁，语气平静地开口："他本来从头到尾都是图你的钱，根本不是真心和你做朋友。"

还不够，还不够。

齐臻表情遗憾得像是真心为陆潇宁难过，继续说着："阿宁，我真替你不值。"

陆潇宁其实不是很能理解齐臻为什么会说出这类"值不值"的话。

他恨李琰，李琰也恨他。

这样的事情怎么还能扯上"值不值"呢？

周末的晚上，陆潇宁要带李琰去一个饭局。李琰不是很想跟他一起去，主要还是因为陆潇宁上次带他出去参加宴会的事情，给他留下了不是很愉快的记忆。

这可以说是一场大家都不想参加的饭局，但是可能都碍于发起者是陆潇宁，没有人敢驳他的面子，所以这几个人都来了。

坐在陆潇宁左手边的宋阮，右手边的李琰，对面的顾宸，斜对面刚拆了纱布的齐臻，还有郑峙，加上林裎，估计除了陆潇宁自己，没有人知道为什么大家要聚在一起吃这样一顿饭。

吃饭过程中除了齐臻跟郑峙你来我往地说几句不着调的话之外，没人主动搭话。

顾宸已经很久没见过陆潇宁和李琰了。他当时多少听说了一些李琰跟陆潇宁的事情，但是事情后来演变成那个程度，也是他没想到的。

齐臻，包括郑峙、林裎这些人，都是后来陆潇宁把人带过来时才知道李琰。

但是顾宸不一样。他是最开始把李琰领到陆潇宁身边的人，见过他们最开始相处的模样。

所以他现在看见这样的李琰，心里才会觉得很惊讶。

他不知道陆潇宁到底做了什么，用了什么方法，才会让李琰似乎完全定格在五六年前的那个时候。

李琰看起来完全没变化。但是一个人不应该过了五年多了，整个人的状态还跟五年前一样，没有任何时间走过的痕迹。

与之相应的是陆潇宁，他的变化可以说是翻天覆地的。不知道是不是他这几年长居上位的原因，他周身的气质凌厉得更胜从前，脸上的表情高深莫测，不肯让人在他脸上窥见半点儿情绪。

但是很快顾宸就察觉出了不对。

李琰跟以前还是有所不同的，他以前身上的那种莽撞的粗糙感没有了。

陆潇宁随手给李琰夹了一块鱼，鱼却在众目睽睽之下，又被李琰夹了回来。

李琰有点儿结巴地说道："我今天不想吃鱼。"

陆潇宁望着盘子里被剔干净鱼刺的鱼，停顿了半响。

终于，陆潇宁在一阵沉默中发出一声嗤笑，然后把那块鱼吃了。

这顿饭吃得异常沉默，除了齐臻在那儿东拉西扯，几乎没人出来活跃气氛。

但是好像这样陆潇宁就满意了。除了那一声意义不明的笑，他从头到尾没有表露出任何一点儿不满的地方。

有一次吃饭的时候，李琰吃到一半不知道脚碰到了哪里，低头看到脚脖子上青了一小片。他看见管家在桌前，又不想跟陆潇宁讲话，就低声跟管家讲："我这几天脚脖子一直有点儿疼呢。"

管家的视线瞟过陆潇宁，陆潇宁"哼"了一声，没说话。

李琰不知道自己到底哪里又惹他了，抿了抿嘴，低下头继续吃饭。他闷了半天才问："我有哪里做错了吗？"

陆潇宁沉默着没回答他，李琰就以为就是这样。但是他又实在想不出自己到底哪里做错了，于是只好先道歉，先认错。

他就又试探着开口："是因为齐臻吗？好吧，我去跟齐臻道歉……"他以为陆潇宁还在为齐臻的事生他的气。

在李琰再一次小声讲"对不起"的时候，陆潇宁才像是忍无可忍地挤出两个字："不用。"

说完之后他继续跟李琰讲："你不用跟他道歉！"他稍后又把语气放轻了一点儿，"跟我也不用。"

不用道歉的李琰却好像还是没有获得原谅。

陆潇宁的脾气比以前好了点儿，他好像在有意地克制着自己不跟李琰发脾气了。

为了治疗李琰的胃病，医生除了开一些口服的药物外，还让李琰每隔几周来打一针营养剂。

平时陆潇宁都是趁李琰熟睡的时候，让医生来给他打针。

但是在打了两个半月针的时候发生了一点儿小小的意外——李琰发现打针的事情了。

一个周六的上午，陆潇宁在家里哪里都找不到李琰的身影，可是管家确定李琰没有出门。

陆潇宁找了两圈，又调了监控，发现李琰压根儿没走出房间的门。

但是陆潇宁连床底都看了，人却不在。

他环顾了一圈，最后把视线停留在卧室里高大的衣柜上，那里敞开着一点儿小缝，非常不易察觉。

陆潇宁的视线瞟了一眼卧室里亮着的大灯，他放轻了脚步走到衣柜前，然后动作很缓慢地拉开了衣柜的门。

李琰果然正抱着腿坐在里面，额头上出了一层细密的汗。哪怕是留出来一道缝隙，他待在很昏暗的环境里还是会很紧张。

他睁着大眼望着陆潇宁，呼吸有些急促。

陆潇宁知道他这时候神经紧绷,没轻易惊动他。

陆潇宁的视线在李琰身上上下扫过,又很快定住了,微微一愣。

衣柜里有一半是李琰的衣服,一半是陆潇宁在主卧的衣帽间里放不下的衣服,甚至有几件被李琰扯下来坐在了屁股底下,他身前还有散落的几件衣服被他抓皱了。

陆潇宁用了几秒钟调整了一下自己的表情,然后装着若无其事,像是只是打开衣柜要拿一件衣服,而并不是在找李琰一样,同往常一样说:"你起来一下,坐着我的衣服了。"

李琰果然一阵愣怔,然后慢慢低下头,看见自己坐着的是陆潇宁的衣服。

然后他很缓慢地起身,好让陆潇宁把那几件衣服抽走。

结果就在他微微起身的那一刻,陆潇宁拽衣服的手换了个方向,把他从柜子里拉了出来。

李琰一下子就挣扎开了:"我不……我不要打针……"

他挣扎得很厉害,陆潇宁只好放开他,想要让他镇定下来:"别闹,李琰,你听我说,你胃不好,所以需要每周打一针营养剂来补充营养。没事的,就打一针,很快就打完了,不疼的。"

陆潇宁看他情绪放松下来,又轻轻叫了一声他的名字:"李琰?"

李琰的呼吸还是很紊乱,但是情绪已经镇定不少。他抬起头来看了陆潇宁一眼,眼里的情绪分明是十分不好受。

过了得有十多分钟,郑峙才跟着管家进卧室。

郑峙看了李琰一眼,然后打开了提进来的箱子。

李琰看他拿着针走过来,旁边的管家还站在那里,脸上难堪得要命,克制不住地往陆潇宁那里躲。

陆潇宁把他的胳膊处的睡衣袖子往上叠,姿势自然又娴熟,说:"不用躲,他们都知道,没有人笑话你。"

拿着针过来的郑峙听见这话微微一顿,看了陆潇宁一眼,似乎有些惊讶陆潇宁的嘴里终于说出一句有温度的话。

不知道是不是因为李琰有胃病，陆潇宁总觉得李琰的身体格外脆弱，身体素质不好，觉得李琰吃的外面沾满油污的店里的拉面一点儿也不干净，吃多了就会生病，就会身体不好。

他应该吃陆潇宁请来的拥有专业资格的营养师配备的餐食。

第七章
你做梦

这一年的初雪来得比去年更晚一点儿,天气干冷干冷的,到了深冬季节才下了很稀薄的一层雪。

这天周末,李琰要出门,被管家拦了下来,让他把围脖、手套和帽子都戴上之后才被放出去。

李琰穿着大厚棉服,全身都显得臃肿。

他走到市体育馆,坐在常坐的第四排位子上,看了两场篮球赛,然后就看见林笙出现在新出场的那支队伍里。

李琰把视线停留在林笙身上,林笙似乎也往他这儿望了一眼,但是又飞快地收回了视线。

隔了数月不见,李琰现在见到林笙,心里还是觉得有些愧疚,又觉得可惜。

他真的觉得林笙是他不可多得的朋友。

而且现在时间过去了这么久,他希望林笙已经消气了,再加上自己如果好好跟林笙道歉,林笙应该会愿意原谅自己。

于是李琰抱着这样的念头,在体育馆坐到了最后散场的时间。

林笙打完球去后面收拾了一下,跟他的队员们一起往外走,路过李琰坐着的那排座位时,他连一个眼神都没停留。

李琰只得厚着脸皮追上去叫他:"林笙,等一等。"

林笙继续往前走，李琰在后面叫了他好几声，周围的队员都开始注视着他们，目光变得有些奇怪。

林笙最后终于站定下来，李琰三两步就跑到了他面前："别走，我有话要跟你讲。"

"你们先走吧，我一会儿过去。"林笙的目光扫过周围的队员。

杜霖不在这里，这几个人听林笙这样讲，都打个招呼就走了，知道林笙这是要处理私事。

"好久不见了，该放寒假了吧……最近都没怎么见你呢……"李琰磕磕巴巴地说着这些尴尬的寒暄话。

"最近没怎么见我？"林笙不客气地笑了笑，问，"你这段时间来过体育馆吗？"他上下打量了一下穿得很厚的李琰，眼里的目光并不是很友善。

李琰知道对方这是还没消气的意思，于是好生好气地跟林笙道歉："我知道你还在为上次的事情生我的气，但我也是没别的办法。对不起，我跟你道歉好不好？"

林笙听李琰道歉，面色似乎缓和了一些。他看着李琰，思考这个可怜人走到这一步的根源。他紧皱着眉，像是终于发现算错了的题目最先出错的那个步骤，告诉李琰："如果你最开始没去借那三十万的高利贷就好了。"

林笙真的很无法理解李琰为什么会去碰高利贷，明明知道那钱一旦还不上，就像是一个无底洞。

李琰愣了愣，有些恍惚，听林笙说这样的话，知道他定是已经知道了些什么事。

李琰也对林笙的话感到困惑："可是我如果最初不去借这三十万，陈瑜早就在第一次发病时就救不过来了。"他又问林笙，"我该怎么做呢？没钱，陈瑜活不了。"

他很难以理解李琰的脑回路，很自然地说："那只是三十万，你总能借到的吧？"

李琰这时候才渐渐发现那横在林笙与他之间很深的沟壑究竟是什么。

林笙其实跟陆潇宁是一样的人，他们属于不担心钱的人。

但是林笙比较幸运，上面有几个哥哥承担了责任，他可以随心所欲地去学设计，也可以因为一场失恋就直接从很多人都触不到门槛的学校退学，说回来就回来。

他优雅从容、大方礼貌又绅士，拥有良好的家庭教育与出身。

他也有足够的同理心，但是他总没有办法完全理解别人的悲苦。

当然李琰也没有这样高的要求。他不能要求一个家境优越的人，去理解趴在泥土里生活的"李琰"的人生。

这是强人所难的事情，李琰不对朋友做这样的事。

林笙却没有罢休。他觉得李琰最开始选错了道路也就算了，性子还软弱："那我要帮你还钱给陆潇宁，你为什么拒绝？你难道不恨他吗？"明明陆潇宁对李琰做了这么多过分的事情，李琰听到自己要帮他还钱，竟然会是那样的反应。

很多人应该都会觉得李琰应该很恨陆潇宁，其实不然，李琰是一个为了活着已经停止思考的人。

他已经记不清是在多久之前，他就停止了去问为什么。母亲为什么要在他六岁时离开？父亲为什么会在他十岁时出车祸？陈垭欣为什么会死？镇子里那么多人，为什么他会借不到三十万……

他不是不怨恨生活，也不是不想问为什么。

一是没有用，二是他没时间。

他晚一秒借高利贷，陈瑜就要死在病床上了；他晚一秒抬起手臂护住自己的脑袋，催债人的钢棍就要落到头顶了。

他和陆潇宁打架的时候是很疼，但是有钢棍打在身上的时候疼吗？有那群人的脚踹在他的肚子上的时候疼吗？有眼睁睁地看着陈垭欣因为病痛的折磨慢慢死去疼吗？

他不怨恨生活，那么为什么要怨恨陆潇宁？

但是他没有争辩什么,知道林笙对自己的失望也是源于期待,林笙也并无恶意。林笙确实应该挺看不上这样的自己的,如果不愿意做很好的朋友,那做一般的朋友也很好。

李琰脸上的表情从一开始的愣怔变为一种很勉强的笑意。他跟林笙又道了一次歉:"对不起啊,让你失望了。"他像是鼓起很大的勇气,又问林笙,"那以后我们还可以一起去吃牛肉拉面吗?"

林笙被他这样默认的懦弱态度惹火了。

"不了,你既然这么选了,就让陆潇宁陪你吃呗。"林笙冷冷地说完这话又提醒道,"你在陆潇宁身边工作,不是有门禁?快点儿回去吧,别再迟到了挨罚。"

那语气里的嘲讽之意听得李琰头脑发蒙。他望着林笙一张一合的嘴,以为自己听错了,呆愣了好一会儿。

林笙看见李琰惨白的脸色,觉得自己的话说得有些重,有些于心不忍似的,刚要讲些什么,李琰却突然转过身走了。

他走在深冬暗下来的天色里,在地上覆盖下来的一层薄雪上印下一串脚印,风把他的围巾吹起来,身上厚实的棉袄裹着他,使他看起来像只小熊。

李琰走回去的时候精神恍惚。他不知道,为什么自己只是想找一个朋友一起吃牛肉拉面,都这么艰难。

林笙为什么要用那样失望的眼神看他?

他强迫自己不要想,自己也不应该因为这样简单的事情而难过得透不过来气。

他就那样走回了陆家。

"哭什么?"陆潇宁从餐桌边起身走过来。

李琰顿住,然后伸手摸了摸自己的脸,脸上竟然真的湿漉漉的。

陆潇宁看他不回答,重新问了一遍:"问你话呢!到底哭什么?你今天去哪儿了?谁惹你了?"

李琰放下手来,解释着说:"没有哭,外面在下雪,是化了的雪。"

陆潇宁这段时间少有这么难看的脸色。他顺着李琰的话皮笑肉不笑地说："是，下雪了，把眼睛也冻红了。"

李琰呆站在客厅的门前，然后开始动手解开自己的围巾，脱掉帽子，突然发现自己的手套少了一只，不知道是不是丢在路上了。

陆潇宁看李琰失魂落魄的样子，还对自己的话充耳不闻，脸色阴沉沉地说："你如果今天不说清楚发生了什么事，今天咱们这饭也不用吃了！"

李琰听见他拿这样的事威胁，又回想起来林笙那些伤人的话，把手里那些帽子、围巾一股脑儿塞给管家，吸了吸鼻子就要往楼上走："不吃就不吃了！我一点儿也不想吃呢！"

陆潇宁看着他似要越过自己往楼上走。

眼看着这两个人之间剑拔弩张，像是又要出事，管家看着李琰明显慢下来的脚步，于是过去劝了劝陆潇宁："他这样走回来也累了，外面下着雪，天还冷，让他先回屋里休息吧，我一会儿给他端上去点儿吃的东西。"

陆潇宁盯着李琰的背影，咬着后槽牙，把视线转到管家身上，管家轻轻对他摇了摇头。

他像是在极力平复自己的情绪，在楼梯口站了好一会儿，最终冷哼一声，独自一人坐回了餐桌前。

而楼梯上的李琰听见又响起拉椅子的声响，很快三步并作两步走到了楼上，进卧室关上了门。

许是这天出去真的受凉了，晚上被端到床前逼着吃的那点儿饭，夜里也吐了出来，李琰浑身出了冷汗，萎靡不振地躺在床上。

到了后半夜竟然还发起了低烧，喝了退烧药之后，天快亮了李琰才缓缓睡着。

最近李琰的情绪变得有些反常。

因为李琰夜里发了低烧，白天的时候郑峙又过来给他做检查，那时候李琰的烧已经退了，但是陆潇宁还是大惊小怪的，跟郑峙在书房里很严肃地描述李琰昨天的异常表现。

郑峙说："胃病容易受情绪影响，你没事多留意着点儿，别再跟以前那样了，有什么问题可以随时给我发消息。"

郑峙医院里还有一堆病号等着，大早上医院都没去他就被叫过来了。

陆潇宁脸上不显情绪，却听出郑峙这话的意思是让自己多让让李琰，多迁就迁就他。

郑峙着急走，说上午医院里还有手术等着。

李琰好像对陆潇宁慢慢收敛脾气这件事没什么反应，但是也能微微察觉，有时候在一些小事情上，陆潇宁变得好说话了一点儿。

李琰变得有些爱挑事，那天无论陆潇宁怎么讲也不想吃家里做的那些饭。

陆潇宁难得耐着性子问他想吃什么。

李琰眼睛亮了一下，跟陆潇宁讲："要吃拉面。"

陆潇宁脸上是不太赞同的表情，他还没开口说不行，就看见李琰睁着眼睛望着他，眼里是很少有的期待的目光。

陆潇宁拒绝的话到嘴边又硬生生改了口："行。"

结果等陆潇宁真请了拉面师傅过来做了碗拉面，李琰吃了两筷子，就又放下了。

他说不是这个味道。

陆潇宁气得要死，忍无可忍地跟李琰讲："你到底闹够了没有？这就是你以前吃的那家拉面馆的师傅过来做的，你说说怎么不是这个味道了，桌子不够脏、环境不够差就不对味了是不是？"

李琰被吼得低下头，又去扒拉那一碗拉面，可是再怎么吃也没有吃出以前的那种味道了。

辣油没有洒，料也没放全，颜色比他以前吃的淡了很多……

但是陆潇宁表现得太理直气壮了，就抱着手臂坐在对面看李琰吃面，跟监考老师监考唯一的学生似的，监督李琰吃那一碗改良版的

193

拉面。

李琰半垂着眼皮很认真地吃着面,不知道为什么在陆潇宁面前,连吃拉面这样开心的事都变了味。

郑峙最近手机响得很频繁,不管是他在做手术时,还是在开会时,他的手机总时不时振动一下,细心的同事发现郑医生已经连续好几日手机都是静音状态了。每当屏幕上弹出消息的时候,就有好奇心重的小护士打趣他:"是不是谈恋爱了?"还故意凑过去要看屏幕上弹出的消息。

郑峙故作淡定地回答:"没有。"结果手又很迅速地按掉了亮起来的手机屏幕,看起来十分可疑。

到了晚上下班的时候,郑峙坐进车里呼出一口气,拿出手机,往上翻消息,看到一条消息:"他今天小腿那里水肿,要怎么办?"

大约隔了十分钟,他收到一条回复:"郑医生,你回得真慢,我已经搜索到了。"

郑峙深吸了一口气,然后把手机翻到刚才的页面,视线停留在那句"他今天晚上多吃了一只虾"上面。他忍着把这个头像设置为一个不太好看的廉价塑料小王子的人拉黑的冲动,然后尽量礼貌克制地回复了一句:"倒也不必描述得如此详尽。"

他转而退出聊天页面,然后下单了数十本《一本书读懂胃病》《专家推荐的养胃食谱》《专家解答胃炎》之类的书,填上了对方的地址。

管家签收了一箱书,陆潇宁把它抱进了书房,当天很晚都没有出来。

一天下班后,陆潇宁走进李琰的房间,说:"你的胃病养好之后,我就给你投资开一家拉面馆好不好?你以后每天都可以吃到拉面。"

李琰听到这句话终于有了反应,张开嘴似要说话。

陆潇宁眼睛一亮,凑近了听他讲话。

"你到底想要什么？"李琰的声音有些嘶哑。

陆潇宁似乎被李琰的这个问题问住了，思考了一下。他望着李琰，声音低了一点儿，坦白自己的愿望："我想和你跟以前一样……我们重新做朋友好不好？"他讲到最后声音越来越小，几乎要听不见了。

但是李琰把他的话一字不落地听清楚了，心里想：跟以前一样？是多久以前？

是自己当助理时半夜要去给他买小龙虾，冬天买暖手宝给他暖手，每天做饭叫他起床，饭都要端到嘴边……是那个时候吗？

李琰得到不出意外的答案，这一刻突然觉得陆潇宁好容易被看清楚。

李琰总是以一种自以为冷漠的态度固执地走自己的道路，但是也适时同情别人，大多时候好说话得很。

好吧，好吧。

虽然这个塑料瓶子是我先捡到的，但是老岳你这么大年纪啦，你想要我就让给你啦。

好吧，好吧。

尽管管家是个"大嘴巴"，但是冬天这么冷，他也会喜欢吃热腾腾的烤红薯吧。

好吧，好吧。

虽然陆潇宁这样骄纵任性，性情恶劣，但是他生日的时候一个人醉酒趴在书房里看起来好可怜，那自己就跟他说一声生日快乐吧，希望他以后别再挂念陈淼啦。

李琰在这一刻听到陆潇宁这样的回答，终于决定把陆潇宁对自己说过的话还回去。他一字一顿地说："你做梦。"

郑峙在医院里碰见了一位老熟人。

两个人共同迈入电梯间，郑峙不得不打了个招呼："齐先生，好巧。"

齐臻笑得热情："你好，你好，郑医生。"

两个人打完招呼后相对无言,但是电梯还没下到一楼,电梯里就只有他们两个人,一时间气氛竟然有些尴尬。

当然这种尴尬感可能只是针对郑峙而言,齐臻这会儿开始搭话了:"对了,郑医生,我想向你请教一些问题。"

他这个时候表现得像个正常人,郑峙不太好拒绝:"哦?什么问题?"

齐臻十分语重心长,脸上甚至露出一种苦恼许久、饱经困扰的表情:"我好像有一些心理疾病,就是……就是不太正常。"

郑峙惊讶于他终于发现了这个问题,难得耐心地说:"具体什么症状你可以跟我描述一下,或者我也可以给你推荐其他专业的心理医生。"

齐臻脸上露出感激的笑容,紧接着讲:"我老是觉得别人拥有的东西才是最好的,总喜欢抢别人的。就像是有两块一模一样的蛋糕,别人有,我也有,但我就是会觉得他的比我的甜,比我的更好吃。"

他好不容易认真描述完毕,电梯里突然一片静默。

他有些疑惑不解地转头问道:"郑医生?"

郑峙面无表情地目视着前方,没有回应他。

终于,齐臻后知后觉地低下头来,发现了夹在郑峙伸过来的手指间的一张名片,上面写着"A市心理诊疗诊断中心"。

一天,像往常一样送走陆潆宁和李琰之后,郑峙坐在办公室里思考了很久,最终下班的时候没按捺住,给齐臻发过去了一条消息。

齐臻混迹在灯红酒绿里,看见自己在桌面上的手机亮了一下,拿起来看了一眼。

消息来自郑峙:"我听说你去了那家心理诊疗中心,你有没有想过劝劝你的好兄弟也去看看?"

春节后的第一个月,空气中还有未退去的寒意。

一个周末的下午四点半,李琰躺在房间里闭着眼睛,却没有睡着,房间里空调温度调得很高,很安静。

突然间房间里响起了一声轻响,先是很细微,后来慢慢重了点儿,显得有些急躁。

楼下这个时候也传来了一些不同寻常的动静。

李琰眉头一皱,慢慢睁开了眼睛,望向了屋内的声源处。

李琰很快反应过来,然后挪动身体走到了窗前,用力去拉窗户。

在他的视线与陈瑜的视线对上的那一刹那,画面好像静止了下来。

陈瑜脸上先是出现了一片茫然之色,手里捏着石子的动作都顿住了,他呆呆地看着李琰。

李琰眨眼望着他,恍惚间以为这是个梦,过了一会儿才像是有了些真实感,颤声说:"小瑜……你怎么会在这里……"

陈瑜吸气:"小琰哥,我们出去走走吧,我有话想跟你说。"

李琰下楼见到陈瑜后,两个人一起向车里走去。李琰坐进车里,扣上安全带,车行驶了十多分钟。

陈瑜与李琰太久未见,话到嘴边却像是不知从何说起。他思绪混乱,攥着方向盘的指尖已经用力握到发白的地步。

踌躇再三,陈瑜面色不自然地开口:"小琰哥……"

就在这时,陈瑜突然警见李琰的脸色竟然差得要命。他双眉紧蹙,额角全是汗水,呼吸也很不规律。

"小琰哥?"陈瑜不敢分心,看着车况,又慌张地问他,"你怎么了?哪里不舒服?"

就在陈瑜心头混乱,车还一路行驶的关头,一辆路虎突然横冲过来。

陈瑜瞬间瞳孔一震,哪怕他以最快的速度踩了刹车,转了方向盘想要避开,但是两车还是相撞到了一起,车头受到猛烈冲击,好在左侧承受撞击更多一点儿。

陈瑜的头撞了一下,视线都有些模糊。他第一时间往李琰那里看,却看见了一片模糊的血色。

李琰都没有办法听到自己虚弱的呼痛声,周围实在是太吵了。他其实有些怀疑这一切是不是都是不真实的,只是一场幻梦。

这应该是一场噩梦。

李琰的意识一下子飘得很远,他觉得身体也没那么疼了,恍恍惚惚之间什么也感受不到了。

在公司的办公室里,刚开完一场会的陆潇宁坐在真皮座椅上,缓缓闭上了眼睛,像是在缓解疲惫感。就在这时,放在他的办公桌上的手机突然振动起来。

陆潇宁睁开眼睛,看到是他的助理的电话,伸手按下了接听键。

"怎么了?"陆潇宁问。

那边传来助理沉下来的声音:"陆总!李琰出车祸了!"

平地一声惊雷,陆潇宁骤然从座椅里坐起,声音里的温度瞬间降至冰点:"你说什么?"

车一路疾驰来到医院,陆潇宁从车上下来的时候,面上虽然冷静,可垂在身体两侧的手在不由自主地发着抖。

陆潇宁站在手术室外的门前,望着手术的门,像是要在空白的一扇门上盯出个窟窿。他垂下来的手不时神经质般地轻颤。

陈瑜在后面的座位上流了一脸的泪,甚至腿软得已经站不起来了。今天经历的车祸太让他震惊了。

时间已经过去了两个半小时,手术室的灯依旧亮着。

陆潇宁转过身来,看陈瑜的表情称得上可怕。他走上前两步,一把抓住了陈瑜的衣领,把他摔到墙上,凶狠地说:"你早干什么去了?你简直假惺惺得令我作呕。放寒假了?老师给你布置的实验报告赶完了?你要是真的把他当哥哥,怎么过了四年才来看他?毕业了,有时间了是吧?你有大把的时间过好自己的生活,抽空了才来看望这个生病的哥哥?"

陆潇宁的眼神简直似要吃人，他不自觉攥紧了陈瑜的衣领。

陈瑜被勒得透不过气来，一张脸涨得通红。

"李琰最好是没有什么事，这样的话我才有可能放你一马。"陆潇宁最后一把将陈瑜甩开，嘴里字字透着凶狠地威胁道，"不然的话，我不会放过你！"

陈瑜瘫倒在地上，剧烈地咳嗽起来。他的身体原本就不是很健康，刚才就有些腿软，这会儿更是站不起身来了。

"你……喀喀……你……"陈瑜的眼睛被恨意逼得赤红，他却连句完整的话都吐不出来。

陆潇宁一脸厌恶的表情，叫护士把他抬走："要死别死在这门前。"

郑峙推开手术室的门的时候，陆潇宁都不知道自己在这里站了多久。他连忙上前，迈开的脚麻了一瞬，但是并没有阻挡住他的脚步。

陆潇宁望着郑峙，语气已是再也掩饰不住的紧张："李琰呢？"

郑峙的脸色很是疲倦，他说："手术还算成功，勉强算是保住命了，以后什么情况还很难说。"他望着陆潇宁说，"你们再有别的状况，我真的要辞职了。"

陆潇宁呆愣了一瞬，心里重复了两遍：命保住了，命保住了。

李琰还活着。

李琰在手术中因出血量过多而陷入昏迷，在重症监护室里躺了三天，第四天才被转到普通病房里。

被转到普通病房里的晚上李琰才醒过来。他的睫毛先是很无力地颤动了两下，然后他逐渐睁开了眼睛，但是脸色还是很差。

瘦得显出骨骼的手腕前，输液针扎在手背的血管上。

随着意识的恢复，术后的伤口的痛感也一并袭来，李琰望着洁白无尘的天花板，第一时间没有认出这是在哪儿，以为是在噩梦中没有醒来。

他猛地睁大眼睛，身子挣动了一下，就迎来了一阵剧痛，来自他的腹部。

他刚刚清醒的身体还是很虚弱，发出的动静也很小，却也足够惊醒正趴在他的床边睡着了的陆潇宁。

陆潇宁看李琰醒过来，瞬间就站了起来。许是他也是刚刚醒来，甚至来不及收敛脸上的表情。

"李琰，你现在感觉怎么样？"陆潇宁稍微凑近了点儿问他，"你有没有哪里感觉还不舒服？听得到我说话吗？"

李琰的眼珠转动，他将视线落到陆潇宁身上。

对了，是陈瑜来找自己，想带自己出去走走，然后发生了车祸。

对，发生了车祸，陈瑜不知撞上了什么。

李琰张了张嘴，但是声音太微弱了。陆潇宁赶紧凑近了些，要听他说什么。

"陈……陈瑜怎么样了……"

陆潇宁的脸色瞬间就变了。但他还是很快克制住，抿了抿嘴，然后说："他没事。"

李琰好像安心了一些。他似乎极为疲惫，眼皮慢慢垂了下来。

李琰再次醒来后，突然问陆潇宁："你之前是不是说过我不欠你什么了？"

陆潇宁预感到李琰又要把话题扯向他不想听的方向，于是故技重施，要做转移话题的一把好手："是啊，给你投资的拉面馆，我都找人给你装修好了。以后你不用做我的助理，可以自己当店长了。"他看着李琰的脸色继续说，"虽然你不能立刻过去工作吧，但是等你出院了我可以先带你去看看，不合你的心意的地方我可以让他们再改。"

"不用。"李琰很简洁又直白地拒绝道，原本平静的脸上终于出现了一丝波动，他望着陆潇宁说，"我不想当店长，我想回老家种菜。"

李琰睁着眼睛盯着洁白无尘的天花板，眼神发直。一般来讲这样一片空白的地方是很容易让他心生恐惧的，但是他已经保持这个姿势这样躺在病床上很久了。

脸上的温热感使他回过神来，他抬手一摸，这已经是他今天第三次无端流泪了。

很难过，他感觉快要窒息了。

一直停止了思考的脑子开始思考起来，他不停地思索，在每个苦难的回忆场景里追问为什么。

一个从未向苦难询问过为什么的人，一旦开始问为什么，其实是一件很可怕的事。

到底为什么自己会经历这些事？

为什么不是别人，为什么偏偏是他？

他好像永远都在把事情搞砸，哪怕他再努力，再拼命，在奔波劳碌的生活里堵住耳朵，闭上眼睛，兜兜转转，他还是在那里，在命运编织的无法逃离的苦难里。

他从一种悲苦跳到了另一种悲苦里。

他看见小黑，看见陈淼，最后看见李琰，他们都面目模糊，却无一不是被穷苦生活压迫着奔跑的人。

他们都在道歉，向因母亲跑了埋怨自己的父亲道歉，向奄奄一息地躺在病床上的陈垭欣道歉，向没能救得了他姐姐的陈瑜道歉，向被辜负了期待的林笙道歉……其中他说过最多"对不起"的人还是陆潇宁。

好像他一日活着，一日的苦难就不会停止。

李琰出了车祸被抢救回来之后，本就身体虚弱，现在甚至连点儿水都喂不进去，嘴唇上没有半点儿血色。

由于身体过于虚弱，李琰陷入了昏迷之中，被推进了手术室进行了二次抢救。

陆潇宁看着李琰再次从手术室里被推出来，躺在病床上，瘦得不成样子，呼吸都很虚弱。

陆潆宁不由得眼前一阵发黑，模糊地听见自己说："李琰……李琰……"

他抬手擦了一下眼睛，继续望着李琰说："陈瑜就要毕业了，你还没有去过他的大学里看看吧……林笙今天要来看你，他现在就在楼下，如果你愿意，我现在就叫他上来。你想让他看见你这样吗？"

陆潆宁尽量克制着自己的声音，希望能够保持平稳，听起来更可信一些。

他把声音放软下来，望着李琰说："你如果以后不想见到我，我以后都不会再出现在你的眼前了。"

李琰盯着陆潆宁说："你出去！"他很直接地说，"你说过以后都不会出现在我的面前了……"

陆潆宁脚步一顿，明白了李琰的意思。他额头上被汗水打湿的头发垂下来，遮住了他的神色。

他最后轻轻启唇，说了声："好。"然后转过身去，从门口离开。

走出那间病房的门口，到了楼梯口处，陆潆宁就彻底绷不住了。

他紧贴着墙壁缓缓滑下来，坐到了地上，后背一片湿冷，是刚刚出的冷汗。他慢慢将修长白皙的手指插进漆黑的发丝间，屈起膝盖，胳膊肘抵在上面，低下了头。

陆潆宁在后来的几天真的没有再出现在李琰面前。

陈瑜带着水果请假过来看过李琰几次，看见李琰被纱布裹住的地方，还哭了。

林笙和杜霖也都来过。林笙送给李琰一个篮球挂件，说是在大学城附近买的，又说市中心体育馆要举行篮球联赛，等李琰出院一定要去看一场。

李琰这时候的精神状态已经好了很多，那濒临崩溃般的情绪慢慢消散，他甚至觉得特别不真实。

李琰此时脸上只是挂着淡淡的笑容，听杜霖讲他学校里发生的趣事，林笙不时打断他的话，拆拆他的台。

李琰想，自己只是最近有些倒霉，出了车祸，生了场小病，但是有这些亲友过来送水果，为他心疼得掉眼泪，大家谈天说地，气氛融洽，李琰觉得，这样就已经很好。

陆潇宁没再出现过了，直到李琰要出院的前一天，他托人过来提前打了声招呼，说明天要来送李琰。

陈瑜在旁边削苹果，听见这话冷笑了一声。

李琰没有说什么，只是淡淡地点了点头。

到走的那天上午，陈瑜想来帮李琰收拾收拾东西，但是其实也没什么东西可收拾的。

李琰换上一件有些单薄的衬衣，套上了深色的外套。

陆潇宁进来的时候甚至礼貌地敲了敲门。

他手里拿着一本相册，是从李琰在乌景湾镇的家里拿来的那本。

李琰看见陆潇宁把这本相册拿来，抬眼看了他一眼。

李琰伸手接过相册，然后递给身后的陈瑜。

陆潇宁这时候又递过来一个纸质手提袋。李琰接过来，发现里面是那盏流苏小夜灯，和以前没被摔碎的那盏一模一样。

李琰半垂着眼，动作停在那里，而后又将其递回给了陆潇宁，说："这个就不用了。"

空气一下沉默下来，从刚才进门起就一直表现得很平静的陆潇宁终于再一次被冷漠的李琰戳伤。

陆潇宁盯着在自己这里格外不近人情的李琰，看他脸上无波无澜的表情，强压的情绪逐渐被激起。他克制地吸了一口气，甚至劝说了一句："拿着吧。"

但是李琰还是拒绝了。

陆潇宁一下就克制不住了，双眼泛红，彻底爆发出来。他一把攥住李琰的衣领,咬牙切齿地说:"是你……是你先用假的身份来欺骗我的……"

他看起来像是只被击败的兽,只剩下徒劳的凶恶样子。

陈瑜这时候脸色一变,刚要上前就被李琰一个眼神制止了。

李琰在此刻不再躲避陆潇宁的眼神。

"是,是我先欺骗你的,所以我在这些年间已经向你道过很多次歉了。"他伸手一点儿一点儿掰开陆潇宁攥着自己的衣领的手,平静地说,"你在以后的日子里可以继续恨我。"他顿了顿,又说道,"但是为你工作的这五年,我依然感激你的慷慨。毕竟很多人可能这一辈子都挣不了这么多钱。"

陆潇宁仿佛被李琰这段话迎面打了一个耳光。李琰算得这样清楚,在最后离开的时候还要跟自己撇得干干净净,仿佛他们不曾是挚友。

陆潇宁只是一位债主,而李琰作为被催债的人,在陆家工作了五年。

于是他们清账。

"滚……"陆潇宁此刻再也承受不住李琰再多说一句话,声音嘶哑,又用力说了一遍,"滚吧!"

原本那样有力的一双手,被李琰轻而易举地从衣领上扯开了。

李琰不再多说,抬脚迈出门去,陈瑜紧跟在后面。

李琰一路坐着电梯,一直走到医院门口,看见了没个正形、正倚着墙站在医院门口的齐臻。

李琰原本是想装作没看见齐臻直接走过去的,但是齐臻叫住了他,甚至举起手来:"最后一个问题。"

李琰停了下来。

齐臻将手里的烟掐灭,望着李琰问道:"如果说你从头到尾都没有把阿宁当作朋友,那当初他父亲去找你,给你三百万让你劝他回家的时候,你为什么要拒绝?"

李琰看起来好像是思考了一会儿,然后脸上又浮现了那种有些勉强，但是经常习惯性出现在他脸上的笑容。他说："因为陆潇宁的脾气实在是太差啦。他们是父子，如果有一天陆潇宁发现我做这样的事，一定会找我的麻烦的。"

"我觉得太麻烦啦。"李琰这样讲完。

他根本不愿意跟陆潇宁有太多牵扯。

当年那件事后，陆安凌如愿以偿地让陆潇宁终于乖乖回家；齐臻从中推波助澜，让陆潇宁和李琰之间的友情破碎；而李琰，陈瑜被救治后活了下来，他就赢了。

除了陆潇宁，所有人都如愿。

这其实是一个大写的 happy ending（圆满的结局）！

如果不是此时太过于不合时宜，齐臻真的很想连拍三下手，为李琰鼓掌，再连喝三声彩。

原来这么久以来，李琰就这样冷眼旁观陆潇宁这么多年。

齐臻突然说："陆潇宁真可怜。"

可怜？

他用这样的词语形容陆潇宁？李琰愣了一下，然后想起林笙——因为分手就放弃学业的林笙，于是有些理解了。

对陆潇宁这样的人来讲，被父亲逼着做不喜欢的事，那便是受了这天底下一等一的委屈了。

仿佛这样的人一出生就与穷困潦倒和贫困苦难绝缘。

于是李琰又一次善解人意地点了点头，认同道："是，他是有点儿可怜。"

陆潇宁站在医院病房的窗台口，望着李琰远去的背影。

李琰一步步走向外面，身形单薄，却没有回过一次头。

他的身影在陆潇宁的视野里越来越小，直至消失不见。

陆潇宁站在那里，一动不动，从李琰离开的时刻开始，就一直保持着那个姿势，日头渐渐落下去，银色的月光洒到他的身上。

他恍若一尊落了层灰的雕塑。

二十二岁的陆潇宁在这样的时刻，应该会把整间病房里的所有物品全都砸个稀烂，才能表达出他愤怒与悲恸的情绪，但是二十七岁的陆潇宁只是这样呆站着。

李琰就在这样春暖花开、万物复苏的时节离开，迎接他的新生活，他的充满光明、自由和阳光的新生活。

陆潇宁站在这窗口，像是站在世界的风口。

直到凌晨时分，天边晨光熹微，陆潇宁才动了动僵直发麻的身体。他躺倒在医院的病床上，盖上了被子，又把被子慢慢抱住，蜷缩起身体，把整个人都埋进了被子里。

医院外的齐臻在大门口抽了一夜的烟，烟灰落了一地，猩红的烟火在黑夜中一明一灭。

直到他看到医院六楼一直伫立在窗口的那个身影消失不见，他才跺了跺发麻的脚，往自己的停车处走去。

他固执地守着陆潇宁，生怕陆潇宁一想不开，像小时候陆潇宁闯了祸，他也要上赶着陪他一起挨罚一样。

李琰在傍晚五点半回到了乌景湾镇。

陈瑜回了学校，走的时候给了李琰一张卡，说是一点儿零钱。李琰没有推辞。

他走到密林深处的时候，天色已经很暗，脚下的枯叶很深，踩起来发出的声音有点儿吵。他一直不舒服的嗓子终于在此刻憋不住，他扶着一棵树咳嗽起来。

这副身体仿佛连半分凉气都受不住了，初春的天气其实并没有多么温暖。

缓了有五六分钟，李琰平复着剧烈起伏的胸膛，继续往前走去。

等到了陈垭欣的坟墓前，他慢慢蹲下来，抬手摸了摸照片上陈垭欣那张带着恬淡笑容的脸。

他不愿意再和陈垭欣说虚伪的过得很好的假话,用嘶哑的嗓音说:"我好累……或许当初我应该和你一起走……"他眼神悲伤,面容十分疲惫。

他吸了吸鼻子,眼睛又开始泛红,冷风吹过,掀起他单薄的外套,他又用手遮住口鼻,剧烈地咳嗽了一阵,结果最后竟然呛出一口血来,手上留下一小片血沫。

他似是再也支撑不住一般,跪倒下来,整个人佝偻着,背后的衣服都可以显出他的骨头的痕迹。

李琰又流下眼泪,伸手又去碰那冰冷的墓碑,就在要触到的时候,猛地看见手指上的血痕,像是怕碰脏了陈垭欣,慢慢缩回手来。

他又小声和陈垭欣道了一次歉,希望她不要生气。

陈垭欣一向是脾气很好的人,应该会原谅他。

他就这样睡倒在陈垭欣的坟墓前,内心从未有哪一刻如此安宁。他渐渐地感受不到寒冷,头脑昏沉起来,意识也不大清晰。

一束亮光突然照到了他的身上。

李琰的眼皮被光刺到,眉眼一皱,他还未看清来到眼前的身影,就听见那脚步声越来越近,还有些急促,脚底的枯枝败叶被踩得"啪啪"响。

刘庆有些气急的声音传来:"哟!你这来殉情是不是晚了几年?"

李琰睁开眼睛,看见刘庆正朝他走来,刘庆一把把他从地上拽了起来,然后对着满脸憔悴表情的他不满地"啧"了一声。

李琰刚才睡过去的时候天色还没完全黑下来,这时候天已经完全黑了,只有刘庆手里的手电筒发出微微的亮光。

他目光呆滞地望着那亮光,半晌回不过神来。

刘庆叫了两声他的名字,他才迟缓地应了一声,然后问刘庆:"你怎么在这儿?"

刘庆看他那呆呆的模样,脸也泛红,抬手摸向他的额头,嘴里骂了一句:"这么烫,可别烧坏了。"

刘庆就这么扯着身单力薄的李琰一路回了李琰的家。

李琰屋里实在太破,几年没人回来,灰都不知道叠了几层了,水电都断了。刘庆拍了一下自己的脑袋,骂了一声"猪脑子",然后带李琰回了自己家,烧开水,给他拿了药吃。

刘庆煮了点儿稀粥,李琰被他看着喝了一点儿就吐了出来。刘庆没逼他再喝,只喂了药让他早早睡了。

许是身体真的不适,原本难以入眠的李琰在此刻真的昏昏沉沉地睡了过去。

刘庆对李琰的状况有点儿紧张,拉着李琰跟以前的那些朋友碰面。

李琰一开始还是很郁郁寡欢,后来半个多月过去,情况好了一点儿。

他总不能一直住在刘庆家里,而且刘庆也已经结婚了,老婆也在家里,挺不方便的。

刘庆拍着李琰的肩膀,笑呵呵地说:"你这也回来了,正年轻,有什么苦大仇深的事放不下呢?得了,晚上别忘了过来,约了李叔他们打牌呢!"

他递给李琰一小兜药,然后把李琰送到了家里。

李琰家的电路老化,第二天才能有人来修,刘庆没办法,让李琰在他家再住一晚,李琰不愿意,说已经麻烦他太多了。

最后刘庆又送来了一支蜡烛,用打火机给李琰点上了,走的时候还不忘提醒李琰:"保温杯里给你灌满热水了,那兜药是你嫂子给你买的保健品,说你身子看着太瘦弱了。你可别忘了吃,浪费了她的心意。"

李琰点点头,露出很淡的笑容道谢。

李琰又被刘庆拉入了以前的生活。刚开始的一个月他还没什么真实感,感觉跟做梦似的,后来跟一帮兄弟约了几次打牌、喝酒、吃烤串和拉面,才真正适应了过来。

李琰嘴里又尝到了乌景湾镇原来最老的那家拉面馆熟悉的味道。

那一年的夏天,陈瑜从学校毕业,步入了社会,应聘进了他上大学的城市里的一家公司。

在乌景湾镇,走出个大学生就已经很是难得了,陈瑜不仅上了大学,还能够在大城市里扎根生活下来,有一份稳定的工作,有收入来源,陈父几乎逢人就炫耀。

李琰那天在家里煮清水面,盛出来吃了小半碗,过了二十分钟又倒了杯水,把刘庆那时候送来的那兜子称是保健品的药拿出来,按照贴上去的纸上面写的,每小瓶倒出来几粒。

上面贴的包装被他撕开一个角,看见下面还有一层,他仔细看了后又细心地贴回去了。

李琰喝了口水,把那些药送了下去。

中午陈家大摆宴席,陈瑜这次回来,没少给陈父添置东西。

陈瑜也给李琰买了东西,李琰的屋太小,被那几箱牛奶、水果之类的东西占了半个屋去。

到了傍晚,日头下去,陈瑜从陈家出来,看见李琰蹲在自家院子里拿着小棍戳着什么。

他走近了,看见李琰在捉他地里种的小青菜上的一条虫,那片青菜叶上已经被啃出了一个圆圆的孔洞。

陈瑜走过去,在李琰的旁边蹲下来,视线跟他一起落在菜地里,问他:"中午叫你去吃饭,怎么不去呢?"

李琰回答:"不太想去,胃里有些不舒服。你们吃得开心就行,听说你大舅舅他们家的人也来了?"

陈瑜语气有些不耐烦:"可不是,带了一群小孩儿来,差点儿把屋顶给掀了去。"他转而又问李琰,"秦六爷那边不是说,你要是想回去工作还可以回去吗?你这天天在家里闲着没事可以去啊,别这么……"他斟酌了一下说辞,"别这么提不起干劲啊。"

他看着李琰那风吹就能倒的身体，咬牙切齿地说："都怪那个浑蛋。"他说出这话来也觉得自己的嗓音有些高，又用安抚一样的语气说，"不过现在都好了，小琰哥……"

"别说他的坏话！"李琰突然打断了陈瑜的话。

陈瑜愣了一下，以为自己听错了，一副不大敢相信的模样："你说什么？"

李琰猛地一下站了起来，把手里的小棍扔到了地上，无比清晰地重复了一遍："我说陈家的房子都是花他的钱盖的，你不要说他的坏话！"

他这么说完，直接进了屋。

陈瑜在门口愣住，过了半晌才叫了一声："你有病吧！你现在是在替他说话吗？"

回答陈瑜的是一声关门声。

第八章
陆泽睿小朋友

五年后。

陆泽睿在学习的课间很神秘地小声跟自己旁边的吴旭说悄悄话："我找到我爸爸了。"陆泽睿是陆潇宁几年前从孤儿院收养的孩子。

吴旭显然觉得这是一个很重大的发现，喊了一声："真的吗？"

要知道他们从来没有见过陆泽睿的家长，大家只知道他家人做生意，很厉害，但是没有人见过他的父母。

学校里的家校互动活动，他的家长也总是缺席。

每天放学只有一辆黑色的车来接他。

不过陆泽睿很凶，上次有人说他根本没人疼，说他爸爸其实也不喜欢他，把他丢给爷爷养了。

陆泽睿知道这事以后，过去把人家揍了一顿，打得那位同学"嗷嗷"哭，还骑在人家身上往人家脸上砸拳头，最后老师来了才把陆泽睿拉开的。

从那以后就没有人敢惹陆泽睿了。

陆泽睿太凶、太皮，别的小朋友不怎么愿意接近他，吴旭是少数愿意跟陆泽睿一起玩的人。

陆泽睿此时从自己的口袋里掏出一张照片，在桌子下面展示给吴旭看。

照片上是一个皮肤黝黑的男青年,坐在敞篷的运羊的大车上,怀里抱着一只小羊羔在笑,笑容很温柔,眼里在泛光。

"可是,就算你们长得很像,你怎么确定他就是你爸爸呢?"吴旭认真地打量完两张脸,这么说道。

陆泽睿小脸上的表情一下就沉下来了。

陆泽睿那天下午心情很不好,放学回来以后把昨天在客厅堆好的积木小城堡一脚一脚地踹倒了。

明明他昨天还很是为自己搭建出来的城堡骄傲。

陆安凌瞥他一眼,也没去管他,把手里的热茶放到旁边,跟他说:"晚上有人接你回去。"

"不回去!"陆泽睿"噔噔噔"地跑上楼。

吃完饭,陆潆宁打电话过来,陆安凌说:"他说不想回去,让他多在这儿住几天吧,你工作这么忙,顾得上他?"陆泽睿长得可爱,性格又活泼,陆安凌很喜欢他,也想让他在自己这里多住几天。

陆潆宁沉默了一下,最后说:"好。"

晚上睡觉的时候,陆泽睿半躺在被窝里,管家进来给他送牛奶。

管家突然瞥见陆泽睿手里正攥着的东西,陆泽睿看起来正要撕了它。

"你从哪儿找到的?"管家问。

陆泽睿停下动作,看着管家说:"在家里翻到的。"他把那张照片在床头柜上铺平,像是为了让管家更好辨认一些,还用手抻了抻那张被他弄皱的照片。

"他是我爸爸吗?"陆泽睿问道。

管家说:"不是。"

陆泽睿说:"我不信。"他早就知道自己是陆潆宁的养子,他印象里自己的爸爸就有这样一双眼睛。身边的人都说他的爸爸和妈妈去了很远的地方。他这么小的年纪,并不理解死亡的概念,一直觉得爸妈有一天会回来接自己。

他宣布了一个很重要的决定:"他长得很像我爸爸,我要去找他。"然后他用自己的手指指到照片上的铁牌路标上,问,"这是什么字?"

管家说:"乌景湾镇。"

周五的晚上,陆泽睿在客厅里看动画片,动画片里放的是主人公的妈妈在床头给他讲故事的片段。陆安凌看见了用遥控器把电视关上了,让他去旁边玩积木。

陆泽睿很不乐意,但是陆安凌的脸色有点儿吓人,他到底是个小孩儿,气势上总压不过陆安凌,最后只能气呼呼地说:"我要回家,不在这里了。"

他去他的阅读室抽出了两本书,往自己的背包里塞。他的背包是个深蓝色带个鹅黄小包的双肩包,里面装着一些乱七八糟的玩具、指南针、干掉的小花和蜗牛的壳。

现在又塞进去两本童话书,书本有些大,他很粗暴地把书简单对折,硬是塞了进去。

晚上陆潇宁没来接陆泽睿。管家照例来送牛奶的时候,他问管家:"我们什么时候出发?"

管家说:"明天下午吧。"

两个人在床头对了一下拳,陆泽睿提醒管家:"你可不要忘记。"

周六,吃过午饭,管家跟陆泽睿从陆家的后院离开了。他们出门的时候是拿着风筝走的,说是去放风筝,门口的人没有起疑。

陆泽睿坐在电动车的车后座上,背着小背包,坐在管家的身后。他还是第一次坐电动车,有点儿新奇地踢脚,又问管家:"我们为什么不开车?"

管家说:"太显眼了。"

管家的车头插着一只蜻蜓状的风筝,电动车穿过车流,骑得很稳当,一路骑到了车站。

213

管家牵着陆泽睿买完票,抱着他上了车。

陆泽睿长得好看,肤色白皙,双颊还有些未褪去的婴儿肥,还故作小大人模样,都不知道自己那点儿紧张与好奇的神色是多么明显。

这模样惹得别的乘客都向他看来,甚至有人热情地来跟管家搭话,问他孙子几岁了,还要上手捏捏陆泽睿的脸。

管家都没来得及说话,陆泽睿就直接一巴掌拍到了那人手上,怪使劲儿的,给人的手打红了一小片。

得,这也不用说了,管家直接给人道歉。

管家无奈地抱着他坐到座位上。

陆泽睿坐在他的旁边,偏着脑袋望着车窗外的景色。车子启动,他一会儿闹着说渴了,一会儿又说饿了,过了一个多小时才像是折腾累了,靠在管家的肩膀上睡着了。他的眼睫毛又卷又长,在下眼睑那里投出一片阴影。

等陆泽睿一觉醒来,发现车还在行驶,窗外的风景已经变得很不一样了。他问管家:"还要多久可以到?"

"一个多小时。"

陆泽睿其实对"一个多小时"到底是多久根本没概念,有些坐不住,不时用脚踢前座的椅背。

管家皱眉阻止了他:"快到了。"

李琰早上八点钟起床煮白粥,然后喝药,接着又去接水给院子里的小青菜浇浇水。

收拾完之后他就兜里揣着二十块钱出门了。

去菜市场买菜,他没挑选那些很新鲜的菜,而是在摊前挑了一些减价的蔫了的看起来失去了水分的菜。

他提着一小兜菜回去的路上遇到水果摊,称了一点儿水果,结算的时候摊主让他扫码,他说没手机,摊主说送他一个橙子,正好这几毛不找了吧,这会儿实在没零钱。

李琬视线扫过去,看到满满一箩筐圆滚滚的大橙子,抬手推辞掉摊主要往他的塑料袋里塞的橙子,几乎是有些慌乱地说:"不用……真不用……找不开就不找了吧……"他磕磕巴巴地说完,拎着袋子就走了。

他走得急,都没发觉那个圆滚滚的大橙子从摊上滚落到了地上。

傍晚刘庆来了一趟,抱了一堆杂七杂八的书来,还有光碟。

他说:"六叔的书店关门了,这些都是要处理掉的,你在家没事当个消遣看看。"

李琬跟他道谢,然后说:"这些杂志留下就可以了,那些书我也看不懂,碟片我这儿也没法儿看,你都带回去吧。"

刘庆拍了拍书,说:"一人一摞,兄弟几个都有,你推辞什么呢?赶明儿我闲了,给你搬来一台电视机,我家里那台你嫂子吵着要换呢。"

李琬这时候也不好再多说什么,没再跟刘庆客气,晚上做了个小炒,煮了个稀饭,兄弟俩凑合吃了。

刘庆走的时候差不多是下午六点半,天色已经暗下来,李琬整理着给他的那摞书,突然"啪嗒"一下,从一本书的缝里掉出来一个东西。

李琬把书放到旁边的柜子上,弯下腰去捡,看起来是一张海报,被折成了书本的大小。

李琬展开那张海报,突然动作顿住,捏住海报边缘的手的指尖不自觉用力。

那是电影《碎窗》里陆潇宁的宣传海报,年代太久了,海报的边缘都已经有些泛黄。

异常英俊的男演员躺在盛开的向日葵花上面。

那时候的陆潇宁是二十岁出头的年纪,面容俊美,比后来的他青涩得多。

就在李琬愣神的片刻,突然响起一阵敲门声。

李琬慌忙把那张海报重新叠好,弯下腰来塞进床下面。

李琰把东西推进去才起身去开门:"谁啊?刘哥吗?忘记带什么东西了吗?"

他以为是刚走没多久的刘庆又回来了,把门闩抽出来,打开门。

那一瞬间,李琰都不知道怎么形容此刻的心情。他望着眼前的小孩儿,仔细回忆起来,似乎是曾在一张报纸上看到过陆潇宁和眼前这位小孩儿的合照。

陆泽睿看见李琰还抬头愣了一下,又低头看了一眼手里皱了的照片,然后像是怕被发现一样飞快将照片揣回了兜里。

就在他要迈步进门的那一刻,李琰伸出手,推着他的小肩膀,把他推了出去,然后一下关上了门。

他不信,不信这凭空出现的小孩儿是真实的,陆家的小少爷怎么会突然神不知鬼不觉地出现在乌景湾镇?

李琰的心"怦怦怦"地跳个不停,外面那小东西开始用力拍门,用稚嫩的声音说:"把门打开!"

李琰瞪着眼看着被关紧的门。

陆泽睿见叫不开门,开始用脚踹门,踹得很响,在这样安静的夜晚十分突兀。

至少有十分钟了,陆泽睿终于在脚被踹疼了之后,哭着走开了点儿。也可能他哭不单单是因为脚被踹疼了。

李琰听见这样闹腾的声响,告诉自己这样下去会吵到邻居,影响大家休息。他最终打开门,让那个孩子进来了。

小孩儿进来后还哭得肩膀一抽一抽的,红着那双与李琰相似的眼睛望着李琰。

李琰沉默着绕到孩子的身后,在门口张望了一番,没有任何动静。他谨慎地把门关上,把门闩插上。

陆泽睿这时候好像已经收拾好了情绪,装模作样像个小皇帝在巡视自己的领土。他走到屋里把自己后背上的小背包卸下来,跟李琰说:"我是陆泽睿。"

他这样讲，好像只要自己这样介绍了，李琰知道他是谁后就会有什么反应，然后后悔刚才对他的态度。

李琰没有参与过他的生活，对他的名字也很陌生，做不出多余的反应，对这样的自我介绍回应道："我是李琰。"

陆泽睿说："我知道你的名字。"

他对李琰这样的反应显然很不满意。他觉得自己这样说完，李琰就应该知道他是谁了。

陆泽睿不太高兴，在屋里走了两步，说："李琰，你这里真破。"

但是李琰没有生气。他沉默了一小会儿，然后问："你的家长呢？这么晚了，你怎么会出现在这里？"

"我是跑出来的。"陆泽睿的表情很坦然，他好像没觉得这样有什么不对，然后回答李琰的第一个问题，"谁知道他在哪儿？我好久没有见到他了。"他的好久就是指他已经在爷爷家住了两个星期。

李琰把声音放低了点儿："他经常不管你吗？"

陆泽睿没有回答这个问题，被李琰立在床头的小蜡烛吸引了注意力。他用手指头戳了一下，说："我认识这个，这个是蜡烛。"

李琰没有因为他自以为丰富的知识表扬他，只把他从床边抱到凳子上，然后脱掉他的鞋子。

陆泽睿被李琰扯掉袜子，跷起脚丫问："要干什么？"

李琰去端了盆热水，试了试水温，蹲下身子把他的一双脚放进去，说："洗脚睡觉，太晚了。"

李琰把陆泽睿放在床的里侧，自己躺在外侧。

床很狭窄，本来就是张单人床，好在李琰很瘦，不太占地方，陆泽睿躺下来之后还翻了两下身。他看起来很有精神，可能是在来的时候的车上睡过了的缘故。

李琰把灯熄了，点燃了蜡烛，立在床头，发出明晃晃的暖橘色的光。

陆泽睿凑过去看，被李琰扯了回来："不要靠这么近。"

到了日常睡觉的点，李琰喝了药，困意泛上来，上眼皮和下眼皮在打架。他脑子里也十分混乱，知道陆泽睿突然出现在他这里的事疑点重重，但是现在问陆泽睿也问不出什么。

过了好一会儿，李琰都要睡过去的时候，突然感觉背对着自己的陆泽睿悄悄爬了过来，好像还自以为动作很轻。

李琰眉毛微蹙，但是并没有睁开眼睛，这样年龄的小孩儿他没有带过，有点儿不知道怎么应对。

陆泽睿看了看李琰，又重新躺回去，有点儿兴奋，又有点儿不安。

就在这个时候，陆泽睿在李琰身后突然小声叫了一声："爸爸。"

他声音很小，跟刚开始在门口叫门时那张牙舞爪的嚣张劲儿判若两人，像是怕吵到李琰一样。

李琰猝然睁开了眼睛，以为陆泽睿是想自己的爸爸了。

他感觉到身后那个温热的又小又软的身子贴了过来，没有吱声。

管家远远地观望着，直到屋子里的灯光暗下去，亮起昏暗的烛光，他才离开，乘坐上最后一班车，回了A市。

到达A市的时候已经深夜十二点半了，陆家老宅里灯火通明，管家把电动车停好，拿着上面的蜻蜓风筝往老宅里走去。

管家进到客厅，陆潇宁果然也在这儿。陆安凌沉着脸坐在客厅里，见到管家进来就问："小睿呢？"

"放风筝累了，说李琰长得像他亲生父亲，闹着要去找他，我就送去了。"管家用毫无起伏的语调讲出来的话像是扔出的炸弹一样。

客厅里当即响起两道声音。

"真的？"

"胡闹！"

陆安凌眼底当即就涌上不悦之色，气势迫人。陆潇宁则是直接从沙发上猛地站了起来，一脸的难以置信之色。

管家把风筝线收拾好，又讲："让进去了呢。"

客厅里突然陷入一片静默，陆潇宁死死盯着管家："你是说他让陆泽睿进门了？"

管家点了点头："是的。"

陆潆宁那一瞬间感觉自己的面部肌肉几乎都失去了控制。跟管家计划这件妄图缓和与李琰之间的关系的事情时，他没有想到李琰真的会愿意接触陆泽睿。

他像是有些无措又焦急，不知道怎么是好地抬起脚绕着沙发走了半圈，然后说道："乌景湾镇景色不错，可以让陆泽睿在那里多玩几天。"

"立刻让人把他接回来！"陆安凌的话紧随着陆潆宁的声音响起。

此时，父子俩的视线对上，客厅里的用人汗都下来了，只有管家还在那儿跟什么事都没发生似的把风筝收拾好了，往陆泽睿往常的玩具置放处走去。

客厅的空气都要凝固住，气压低得让人透不过气。

陆潆宁先是嗤笑一声，望着陆安凌说："怎么着？你还以为这个家还是你说了算？"

陆安凌在陆潆宁的面前拿出手机，拨通号码对那边的人直接下命令。陆潆宁二话不说直接迈步往外走去，林裎他们还在外面等着。

这边正在上演一出"父慈子孝"的戏码的时候，乌景湾镇的李琰终于翻过身来，端详起了沉睡中的陆泽睿。

不得不说，这小孩儿醒着的时候虽说闹腾了点儿，睡着的样子却显得很乖，可能是有天生长得好看的优势，他这会儿看起来很招人疼。

李琰没把他扒着自己的手拉下来，就这样也闭上眼睡了。

翌日，李琰牵着陆泽睿，想要送他回去，陆泽睿却根本不愿意回去。

李琰对这么小的孩子说不出来重话，最后在陆泽睿耷拉着的小脸面前拨通了管家的电话。

管家那边还表现出一副很意外的样子，像是对陆泽睿凭空出现在乌景湾镇李琰的破屋门口这件事并不知情一样。

219

李琰刚要说什么，管家却又说："小少爷没见识过乡下的风景，现在人都在那里了，不如让他在你那里待一天，周一我再过去接他回学校。"

李琰有些气恼，听管家淡定的语气和这自然而然的安排，完全不相信这不是他们事先计划好的。

可是事已至此，李琰瞧着皱着小眉头望着自己的陆泽睿，缓缓吐出一口气。

明天就是周一了，待一天就待一天吧，李琰实在是不想耗费精力再跟管家扯皮。

乌景湾镇的风景是陆泽睿没见过的。他白天五六点钟就醒了，跟着邻居二牛还有妞妞一起追村口的大黄狗，跑回来之后出了一身汗，鞋底全是泥巴，精力旺盛得不像话。他和李琰长得有些像，再加上李琰对他很有耐心，所以他很喜欢李琰。

晚上陆泽睿睡前才想起来一件很重要的事情。他去拿自己的小背包，掏出被蹂躏得不成样子的童话书，然后塞给李琰："给我念故事！"

李琰看着手里的书。陆泽睿睁着眼睛望着他，眼神纯净。

李琰说："好吧。"

李琰念了一会儿，陆泽睿又不太满意，把李琰的胳膊拉开，躺进他的怀里去，摆出跟动画片里父亲给孩子念故事一样的姿势之后才消停下来。

白天精力发泄得过多，这会儿一个故事念完，陆泽睿很快就困了，小脑袋瓜一点一点的，就是硬撑着不睡。听完了故事以后他又说："李琰，我还想听摇篮曲。"

李琰说："我不会唱。"

陆泽睿撇嘴，一副很不高兴的样子。他其实本质上不是爱哭的小孩儿，不知道是被谁教出来的性子。他红着一双眼盯着李琰，觉得李琰在骗他，就是不想给他唱。

"可是别人都有人给他们唱，吴旭说他……"陆泽睿说到一半突然不说了。他想起来，李琰不是他爸爸，也不愿意当他爸爸。

他才来的时候李琰把他关在门外面，真正喜欢他是不会这样做的。小孩子其实很敏感的，他在这个时候才真正觉得有些伤心了，转过身去，不看李琰了。

他蜷缩着腿，小小的一团。

李琰有些无奈地在身后拍了拍他，然后讲："我唱得可能不太好听呢。"

过了许久，李琰才声音很低地给他唱了一首《两只老虎》。

周一陆泽睿被接走的时候不太满意，但是也知道自己要上学，没问李琰他什么时候可以再来，直接告诉李琰他放假了会过来的。

李琰却想，他们以后应该不会再见面了。

这样的失误陆家总不会犯第二次。

李琰自己吃得将就，陆泽睿嘴挑，他只能去买了很多菜，还有肉。陆泽睿来这两天花的钱，够顶上李琰自己一个月的开销了。

李琰跟邻居还有其他人解释说陆泽睿是以前的朋友家的孩子，别人都夸孩子好看。

李琰只是很浅淡地笑笑，没有再接话。

陆泽睿竟然真的在下一个周末来了。

他这次换了个比上次大点儿的包。李琰以为是上次自己说不要这样把书都对折，会把书弄坏，他听话地换了一个。

结果陆泽睿到了之后就邀功似的在李琰面前拉开了包，里面竟然是一沓沓现金。他说："李琰，你的房子好小，还没有家里的卫生间大，我带了点儿钱给你换大房子！"

他边说还边用手比画了一下，像是要向李琰展示大房子要有多大。

李琰皱着眉看着陆泽睿，根本不信这五岁的小孩儿能自己一次一次摸到这里来，定是有人送他过来的。

他抬手把陆泽睿从包里掏出来的钱塞进去,然后拉上书包,推向了陆泽睿。

陆泽睿见送的礼物被拒绝了,一时间有些愣。

李琰对他的礼物完全不做评价,问他:"你怎么过来的?"

"坐汽车!"陆泽睿回答,又耿耿于怀地问李琰,"为什么不喜欢钱?"

那李琰可真是太喜欢了。他有些无奈地问:"谁送你过来的?"

陆泽睿还是觉得自己的礼物是很好的,但是没能够讨好到李琰,有些挫败:"可是我爷爷说了,大人都很喜欢这个。"

李琰的声音沉了下来:"陆泽睿!"

陆泽睿看他真的要生气了,眼睛转动,只得讲:"我家里人说不要我了,嫌我麻烦,让我来找你。"

李琰听他这样讲,慢慢抿紧了嘴巴,然后说:"嫌你麻烦?"

管家被开除了。

他骑着自己的电动车刚出陆家老宅不到一个街区,就被陆潇宁的车拦住了。

陆潇宁请他上车,让手底下的人把管家的电动车送回陆家。

管家坐在车上,陆潇宁给他包了个红包。

不到年终,硬要发年终奖,管家推辞不得,说没地方装,让陆潇宁直接转账。

李琰跟陆泽睿坐在桌边,李琰思索了片刻,视线落到陆泽睿带来的那包现金上,心想:小孩子怎么会拿得到这么多现金,难道是陆潇宁让他带来的?

李琰这样想,也这样问了:"是陆潇宁让你带着钱过来的吗?"

陆泽睿看着李琰不太好的脸色,忙不迭地点头。让李琰不高兴的礼物自然不能是他自己送的。

嫌陆泽睿麻烦，又让小孩儿带着一堆现金来，陆潇宁是要和谁结婚了，觉得陆泽睿是个拖油瓶碍事吗？

陆泽睿在李琰这里吃饱喝足，这几天缠着李琰变着花样地给他做饭，馒头都要蒸成小兔子的形状，吃到最后剩下一个还不舍得吃了，要拿出去跟邻居家的妞妞和二牛炫耀。

结果他和人家两个小孩儿闹起来，逼得李琰不得不又蒸了一笼。

陆泽睿看见李琰竟然还给别的小孩儿做，气得跳脚，在那里胡搅蛮缠，霸着不让分。他被李琰说了两句，觉得李琰生气了才消停下来。

周一的时候李琰照例送陆泽睿回去上学，陆泽睿一路闹着不想去，说陆潇宁已经不让他上学了。

李琰被他的话震惊到了，但是不太相信。

这学期已经过半，陆泽睿已经上到大班竟然还能出现不想去幼儿园的问题，他觉得陆潇宁实属对陆泽睿不太上心。

李琰硬是把陆泽睿送到学校，然后跟他的老师讲放学的时候联系一下他的家长。

李琰傍晚回到乌景湾镇，脑子里乱得很，不知道陆泽睿怎么会突然出现在他的生活里，也不知道到底要怎样处理这件事。

他很少有地喝了一把药，心里像是长了草一般烦躁不安。

而陆潇宁那边好像已经默认了陆泽睿每周来这里过周末，工作日的时候在A市上学的事。

陆泽睿像只勤劳的蜜蜂，分次往李琰的狭窄破屋里运送着自己的玩具。

直到李琰说屋里要放不下了，他才不情不愿地停止了。

三个月后的一个雨天，陆潇宁独自开车来了乌景湾镇。

泥巴点子溅了一车，他从车上下来，往李琰的住处走去。

他想过很多种多年以后面对李琰的场景，而如今这一天来到，他决定用李琰以前用过的招数。

223

在淅淅沥沥的小雨中,他没有打伞,走进李琰家的小院,裤腿溅上了泥水,他却没有顾及。他在雨里望着李琰在院子里种下的小青菜,突然觉得有一点儿难过。

这些年李琰有没有想到过自己这个老朋友呢?是一次都没有,还是依然厌烦他到想死呢?

李琰的庭院很小,不过几步的距离,陆潇宁却硬生生走了好久。

当他终于吐出一口气,走到李琰的屋门前时,他慢慢抬起手来敲了两下门。

李琰刚倒了一杯水,喝下药。一到阴雨天,他就腰酸,还会咳嗽,一咳嗽起来就没完,夜里也甭想睡安生了。

他听到敲门的声音,把水杯放下,然后眉毛慢慢皱起。

李琰可不常有深夜造访的客人,更何况是在这样的雨天,而陆泽睿敲门总不会这样礼貌,他总是火急火燎地拍门,嘴里连声叫着李琰的名字。

就在李琰起身的那一刻,他听到了门口那人试探着似的叫了一声:"李琰?"

李琰起身的动作顿住,他霎时间睁大了眼睛。是陆潇宁的声音,哪怕隔着门,外面还下着声势不小的雨,但李琰还是可以瞬间听出来。

李琰许久没反应,也没有答话,更没有去给陆潇宁开门。

于是陆潇宁站在门外又叫了一声李琰的名字。

李琰眼睫颤动,尽量稳住声音问:"你来干什么?"

这次轮到陆潇宁有些迟疑,他发现李琰完全没有让他进去说话的意思。

他有些发闷的声音传来:"我想来看看你。"

李琰立刻回道:"不用。"

陆潇宁吸了一口气,语气耐心缓和得不像话:"我只是来见你一面,你把门打开好吗?"

李琰却很冷漠地说:"可是我不想见到你。"

陆潇宁的神色在那一刻立刻变得惨白。他的发丝被雨打湿贴在额角，雨水顺着他的发丝流到脖颈上，灌进衣服里，浑身的衣服都被淋湿了，非常不舒服。

见陆潇宁还在门外站着，李琰猛地一下站起来，拿起桌子上的搪瓷杯子朝门上砸了过去："滚开！"

搪瓷杯砸到门上，发出一声清响，又落回地上，弹了两下，最终停在李琰的脚边。他喘着粗气，眼睛红得吓人。

门口的陆潇宁忍不住朝后退了两步，然后慢慢将脸凑近李琰的屋子的木门，那里有一道缝隙，但是只能看到李琰的桌子。

雨慢慢不再下了，过了一会儿月亮也从云后出来了，月光落在陆潇宁被雨湿透的肩头。

李琰这晚哪怕喝了药，睡得也还是很浅，心神不宁的。

直到第二天早上，晨曦的光从斑驳的玻璃处透过来，李琰又闻到了一股淡淡的雨后泥土与潮湿的空气融合的气味，还有那股无法忽视的苦橙香。

陆潇宁最开始来得还不是很频繁，从一个月两次，慢慢到一个月三次，最后到每周一次。

这天，陆潇宁在门口跟李琰讲："这都快三个月了，怎么陆泽睿来你就让他进门了，我就不行？"

李琰不理他，他就继续在那里自说自话。他现在好像对此越来越得心应手了。

"你是不是还很生气，在恨我？"陆潇宁把语气放轻了些，然后又话头一转，说，"可是我后来是不是改了，脾气在变好？"

李琰听他这样讲，像是要故意讲一些叫陆潇宁生气的话。

"可是林笙不用变就很好。"李琰这样淡淡地回道。

陆潇宁果然被惹到了。他心里恼火，又不敢朝李琰撒气，最后自己在那儿硬挤出一句："我根本没有提林笙！你干吗要跟我讲林笙？"

讲完这句话后他好像才又反应过来自己到底是来干吗的，自己好像又对李琰吼了。

李琰果然在屋里不再愿意接他的一句话。

最后陆潇宁见李琰还是不搭理他,又把自己气跑了。

他现在经常这样,坏情绪上来,又不能在李琰面前表现出来,就要跑到一边自己消化,等自己消了气,再过来继续找李琰和好。

李琰有时候简直没法儿评价他。

后来有一天,李琰想起第二天陆泽睿要来,家里的菜还没有准备,太阳都下去了,又赶忙出去买菜。

陆潇宁到的时候天色已经黑了,结果李琰屋里亮着灯,却没有人。他叫了几声,耳朵贴在门上,听不到里面有任何动静。

他心里一震,没来由地慌乱,有些急地叫李琰,"啪啪"地拍门。

结果不知道是因为陆潇宁的力气太大,还是李琰的破门真的太脆弱了,他感觉他还没怎么用力,李琰的屋子的门就被他拍倒了。

木门砸到地上,溅起来一阵尘土。

陆潇宁望着空无一人的房屋,又看看脚下的破门,走回院子里去吸了一口气,给林裎打电话,让他派人来修门。

"不用,不用换新的,就过来修门就行。"

"门掉地上了。"

"也不用修得太好,中间裂的缝不用补,不用修整,重新安上就行。"

"快一点儿。"

他正想说"李琰不知道什么时候就回来了,一定要赶在李琰回来之前把门重新安好",结果李琰就已经回来了。

陆潇宁的电话这时候还没挂掉,林裎在那边疑惑地"喂"了两声,陆潇宁转头看见拎着肉和菜,又买了一条鱼回来的李琰,半晌吐不出一个字。

不知道他跟李琰讲这门在他来之前就已经倒在地上了,李琰会不会相信。

但是他此刻看见李琰，真的是没法儿做出任何反应。

他来了快有三个月了，这才头一回跟李琰正儿八经地打上照面。

李琰也瘦得太厉害了。

这都穿的什么啊这是？也不是很暖和的天气吧，他就只穿一件这么单薄的外套吗？

其实在李琰面前扮可怜是一件很愚蠢的事，因为陆潇宁再可怜，总可怜不过李琰。

陆潇宁有点儿不自然地把电话挂掉，然后收回兜里。

"我……"陆潇宁才刚刚开口，李琰就已经目不斜视地越过他回了屋。

陆潇宁紧跟着撵上去，到了门口，正踌躇着要不要在李琰面前迈进去，担心再刺激到李琰，李琰就已经率先开口了："进来吧。"

陆潇宁在那一瞬间，全身的力气都在控制着自己不要表现得那么受宠若惊。

他在李琰的眼神的示意下，坐到了李琰家他坐上去连腿都伸不开的矮凳上。

李琰把手里的东西放下，然后也坐到了桌边。

他觉得有点儿累，抬手揉了揉眉心，然后问陆潇宁："你到底想要干什么？"

陆潇宁绷着脸，最后说："我也不是故意想要弄坏你的门的。"

李琰觉得他是在故意回避问题，又讲："让陆泽睿一个小孩子背着这么多现金来找我，你到底想干什么啊？"

李琰说着情绪也有些不好。

陆潇宁听得直皱眉，气得半死："他自己说要给你准备礼物带过来，我怎么知道他给你拿的是钱，这也要怪在我的头上？"

李琰压根儿不信："他还这样小，怎么拿到这么多的现金？"他这时候站起来，把陆泽睿留下的包拿过来推给陆潇宁，让陆潇宁自己看。

陆潇宁根本不知道怎么跟李琰解释，陆安凌平时就是给陆泽睿这么多现金的。

比起这件事，他更在意李琰误会他。他说："你非得这么想我？"

李琰沉默着没说话。

陆潇宁站起身来要走，结果又被李琰叫住。他猛地顿住，以为李琰要挽留一下，结果李琰只是把那包现金塞给了陆潇宁。

陆潇宁气急败坏地开着车在乌景湾镇绕了几圈都没消火。最后他把车停在一家酒馆门口，一个人在那里喝闷酒。

林裎给李琰修好门后过去找陆潇宁，看见他喝得脸泛红，到车里又嚷着让林裎送他去李琰那儿。

陆潇宁喝醉了酒，脚步踉跄着摸到了李琰家门口，像以往一样将脸贴在门上，结果什么也看不见。他心生不满，都说了不用修门，这怎么重新安上，就合得这样紧了？

一条缝也不能留吗？

他难过得要死，整个人贴在门上，跟李琰讲话："陆泽睿再怎么说也是一个小孩子，我怎么可能不管他？"

他最终只是歪歪扭扭地站起来，走到了李琰的菜园里，踢了一脚李琰种的白菜，又踩了两脚，然后回到了自己的车里。

第二天陆泽睿过来，看见李琰院子里头一棵长得茁壮的大白菜被人踢歪了不说，上面还有个大脚印。

陆泽睿问李琰："是不是有人欺负你？"

李琰望着那棵大白菜，眼皮抽了两下，想起来昨夜喝醉酒的陆潇宁来过。

不知道这人现在怎么闲成这样，不用工作吗？

李琰否认："没有人欺负我。"

陆泽睿却不相信，看见陆潇宁的车还在李琰的门口，问李琰："他怎么在这儿？"

陆潇宁宿醉之后太阳穴都在"突突"地跳。陆泽睿在那里拍车窗，陆潇宁给他打开车门，他就立刻爬了上来，反常地说要回家。

李琰也愣住，不知道陆泽睿怎么刚来就要走。

但是走就走了，李琰也没有多说什么。

结果陆泽睿第二天早上八点多就又回来了，拿了一把跟他的身高一样高的玩具枪。

他穿着马丁靴和墨绿色的工装裤，大长枪立在脚边，认真绷着小脸说："李琰的白菜将由我来守护！"

白菜被踹坏了，李琰把那些破损的地方扒去，然后拿回屋里，晚上做了一顿白菜豆腐。

陆泽睿晚上吃饭的时候有些兴致不高，吃了一小会儿就去门口踢石头子，到了晚上很晚了，李琰叫他，他才回来。

李琰看他的样子，觉得他可能在这里住够了。这里到底比不上 A 市热闹繁华，没有游乐场，也没有可以让他挑选各种玩具的大商场。

李琰在周末的晚上就提前把陆泽睿送了回去。小孩儿一路情绪不好，不跟李琰讲话。

李琰不知道怎么惹到他了，无措又无奈。

把陆泽睿送到陆家的小区，让门卫联系了陆家人，等看见管家熟悉的身影走过来，李琰就转身走了。

李琰走的时候天都黑了。他还没赶到车站，陆潇宁就不知道从哪里又冒了出来。

陆潇宁开着车跟在李琰的屁股后面，打着大灯，过了一会儿又开到李琰身侧。他把车窗降下来，对李琰说："上车吧，我送你回去。"

李琰不愿意，继续闷着头走着。

李琰走到车站，没买到最后一班的车票，又从车站里走出来。陆潇宁站在车门前，给李琰拉开后排的车门。

李琰站在那里犹豫了一会儿，最终还是坐了进去，很礼貌地讲了一声："谢谢。"

他这样就像陆潇宁真的是个热心肠的司机，愿意免费载他。

不过到乌景湾镇只有三个半小时的车程，现在至少过了五个小时了，车还没有到。

终于，李琰有些坐不住了。

"要不然，我还是下来走着吧。"李琰真的不是说说而已，他的一只手已经扶住了车门把手，像是已经随时准备跳车。

陆潇宁立刻说："十分钟到。"

他把李琰送到门口，跟着李琰往里进。

时间很是优待陆潇宁，他的眉眼褪去了青涩，显得成熟内敛了不少，眼睛幽深，睫毛浓密，鼻梁笔挺，皮肤是冷白色的，嘴唇的弧度在不笑的时候气势逼人。

李琰好像很累的样子，问陆潇宁："你到底想要做什么？"

陆潇宁思考着自己的说辞，又看着李琰，怕李琰很快失去耐心。

他说："我现在真的在改变，你要不要考虑考虑跟我和好，我们重新做朋友？我也很希望你能重新回来做我的助理。"他看着李琰的脸色，紧张地说，"如果你现在没有想好，也可以想好了再回答，我不着急的。"

李琰将视线再次落回到陆潇宁的脸上，听他嘴里说出这样的话。

他考虑考虑和好？

为什么五年过去，陆潇宁还是这样，还讲要和好？

李琰这样想，这人好幸运。

他这样想着，竟然也这样脱口而出了。

他这样意义不明的一句话，却被陆潇宁当作了要和好的信号。

陆潇宁难以置信地望着李琰，手慢慢从门框上滑下来，问："真的……真的吗……真的有那么幸运吗？"

就在他迈开脚步妄想上前一步的时候，李琰在他面前把门"砰"的一声关上了。

李琰的声音隔着门依然很清晰地传来。他说："陆潇宁，我们不适合做朋友。"

陆潇宁几乎要当场崩溃。他调整了两下呼吸，然后叫了一声李琰的名字，但是张张嘴又不知道能说些什么。

他好像还是很没有长进，哪怕跟李琰说自己在改变。

但是在这三个月里，他把李琰的门弄坏，把李琰辛苦种的白菜踢歪，没有做过一件值得李琰心软的事。

李琰说不合适，那一定是他认真思考过后觉得不合适。

他在李琰眼里应该就是一个不值得相处的人。

陆潇宁突然被一种很浓重的自卑感笼罩住，几乎是无力地在挣扎，跟门里的李琰讲："陆泽睿的幼儿园的老师都说了，知错就改是好孩子。"他说，"李琰，你怎么这样？"

李琰在门里，听到他这样的话，显得好像他整个人都很委屈。

瞧，他又在撒谎。

他永远不会改，千百遍地、执着地捧着他那卑劣的友情到李琰面前。

他还是偏执、自以为是、居高临下地来和人相处。

哪怕他现在收敛起那些恶劣脾性和尖锐的刺，在表面刷上一层温顺的油漆，但还是盖不住他的本性。

李琰站在自己的屋里，看着已经占据掉他的一半房间的陆泽睿的玩具，有些无力、颓唐地靠在墙上。

自己真是头脑发昏，陆家没有不要陆泽睿，陆潇宁也没有不管陆泽睿。

甚至陆潇宁把陆泽睿抚养得还算不错，比别的同龄的小孩儿还要高出一小截。他长得好看，模样讨人喜欢，应该在幼儿园里生活得也不错。

李琰猛地闭了闭眼，吐出一口气。

好在陆泽睿看起来也已经过了新鲜劲儿，在他这里已经住够了。

李琰这晚没在往常睡觉的点上床休息。他拿出一个大麻袋，一个

231

一个往里装陆泽睿的玩具，收拾到最后，看见桌面上陆泽睿给他折的小跳蛙，犹豫再三，还是留下了，就算是留作唯一的纪念吧。

这一切也早就该结束了。

第九章
最好的李琰

李琰第二天去卖饰品的店里买了一枚戒指，价格不高的一个银色素环，款式简单，没什么花样。

他付完钱，把戒指拿起来放进口袋，往外走去。

天色阴沉沉的，像是要下雨，从早上开始就是这样，空气也有些阴冷。

李琰把自己的外套的拉链往上拉了拉，然后隐入人堆里，跟那些神色匆忙的行人没什么两样。

他没有回家，去了那丛林深处，那里似乎更加阴冷，风吹过去，树叶"哗啦哗啦"地响起来。

此处很少有人来，杂草遍地，有些不好走。

他来到陈垭欣的坟墓前，蹲下身子，看陈垭欣永远定格在此处的照片，然后说："这么多年了，也没能送你个什么像样的礼物。"说完，他陷入了一阵沉默里。

这时候天空中飘落了一些细雨，有些凉。

他把戒指从兜里掏出来，然后扒了扒土，把它埋进去了。

这时候雨下得大了点儿，但是好在李琰早上出门的时候看到是阴天，拿了把伞。

他把伞撑开，开始往家里走去。

陆泽睿在周五的晚上就兴高采烈地来了。小孩子可能就是这样,上次气鼓鼓的,不知道为什么闹别扭,这次来就又是一副很兴奋的模样。

他要李琰给他做水果汤,要李琰给他烧小排骨。

他穿着毛绒外套,里面还有一件纯白的毛衣,用手拿着排骨啃,烧排骨的酱汁滴落在他的衣服上,看见把衣服弄脏了,他抬起头来看着李琰。

李琰去找上次他在这里换下来的衣服,然后让他吃完,把他身上那件衣服脱下来泡进洗衣盆里了。

李琰几乎没怎么吃饭,喝了一小碗甜汤就停下来了,一盘红烧排骨几乎都进了陆泽睿的胃里。

陆泽睿吃完饭很快爬到床上,说要拿故事书,结果一看床头,一本书也没有了。

他再一打量,占据了半个屋子的陆泽睿的"宝藏"都没有了。他刚才被排骨吸引去了全部注意力,这会儿才反应过来。

"我的玩具呢?"陆泽睿从床上跳下来。

李琰蹲在门口的地上,双手泡进冷水里洗陆泽睿的衣服,听见他的脚步声"噔噔噔"地传来。

"收起来了,在墙角的袋子里。"李琰告诉他。

李琰用力搓洗着陆泽睿衣服上那片污渍,没有回头看他。

陆泽睿转回屋里,看见墙角真的立着一个大麻袋。他把袋口打开,脑袋探进去,发现里面真的是他的那些玩具。

他有些失落,觉得李琰可能是觉得他的那些东西碍事,或者根本是在嫌弃他碍事。

他又开始有些生气,刚吃饱了饭,就开始没事找事似的说:"就说你的房子太破太小了!"

他把麻袋扯拽下来,然后一个一个又把自己的玩具拿出来,摆得七零八落的,比刚开始还占地方,像是恨不得叫一进门的旁人知道,这家有个乱丢玩具、不听话的小孩儿。

李琰把衣服晾好,挂在外面的衣架上,进来的时候也被陆泽睿摆得遍地都是的玩具惊到了。

他看着辛苦得满头大汗的陆泽睿,张了张嘴,最终什么都没说,绕障碍物一样穿过那些玩具。

反正也是最后一晚了吧,他想怎么样就怎么样吧,明天陆潇宁应该会来接走他。

陆泽睿看李琰不搭理自己,有些泄气,兴致不高地凑到李琰身边。

李琰抬手擦了一下陆泽睿额头上的汗,热腾腾的肌肤跟自己有些凉的手形成了鲜明的对比。

他去打回来热水,给陆泽睿洗了脸,用热毛巾擦干,又把陆泽睿抱到床上洗脚。

陆泽睿这会儿好像心情又好了点儿,要跟李琰玩闹一样,用湿脚去踩李琰的膝盖。

李琰捉住他的脚,擦干了以后,把他推到床里侧。

陆泽睿躺进去,在床上来回滚,嘀嘀咕咕:"这么早,谁要睡觉?反正我不睡!"

"李琰,我要看动画片。"

李琰把自己收拾好,也躺到床上,跟陆泽睿讲:"我这里没有动画片可以看。"

"我们可以买个大的、新的电视机!"陆泽睿眼睛很亮,像是想到了一个绝妙的主意,兴奋地在床上蹬腿。

李琰原本想说不用,看陆泽睿那样子没说出口。他去抽出一本故事书,问陆泽睿有没有想听的故事。

陆泽睿看李琰少有地主动要给他念故事,得寸进尺地说:"我一点儿也不困,还很有精神,今天念完故事也会有摇篮曲吧?"

李琰一副很好讲话的样子,说:"有的。"

这是一段很温馨的恬静时光,陆泽睿把脑袋枕在李琰的胳膊上,闻到了李琰身上很清淡的肥皂香。

念了三个故事后，李琰给他哼了一首歌。

陆泽睿很捧场地半垂下眼来，李琰这个时候跟他说："下周开始，你就不要再来我这里了吧……

"来回有三个多小时，也挺不方便的吧……

"而且我这里也没什么好玩的东西……房子也很小，连你的玩具也放不下……"

陆泽睿原本半闭上的眼睛突然睁开了。

"不用来了？"陆泽睿突然坐了起来，大声喊道，"你以为谁真的很想来你这个破地方吗？"

"你其实根本就是不想理我对不对？！"陆泽睿嘴一撇，眼圈很快就红了。他直接翻过李琰，爬下床，就去把门打开往外跑，委屈地喊："我一点儿也不想在你这儿呢！"

"我现在就要回家！"他边跑边哭。

李琰起身飞快地跟上去。他没有想到陆泽睿的反应会这么大，他原本真的以为陆泽睿在自己这里差不多已经待腻了。

他追到院子里，看到陆泽睿因跑得太快而绊倒在地上，半天没爬起来。

李琰去扶他，他很用力地把李琰的手拍开。他红着眼圈，像只站不起来还很稚嫩的小兽，叫李琰不要碰他。

李琰却还是把他从地上抱了起来。

陆泽睿就开始对着李琰一阵疯狂地拳打脚踢。他不再憋着抽抽噎噎地哭，开始对着李琰喊："我知道！其实你……其实你一点儿也不喜欢我对不对？"

他身子很小一团，热腾腾地在李琰的怀里乱扑腾，不愿意让李琰再抱他，脸哭得通红，气都喘不匀了，把李琰的肩头的衣服都哭湿了。

李琰听他讲这些话，手上的动作止不住收紧，瞳孔缩了一下……

"你就是全世界最坏的人！"陆泽睿仰着脸哭成个泪人，对着李琰大声喊。

李琰被这句话击碎，几乎当场就要站不住脚。

他乱了呼吸，不敢看陆泽睿的脸，喉咙里似被什么堵住，上不来气，也吐不出半句安抚的话。

他跌撞地把陆泽睿抱进屋里，身上被陆泽睿踢出来好几个脚印。

陆泽睿在门外被绊倒在石头上，膝盖被磕破了，出了血。

李琰把他放到凳子上，把他的睡裤卷上去，起身拿消毒药水的时候差点儿腿一软跪倒在地上。

陆泽睿这时候的情绪已经比刚才稳定了些，但是他还在止不住地吸鼻子，脸上哭出来的红晕还没消散。

李琰把消毒药水拿回来，半蹲在地上给他用棉签涂药，看着那白嫩的小膝盖上的破口，李琰手抖得像是一个癫痫病人。

李琰很轻柔地给陆泽睿上着药。

陆泽睿这时候看见李琰头底下的那片地都湿了，突然也很没来由地难过起来。他想起来自己刚才对李琰说出来的话，眼睛里继续流出了眼泪。他伸手去抱住李琰，觉得委屈至极，不明白李琰为何会这样对自己，为什么要赶自己走？明明……明明他已经很努力了，为什么李琰对他还像是有天然的厌恶一样？

他抱着李琰蹲在那里的身体，撇着嘴哭得话都说不利索了。

李琰蹲在地上，被陆泽睿抱住，彻底失去挣开一个五岁孩子的力量。

他搞不懂为什么。

陆潆宁难以理解也就算了，陆泽睿才五岁，一个还什么都不懂的年纪，如果他想，凭着陆家的条件，他可以找三个保姆绕着他转。

他还这样小，对"父爱"的认识甚至都是从别的同学的嘴里、老师的口述，或者动画片的片段里获得的。

陆泽睿那天晚上被李琰搂在怀里，拍着后背哄着睡着了，睡着的时候眼睫毛还湿漉漉的。

李琰把他放回床上，躺在他的身边，看着他那张脸。

237

小孩子就是这样，情绪来得快，去得也快。他这会儿委屈了，哭顺畅了，得了哄就又睡着了，徒留李琰一个人在那里辗转反侧。

第二天陆潇宁来接陆泽睿，陆泽睿把自己的玩具一个一个塞回麻袋里，拖着袋子往外走去。

李琰欲言又止地在他身后跟着。

陆泽睿看李琰也没有挽留他的意思，把李琰伸过来要帮忙的手拍开了。

陆潇宁从车上下来就看见陆泽睿那副气势汹汹的样子，有点儿不明所以。

李琰在后面跟着，直到陆泽睿坐上车，陆潇宁才说："晚上风大，你进屋里去吧。"

李琰站在那儿没有动，等到陆泽睿把车窗降下来，李琰才过去扒着窗户问他："下周……下周还会来吗？"

陆泽睿也不太想表现出自己高兴的样子，那样的话李琰就不会继续哄他了。

他小大人似的回答李琰："如果你希望的话，我会来的。"

这反倒成了李琰的愿望似的。

李琰看着陆潇宁开车带着陆泽睿走了，自己一个人回到院子里，看着又一如既往稍显空荡的屋子，有些迷茫。送走了陆泽睿，他也没有一点儿轻松了的意思。

最近天气降温，乌景湾镇本就常年多雨，越是到这个时候，空气越是湿冷湿冷的。

陆潇宁在雨天出现的频率很高，他经常在下雨的时候贴着门跟屋里听着淅淅沥沥雨声走神的李琰讲话。

这一天也是。

雨其实下得很小，李琰家里没东西吃了，他想要出去买菜，结果刚一开开门，贴在门上的陆潇宁就顺着劲儿滑了下来，倒在了他身上，差点儿把他压倒。

好在陆潇宁及时退开了。他的意识好像不大清醒,刚才他是在门口睡着了?

李琰有些疑惑,觉得陆潇宁的神色有些憔悴。

陆潇宁肤色白,一休息不好,眼下的青黑痕迹就会十分明显。

外面还在下雨,李琰恻隐之心稍起,看陆潇宁又不动声色地退回了门外,到底没忍心,叫他进来了。

陆潇宁很少能进李琰的屋子,而且上周陆泽睿跟自己说李琰竟然要赶他走,要他以后不要再来了,陆潇宁便觉得自己和李琰和好的机会更加渺茫了。

陆潇宁坐在李琰的屋里的凳子上,战战兢兢地享受李琰这难得一遇的心软待遇。

李琰说要出去买菜,然后就出门了,让陆潇宁自己在屋里。

他知道现在就算是让陆潇宁开车回去,陆潇宁想必也是不会听的。

陆潇宁总是这样,只听自己的声音。

李琰打着伞出去了,外面的雨其实很小。

他去买了一些肉和一些水果回来,走到院子里把伞放下,蹲着去掐了两棵小青菜。

结果等他这边进屋,就看见陆潇宁站在那里,手里拿着一张海报,整个人都不太对劲。

李琰瞳孔一震,是那张《碎窗》的宣传海报……

陆潇宁听到有人进来的声音,手里的海报"啪嗒"一声掉落到了地上。

"李琰……李琰……"他重复着问,"是不是珍贵的东西都要藏床底啊?"

李琰在他的反复、脆弱、焦急的询问声里,视线落到那张海报上。

海报上有占据很大版面的向日葵,还有青涩的画家。

他直直地盯着那金灿灿的一片黄色画面,神情恍惚,在陆潇宁的

239

追问声中,思绪一下子飘得很远。

那好像是很多年前的一个晌午。

阳光明媚,照在陆家的院子里。

微风徐徐,胖咪在院子里的吊兰上趴着打盹儿。

李琰蹲在院子里种花的地方,手上正忙碌着什么。

管家路过他,问李琰:"你为什么老是要给向日葵施这么多肥,浇这么多水啊?"

李琰吸了吸鼻子,慢慢转动僵硬的脖颈,看到陆潇宁高领毛衣遮盖住的后脖颈处有一块东西。他盯着看了一会儿,发现是一块纱布。

他这个时候才开始觉得哪里不太对。

陆潇宁面色发红,他在发烧!

李琰伸手把陆潇宁扶到床边,语气也很慌乱:"我去……我去叫医生……"

陆潇宁呆坐在床上,李琰到最后也没回答他的问题。

李琰叫来医生的时候,陆潇宁已经窝着身子躺在床上睡着了。也可能是烧昏头了,他看起来少见地狼狈。

李琰过去,试探着摸了摸他的额头,转过去跟医生讲:"他烧得挺厉害的。"

医生背着医药箱过来,看了看陆潇宁的样子,去拿温度计。

过了一会儿量好了温度,把温度计拿出来后,医生皱起眉心,这不同寻常的高热症状,感觉不太对。

李琰看着医生有些严肃的脸色,想起自己刚才看到的画面,然后提起来:"他的……他的后脖颈处,好像受伤了……"

李琰把他毛衣的领子扯了扯,那块纱布就露了出来。

医生把纱布拆开了,检查了一下伤口,告诉李琰:"伤口有些深,估计由此引起了高热症状。"

医生边说边给李琰留了点儿药,告诉李琰,等人醒了把纱布重新换一下,再上上药,说等伤口好了,高热症状自然就会消失了。

医生走了之后，李琰就彻底站不住了。他坐在床边，发了半宿的呆。

他这样的人，好像就是真的不能询问一句为什么。

如果他心里一旦有了第一句为什么，就会接二连三地浮现出更多的为什么。

他看着躺在那里形象狼狈、憔悴不堪、呼吸不均匀的陆潇宁，问自己，这样就高兴吗？

从小到大，自己一刻不停地奔波劳碌，被砸场子的人打，被放高利贷的人追，差点儿要给医院的人跪下来求他们收留陈垭欣。

就像陆潇宁问过的，李琰你送给过他什么好东西吗？

有钱人的钱是大风刮来的吗？街上走过的那么多的有钱人，怎么没有一个人去帮你？

陈瑜真的是你救的吗？那只流浪猫也是你救的吗？

陈瑜所有的医疗费用，后续生活里每个月的生活费，陈家高高盖起的楼房，每一笔的生意支出；那瘦骨嶙峋的流浪猫，不到一年的时间就胖成那样，吃的那么多鱼罐头和进口猫粮……李琰做决定，陆潇宁来买单？

你怎么嘴上说着感激，却还在止不住地怨恨？

撒谎成性的人，会连自己也骗吗？

李琰真的救得了陈瑜吗？

如果不是遇见陆潇宁，李琰和陈瑜更可能的结局，就是一个被放高利贷的人在街头乱棍打死，一个在医院的病床上因支付不了高额的手术费用而冰冷地死去。

李琰不是计较、细数苦难的人，却唯独在陆潇宁这里记数，和他算得清楚。

这世间有千百万种好，那都不是为李琰准备的，只有那冰冷的心思叵测的恶意是命运给李琰的安排。

自己要把怨恨全都给陆潇宁吗？

李琰六岁时母亲跑了，是陆溓宁撵走的吗？十岁时父亲出车祸，是陆溓宁开车撞的吗？妻子得了绝症是陆溓宁让她得的病吗？

其实李琰心知肚明，陆溓宁是他经历的无数厄运里，唯一的畸变。

他告诉李琰，那些痛苦可以还回来，他赋予李琰伤害他的权利，请求李琰的怨恨。

陆溓宁身材高大，躺在李琰的小床上，可比陆泽睿占地方得多，一半多的地方都被他占据了。

李琰从旁边的凳子上起来，慢慢走过去，看着陆溓宁在烛光下显得神情温和的脸。

李琰坐在那里，觉得有些冻得慌，捂着嘴轻咳了两声，看着陆溓宁，他倒睡得好。

陆溓宁在这个时候却突然醒了过来。他半眯着眼，看起来意识还不太清醒。

两个人视线对上，李琰大气都不敢出，不知道现在赶陆溓宁出去，他会不会情绪又失控。

结果陆溓宁望着李琰的神色看起来竟然还带着一丝困惑。

他抬起眼睛望着李琰，突然讲："今天的李琰，愿意跟我讲话吗？"

他眼睛动了一下，感觉自己不太会讲话，但也不知道能和李琰聊什么，又去问以前最爱问李琰的问题："今天吃了什么呢？"

李琰没有回答他。

他又不放弃地试探着："今天出去都干什么了？"

这是陆溓宁以前最爱问的两个问题，日复一日地重复着，不厌其烦地问。

陆溓宁在李琰的沉默中，神色逐渐僵硬。

但是他已经很善于接受李琰对他的冷漠和不回应的态度了。

他说："李琰，你其实是不是一点儿也不想看见我啊？"

李琰没回答他这个问题，转而想到什么："你的脖子……怎么了……被什么弄伤的啊？"

陆潇宁思考了一下，然后讲："你在关心我吗？"

他身上的高热还没退，他偏过头来，继续跟李琰讲话，声音很低沉："你好难讨好……

"我不知道该怎么做。

"你能放一点儿水吗？或者给一点儿提示吗？"

李琰在陆潇宁的目光下，沉默了许久之后，有些犹豫和迟疑，终于还是清晰地说出了："好吧。"

就像他每次向命运做无可奈何的妥协，于是他又一次讲"好吧"。

他原本以为他说完这话之后陆潇宁会讲什么，但是陆潇宁笑了笑，然后闭上了眼睛。陆潇宁看起来真的太过疲惫了。

第二天早上李琰醒过来，发现陆潇宁已经不在了。

他掀开身上的被子，收拾了一番之后，简单吃了早餐，就出了门。

回来的时候李琰路过一个卖杂货的店在清仓大处理，看见一团圆滚滚的毛线，大红色的，颜色很喜庆。

于是他将毛线买了回来，又买上了织毛线的针，准备给陆泽睿打一条围巾。

这样毛茸茸的红色围巾，他戴上应该很好看。

陆泽睿不在这儿，李琰也吃得将就，吃了饭以后没事就打围巾，进度很快。他想，这周末如果陆泽睿再来的话，就可以试试了。

但是如果他不来，那就算了。

毕竟小孩儿上次确实被气得不轻，连玩具也都拿走了。

不过周末的时候陆泽睿到底还是来了。他进门跟李琰先点菜，跟李琰讲晚上还要吃小兔子馒头，要吃小汤圆，要吃炒虾仁，要吃鱼……

他这次拿过来一个飞机模型，有很大一个遥控器，飞机模型也很精致。

李琰看着陆泽睿炫耀似的操控着飞机绕着自己飞了一圈，有些无奈,又怕给他碰坏了。

李琰站在那里讲,自己给他打了一条围巾。

陆泽睿有些惊喜,手里的飞机也不玩了,往旁边一推就跟李琰要围巾。

其实就是没什么花样的一条大红色的毛绒围巾,李琰帮陆泽睿围上,打量了几眼,看起来长度刚刚好。

陆泽睿仰着小下巴,李琰要给他把围巾拿下来他都不让。

他围上之后就拿着飞机要出去,应该是要找邻居家的二牛和妞妞玩,李琰在后面喊他:"你这样围着跑出去太热了,现在天气还不是很冷呢……"

陆泽睿得意忘形,在那儿讲:"不是说送给我了?我就喜欢现在围,我一点儿也不热。"

他"噔噔噔"地跑出去,不理睬李琰的劝阻。

结果不到半个小时,精力旺盛的小孩儿就跑回来了。他热得满头大汗,解掉围巾放到了桌上,说要放在这里,李琰也不要碰。

李琰差点儿被他逗笑,抿着嘴继续煮饭,结果没想到陆潇宁这个时候会过来。

像是怕被陆泽睿看到自己一直都被李琰拒之门外,所以陆潇宁周末的时候都不会出现,会跟陆泽睿错开时间来这里。

他在门口磨磨蹭蹭地看着李琰做饭,在那儿跟李琰搭话:"做的什么啊……"

李琰看陆潇宁站在门外,半个身子都要倾斜进来的样子,简直没眼看。他叹了一口气,然后看了陆潇宁一眼,说:"进来吧。"

陆潇宁得了他的允许,然后迈步进来,首先就先看见了正放在桌上的大红围巾。

这总不是李琰自己要围的颜色。他总是穿着深色,或者灰不溜丢那样的颜色的衣服。

陆潇宁挑眉,拿起围巾甩了两下,围到了自己的脖子上,神色有些激动,得了便宜还卖乖似的,扯正在做饭的李琰的衣摆,说:"我觉得有点儿短,但我还是很喜欢。"

李琰看着围着大红围巾、眼睛发光地望着自己的陆潇宁,手里的锅铲都忘记动了,吃惊地半张开嘴。

这时候陆泽睿正好也回来了,进门看见陆潇宁围着李琰给他打的围巾,当场就闹开了。

"那是我的!"他跑到陆潇宁面前,像只好斗的小公鸡。

那一瞬间,陆潇宁脸上的表情僵住了。他的视线从李琰身上又绕到陆泽睿身上,最后他神色僵硬地把围巾解下来,放回了桌上。

他失魂落魄地问李琰:"所以你真的是对其他人好,只对我差?"

李琰没办法回答这句话,更无法理解陆潇宁嘴里的这句"对其他人好"是从何而来,明明陆泽睿是陆家的孩子。

他这天甚至都不知道陆潇宁也会来,自然也没有准备陆潇宁的饭。

陆潇宁这样突然过来,饭都不够吃了。

陆潇宁情绪不高地坐在李琰家的小矮凳子上等着。

这会儿陆泽睿也不嫌热了,在屋里也硬是把大红围巾在脖子上缠了两圈,坐在陆潇宁旁边,像是故意气他一样。

李琰回过头来看见他们,又默默转回身,把自己的饭匀了一半到陆潇宁碗里,给他端过去了。

结果等将饭放到桌上,陆潇宁看见自己和李琰碗里只有小半碗米饭,陆泽睿那碗里倒是有很多米饭,才反应过来,把碗往李琰那儿推了推:"你吃吧,我吃过了饭才来的。"

李琰抬头看了他一眼。

陆潇宁看起来十分受挫。他把碗里的饭给李琰,然后好像也是觉得自己有点儿碍事,又看了一眼陆泽睿的大红围巾,突然起身说:"算了,我先走了,你们吃吧。"

他动作很快,起身就走,长腿迈开,几步就出门了。

李琰不明所以,陆潇宁怎么又突然生气了?

他也跟着起身，往前走了两步，下意识地说："哎，你……"

结果等到陆潇宁走出门，把门关上，李琰停下来，才反应过来自己做了什么。他有些难以理解地望着自己脚下这追出来的两步，心里竟然蔓延开一种恐惧感，就好像是他在陆潇宁面前建立起的高高围墙，就因这迈出去的区区两步，毁于一旦了。

陆潇宁在这儿的时候陆泽睿不敢多讲，陆潇宁走了后，他才开始说："他不仅要抢我的围巾，竟然还要分走李琰的饭！"

李琰停住动作，转过身看着陆泽睿，默默又坐回桌边，心不在焉地扒拉着碗里的饭。

陆泽睿还以为自己讲的话惹得李琰不开心，这会儿也闭嘴了，闷着头吃饭，一张小嘴吃得油乎乎的。

周日的晚上陆潇宁没来接陆泽睿，是林裎开车来的。

李琰把陆泽睿送到车上，朝前面看了一眼，发现是林裎之后没多说什么，结果却刚好撞上了林裎的视线。

林裎说了一句："他今天有事。"

李琰硬声说了一句："我又没问。"

他跟陆泽睿打完招呼，就转身回了屋。

等他晚上躺在床上，却翻来覆去地睡不着。

终于他猛地一把掀开被子，从床上下来，蹬上鞋，然后跑出门了。

刘庆大晚上听见有人来敲他的门，走过去打开门，看见了拎着酒过来的李琰。

这可是稀客，而且近些年来李琰已经不怎么喝酒了，烟更是没怎么再碰过。

刘庆有些惊奇，但还是先让李琰进屋了。

李琰抬眼看着刘庆，好像也觉得自己这样深夜打扰他不太好，有些不好意思地讲："我想来找你说说话。"

刘庆很是爽快："那有什么？你来找我就是了，正好你嫂子今天不在家,回她娘家去了,我们哥儿俩彻夜畅谈都没人管!"

二人坐到桌边,刘庆把李琰带来的酒打开,笑着打趣他:"你还自己去买了酒来,这可真是难得一见啊。"

李琰坐在桌边,看见刘庆把酒开好了,跟刘庆讲:"就是心里有些烦。"

刘庆说:"什么烦心事?说呗,兄弟给你开导开导。"

李琰张了张嘴,一时间竟不知从何说起。他最后像是下定决心一样,一把拿过开好的酒,对着瓶口"咕嘟咕嘟"地灌进喉咙里,直到酒瓶快要见底了,他才把酒瓶推到旁边,小声打了个酒嗝。

他跟刘庆讲:"我在给陈瑜治病那一年……遇见了一个朋友……"

李琰眨了一下眼睛,像是陷入了回忆之中,慢慢地说:"就是脾气特别不好,但是开的工资太高了,我没办法。然后我为了叫他满意,一直都很努力。后来,我找他借钱,他没借我,结果后来他爸爸来找我,我才发现他已经没有钱了,而且为了凑借给我的钱,他去参加晚会的排演,他其实不喜欢参加这些活动的。

"我就觉得他可能有点儿把我当作朋友,我那个时候哪有闲心考虑这些啊,而且我们之间的差距真的太大了,我那时候就抓紧辞了职,不想跟他再联系了。

"后来他有一个发小跳出来,说可以帮我凑够这些钱。小瑜那个时候被放高利贷的人发现了,我实在没办法,就想去找他那个发小借钱试试。但是去了才发现跟说好的情况不一样……我逃出来的时候就已经醉倒了,结果跑到楼下竟然刚好撞见他了,他把我带走了。然后我们发生争吵,他整个人都像疯了一样,跟我动手……

"我们的关系开始变得很差,然后接连几次动手,我还打不过他。后来他帮我垫付了小瑜的医药费,帮我还清了债款,去了另一座城市,让我继续做他的助理还债,我虽然不情愿继续留在他身边工作,不过也找不到薪水更高的工作了,我就同意了。后来我得了胃病,病情一直反复,他就一直找人照顾我,给我看病,给我一份工作。"

那是第四年,那一年李琰养的猫胖了一圈,像只营养过剩的小猪崽,院里栽的观赏性迷你向日葵蹿得老高,活像个变异品种。

李琰周末出去看看篮球赛,吃碗牛肉拉面,回到家里给猫喂粮,偷着把猫抱进房间玩。

房间里的灯昼夜不熄,隔着房间的门都能闻到花香,屋里永远是二十多摄氏度,雨天不会漏水,冬天不会寒冷。

李琰甚至在年尾收到了陆潆宁送的小夜灯。

李琰想起这段时光——生命中难得平静的时光,不必再心惊胆战地躲避街头的乱棍,也不用再面对医院的高额账单。

李琰继续说着:"后来,小瑜来找我,想带我出去走走,在中途出了车祸。车祸后我情绪很低落,之后就和他决裂了,回了这里。后来在垭欣的坟边,我被你拉回家,神志清醒过来,又觉得你怎么会大半夜没事去林子深处的坟地里遛弯呢,你肯定是去找我的。你怎么会知道我回来了呢?"

李琰的视线落在刘庆的脸上。

刘庆张了张嘴,到底没说出个所以然。

"后来你给我送药,我就彻底确定还是他送的。我揭开保健品瓶子的标签,下面写的就是治疗胃病的药。"

李琰眨了眨眼睛,泪水就落下来了。他睫毛上还挂着泪,醉醺醺地对着刘庆说:"对不起,我实在憋太久了,也没有人可以说。"他问,"你觉得我还应该和他重新做朋友吗?"

他似乎想起来自己跟刘庆讲的全是陆潆宁不好的地方,想要显得公平一点儿,于是说:"其实他也挺可怜的,他的脾气坏成这样,也没有人敢提醒他,他的朋友们的性情也很顽劣,他爸爸也不管他,还每天压榨他,他有段时间在家里只睡四个小时就要去上班了……

"但是他现在好像比以前正常些了,可以勉强控制住情绪了……"

李琰说完,再一次问道:"你觉得我们还应该和好吗?"

刘庆听完,突然觉得有股说不出来的熟悉感。他叹了一口气承认:"你回来前两天,确实有人来找过我,还拿了很多现金来,不过我没收,让他们滚了,但是留下了药。"

李琰的眼泪"啪嗒啪嗒"地掉在桌面上,他抬起手抹了一下。

刘庆看着那眼泪,突然惊觉这股熟悉感是从哪儿来的了——是他昨天蹲厕所时,从六叔关门的书店里抱回来的杂志里的问答板块上看到的。

他飞快地寻借口去了卫生间,找到那本杂志,翻到昨天那一页。他还没来得及看两眼,就听到李琰在客厅里不知碰到了什么发出撞到椅子的声响,紧接着是酒瓶碎裂的声音。

李琰酒喝多了,也想上厕所,往厕所这边走来。

刘庆推开门,连忙把那本杂志合上,然后快速说了句刚才瞅见的话:"真正做了决定的人是不会问的,反复地问就是说明心里还是不够坚定……"

刘庆话还没背完,李琰就跟他道谢:"谢谢刘哥,我明白了!"

李琰拍了一下刘庆的肩膀,推他出去。

李琰在刘庆家进卫生间后就再也没出来。

刘庆在外面等了快半个小时,叫了李琰两声,里面还是没声响。他着急,拧开门进去一看,李琰脸红扑扑地趴在马桶盖上睡着了。

刘庆哭笑不得,把李琰拉出来放到了床上去。

李琰这几年不经常喝酒,酒量也变得不太好了。第二天早上醒来,他怪不好意思地跟刘庆说"抱歉"。

刘庆说:"你这么客气就太没意思了。"

两个人又多说了几句,李琰在刘庆家吃了顿早餐才走。

回到自己家的时候,李琰远远地就望见有个人影在门口蹲坐着。

李琰走近了就看见是陆潇宁。

陆潇宁看见他,赶紧起身。他身上的衣服皱巴巴的,眼睛里还有血丝,一张脸更是苍白得很,看起来有些憔悴不堪。

"你去哪儿了?"陆潇宁跟在李琰后面问。

李琰宿醉之后,脑袋还是晕乎乎的,就看见陆潇宁又摆着那么一张臭脸,听见像是质问一般的话语。

"跟你有什么关系?"李琰故意讲。

李琰推开门进屋,陆潇宁没被他邀请,现在也不敢随便进去。

好不容易李琰现在对自己态度上有点儿缓和,陆潇宁可不想将一切毁于一旦。

陆潇宁就站在门外讲:"我很担心你,我在门口等了你一晚上。"他抿着唇,片刻后忍不住说,"而且……而且你身上还有酒味……"

李琰回到自己屋里,闭着眼躺上床,又听见陆潇宁在门口喋喋不休地说着抱怨一样的话。

"不用你管!"李琰说,随后把被子一拉,背过身去。

陆潇宁沉默一阵,随后说:"我惹你烦了?你出去躲我?"他最后轻轻把李琰的门拉上了,跟李琰讲,"不用躲,你要是嫌我烦,我这几天就不来了。"

李琰听见了门被合上的声响,还有渐行渐远的脚步声,最后是汽车发动的声音。

陆潇宁就这么走了?

李琰想闭上眼补觉,结果这会儿陆潇宁不在了,他的困意倒也散了。

翻来覆去半个小时,他最后还是揉了揉眼睛坐了起来。

李琰在悲苦的命运里一直被打磨,身上一直都有很沉重的钝感,对得失都看淡,只看自己要做的事,别的事都可以不用在意,也不用记性太好。

他一直没有还手之力,也顾不得还手。

遇见陆潇宁,要说是李琰苦难的一种,李琰又觉得这样描绘不那么准确。因为他没办法预料命运,却可以笃定自己的车开向陆潇宁的车,陆潇宁一定会让开。

李琰想,自己以前并不是这样的人,为何总是抑制不住地想要伤害他？

可是这样自己也不见得心情会好。

陆潇宁跟李琰学在雨天故意淋雨，李琰就跟陆潇宁学用刻薄话伤害别人？

李琰再一次在心底默念：李琰，李琰，你可学点儿好的吧！

李琰不是经常思考的人，但是思考后做出每个决定都不会后悔。

情况还能更差吗？

李琰的人生还会更差吗？

他根本不怕做坏的决定——本就这样了，一切已经无法再坏了。

会有人指责他吗？

可是在李琰最绝望的时候没有人出手拉过他，那么这个时候当然也不会有人出来指责他。

李琰这个时候甚至露出了一个轻松的笑容，但是这个笑容刚刚扯起就又僵在嘴角。

没有人关心自己，应该不是一件值得轻松高兴的事。

李琰刚勾起的嘴角又慢慢放下了。他又想起了陈瑜。

陈瑜会骂他吗？可是怎么办？陈瑜的命都是他救回来的。

李琰的目光重新落回到那团红色的毛线上，只剩下一个小圆球了。

他伸出手去拿毛线，要怪就怪陆泽睿长得太小，而毛线剩得太多吧。

陆潇宁开车开到半路，天空中飘起了雨滴，"滴答滴答"地打在他的车窗玻璃上。他神情低落地打着方向盘，最终还是转弯拐了回去，把车停在李琰家门口。

李琰家里亮着灯，这个时候天已经黑了，陆潇宁把暖气打开，去后面扯了一条毛毯，想要像往常一样窝在车的后座上睡觉。

结果雨越下越大，吵得不行。

不过陆潇宁最近在 A 市与乌景湾镇两头跑，早已疲乏不堪，很快就沉沉睡去，没再做噩梦了。

结果他不知道睡了有多久，突然一道惊雷从天边炸开，雨一下子铺天盖地地砸了下来。

陆潇宁突然醒过来，半坐起来，往窗户外望了一眼，雨幕下李琰的小屋十分模糊，但是竟然还亮着灯。

陆潇宁看了一眼时间，已经是晚上快到十二点了，这不符合往常李琰的作息规律。

他朝窗户凑近了些，结果看到李琰屋里的灯随着两声闷雷之后，闪了两下就灭了。

或许是他关了灯要睡了？

可是屋里怎么没亮起烛光？

陆潇宁猛地一下清醒过来，推开车门，暴雨如注，地上的积水直接没过他的脚踝。他顾不得许多，慌忙跑到李琰门前，听见里面传来不知什么东西倒下的闷响。

陆潇宁急得直拍门，大声叫李琰的名字。

灯灭后，李琰十分怕黑，在屋里蹲在地上，呼吸急促，全身都在出冷汗，一副动弹不得的模样。

他听到陆潇宁的声音时还以为是幻听，结果那声音接连几声响起，他才动了动发麻的手，撑着床慢慢起来，凭感觉扑到门上，拉开了门闩。

门被打开后，李琰这时候还处于很紧张的状态，眼睛瞪得很大，呼吸很急促。

陆潇宁安抚地拍着他的后背，平复着他的呼吸。

然后陆潇宁把外套脱了下来，慢慢拉开两个人的距离，跟李琰说："去车里吧。"

李琰还没点头，陆潇宁就已经用大衣裹住他，一路狂奔至车边，拉开车门，把李琰放了进去。

李琰还跟没反应过来一样，呆愣愣地坐在车里，过了半晌，才问从另一边车门处上来的浑身湿漉漉的陆潇宁:"你不是……你不是走了吗?"

李琰心想:走的时候还讲不来了呢。

陆潇宁没有回答他,扯过薄毯给他。

跟李琰比起来,袖口不断滴水的陆潇宁看起来才是被雨淋得更严重的那一个。

但是陆潇宁还是有些担心,还在那儿很慌张地问李琰:"衣服是不是也被淋湿了?你冷不冷?"

他擦了擦李琰的头发,又问:"身体有没有感觉到哪里不舒服?"

李琰眨了眨眼,心想:哪里不舒服?这只是落了几滴水而已,我哪里这样娇贵了?

陆潇宁看他不说话,以为他被冻僵了,探身去前面把温度调高一点儿,把车内所有的灯都打开了,说:"一会儿……一会儿就暖和了。"

李琰看着他有些坐立不安的模样,突然叫了一声:"陆潇宁。"

陆潇宁的身体顿了一下,他慢慢转过头来,问道:"怎么了?"

"我们和好吧。"

陆潇宁听到李琰的话,愣怔了一瞬,差点儿以为自己出现了幻听。数秒过后,他的下眼睑开始微微发红。

"以后可以一起去吃牛肉拉面吗?"李琰问道。

陆潇宁的情绪还不是很平静,他红着眼睛,哑声说:"可以。"

"也会一起去看篮球赛吗?"李琰再次问。

"会一起。"

"那以后跟我讲话可以不要那么大声吗?"李琰思索着问道。

陆潇宁轻声说:"超小声。"

李琰慢慢伸出手,然后张开,在他的手心里躺着一支钢笔。

他看着已经呆愣住的陆潇宁,于是伸手把钢笔别在了陆潇宁的上衣口袋里。

第二天早上,天气已经放晴。

陆潇宁打开车门，让李琰回去。他要回去换换衣服，把房子重新装修。

陆潇宁回去 A 市后，洗了个澡，把自己收拾一番，然后拿起那支钢笔，来回看了好几遍。

过了一夜后他甚至还觉得一切不太真实，别着钢笔去问管家，自己的上衣口袋上别的是什么。

管家说："我老眼昏花，要是没看错，应该是支钢笔。"

陆潇宁处理了一下积压的工作，周末的时候带着陆泽睿又去了乌景湾镇。

这会儿他也不觉得陆泽睿的大红围巾有多好了。陆泽睿故意戴着围巾晃荡两圈，陆潇宁都没搭理他。

两个人到了以后，见李琰家竟然没人，亏得他们天微微亮就起床了。

现在也不过八点半，这个时候李琰竟然不在家？

父子俩都没太着急，结果没想到这么一等就是一整天。李琰竟然中午也没回来，到了下午太阳都要落下去了，也没回来。

会不会昨天夜里他也没在？

"都是因为你！要不是你来找他，他怎么会连家也不回了？"陆泽睿突然对着陆潇宁叫了起来。

"你怎么不说是你缠得他不回家了，你觉得你自己是什么讨人喜欢的乖小孩儿吗？"陆潇宁冷笑以对。

"他本来就是讨厌你才走的吧！"陆泽睿等了这么久，彻底哭闹开，对着冷脸的陆潇宁叫嚷着，"都怪你！都怪你！"

陆潇宁本来就气得半死，胸口剧烈起伏，甚至想揍陆泽睿这不听话的小孩儿一顿。

结果没等他把手扬起来，他就见陆泽睿死死地瞪着自己哭，挂了一脸的泪。

陆潇宁半晌下不去手。

等到了红霞满天，天空铺满一片绯红色彩，陆潇宁才远远地望见路口出现了一个人影。

李琰回来了。

他左手抱着一捧花，右手拉着一把镰刀，镰刀拖在地上发出不太悦耳的声响。

陆潇宁还没从悲苦的情绪里出来，望着李琰。

李琰看起来也很疲惫，膝盖上还有蹭上的灰，整个人灰头土脸的。

他走到陆潇宁面前，右手一松，镰刀就掉到了地上，发出"啪"的一声声响。

他把花推到陆潇宁怀里，笑着说："陆潇宁，生日快乐。"

陆潇宁整个人愣住了。他连自己的生日都忘记了，可是李琰竟然记得。

李琰摸了摸脑袋，问："这次总没过点吧？"

陆潇宁怀里抱着一捧花，望着李琰，像是彻底失去了语言功能。

李琰会错了意，想起陆潇宁以前说过的话，说自己没给过他什么好东西，以为陆潇宁觉得这花不好。

于是李琰说道："这不是普通的花，这是整个乌景湾镇开得最好的花。"

哦，原来李琰不是普通的李琰，是整个乌景湾镇最好的李琰。

原来李琰的心也不是石头做的，是夺目璀璨、晶莹通透的钻石做的。

陆潇宁由于太过激动，手抖得花瓣都落了，喃喃出声："原来是乌景湾镇最好的李琰啊……"

微风吹过，李琰低下头，露出一个笑容。

就好像很多年前就应该是这样。

李琰从命运蹉跎中走来，落拓穷途，那些苦难从他身上经过，像尘埃一样被他拂去，不留痕迹。

番外一
篮球赛

李琰坐在车里,看着陆潇宁专注开车的侧脸,眨了一下眼睛,问:"我们……我们这是回 A 市啊?"

陆潇宁神态自然地说:"是啊。"

李琰的毯子从身上掉了下来,他结结巴巴地说:"可是……可是……"他心里觉得有些突然,怎么一觉醒来就在路上了。

他最后对着开车的陆潇宁讲:"我东西都没拿……"

陆潇宁说:"拿什么啊,都有。"

李琰最后不讲话了,沉默地望着窗外景致,已经能看到 A 市的路牌指示标了。

陆潇宁误以为李琰这样安静下来是不悦,于是又说道:"A 市变化很大,你回去看看不好吗?"

过了一会儿,李琰才轻轻地"嗯"了一声。

陆潇宁骤然松了一口气。

回到这栋房子的李琰一阵恍惚。他没什么机会多犹豫,就被陆潇宁领着走进去了。

陆潇宁让人准备了早餐,自己却没吃,看着李琰坐下吃了两口后,跟李琰说要出去一趟,下午回来陪他去看篮球赛。

李琰坐在那里,看了看立在旁边往桌上放餐盘的管家和刚进门就又要出去的陆潇宁，然后垂下眼皮，坐在椅子上，咬了两口煎好的有些烫的春卷。

李琰吃完饭，管家问他要不要再回房休息一会儿。

李琰其实不困，但也还是选择回屋里看看。

房间里的装饰跟以前一样，那盏流苏小夜灯也是。

陆潇宁回来得很早，甚至时间都不到下午，两个人还在一起吃了午饭。或许上午的急事解决得不错，陆潇宁看起来心情愉悦。

下午两点半，今年的春季篮球总决赛在A市的体育馆里举行。

陆潇宁带着李琰入座，座位不太靠前也不靠后，是李琰以前经常坐的位子。

两个人坐下来得有十来分钟了，李琰看见前排的女生还在跟同伴嬉笑着交流着什么。他可以清晰地看到那位女生拿起手机打开了前置摄像头，还自以为做得很隐秘——是在偷拍陆潇宁。

陆潇宁也发现了一件极其不愉快的事情——他发现总决赛里的一支刚上场的队伍里有林笙。

李琰也很快发现了，有些惊讶地睁大了双眼，有些难以置信。最后他慢慢转过来头，小声说了一声："谢谢。"

他以为这是陆潇宁故意安排好的，带他来看林笙的这场比赛，见见多年未见面的老友。

陆潇宁被这句感谢的话噎住，一口气不上不下的。他看着李琰逐渐有了光亮的双眼，慢慢吐出一口气，有些虚弱地说道："不用谢，你开心就好。"

李琰很浅地笑了笑，依旧是那双黑白分明的眼，眼里的笑意清澈见底。

他还是很容易满足，很容易就对别人表达谢意。

李琰很快就进入了状态。他一开始还有些放不开，随着比赛进行到一半，双方的比分咬得很紧，他的身子也有些紧绷，他坐直了身体，微微向前倾，跟着周围的人一起攥紧拳头，喊着"加油"。

陆潇宁看着已经被赛场吸引住全部注意力的李琰，见他都兴奋得出了汗，问道："好看吗？"

"好看啊！"李琰少有地在陆潇宁面前丝毫不遮掩自己的情绪。

随着林笙最后投进去一个三分球，在倒计时结束前，林笙的队伍以一分优势取得了胜利。

观众纷纷鼓掌呐喊，嘴里喝道："好！"

李琰也在那时喊出了声，在周围雷鸣般的掌声和助威声中，后知后觉地望向自己身边有些安静的陆潇宁，看着陆潇宁无波无澜的神色。

李琰像是觉得有些不好意思一样，低声问陆潇宁："你不觉得打得很精彩吗？"

陆潇宁这时候慢慢抬起僵硬的手，缓慢地跟着旁边的人一起鼓掌："呵呵，精彩，精彩得很。"

李琰："……"

陆潇宁到这个时候才察觉，原来他们坐在了支持林笙那支队伍的人群中，周围都是在喊他们队名的人，还有一些在喊林笙的名字的，女生居多。

散场的时候，李琰跟陆潇宁等人走了大半之后才走。

陆潇宁领着李琰往外走，回头不动声色地望了一眼正跟队友讲话的林笙，问李琰："不想去打个招呼？"

李琰也跟着回头望了一眼被众人簇拥住的林笙。他想了想，然后说："以后吧。"

陆潇宁挑了挑眉，和李琰出了体育馆的大门。

阳光慢慢被云层遮掩住，又透出来几束微光。绯红色的霞光照耀在体育馆门前的石碑上，上面刻有一些体育馆的历史。

李琰扫过一眼，看见六年前的日期上，翻新的体育馆的赞助商处上写着"盛蔺集团"。

李琰脚步一顿，陆潇宁偏头回望他："怎么了？"

李琰加快了脚步跟上他，摇摇头说："没什么。"

他靠近陆潇宁,声音低了点儿:"你陪我做我喜欢的事,那我也可以陪你做你喜欢的事。"

陆潇宁重复了一下:"我喜欢的事?"他的眼里泛出光来,说,"我要想一想……"

两个人一起往家里走去。

李琰第二天晌午从二楼下来的时候,下楼下到一半,突然停住了。

陆泽睿正在一楼的楼梯口仰头眯着眼望着他。

陆泽睿戴着顶黄色的小渔夫帽,脚上蹬着一双深蓝色的小胶鞋,上面还有些泥水,身上背着个小书包,书包上插着一杆捕蜻蜓用的网兜。

他脸上也有些脏兮兮的,看着穿着宽松棉质睡衣的李琰,有些不大相信,张嘴叫了一声:"李琰?"

李琰看他这副模样,不自觉地加快了下楼的脚步:"你怎么弄的?"

陆泽睿这时候也顺着李琰的视线低下头,抬抬小脚,看见地板上已经被他弄了一片污泥浊水。

李琰抬手把他抱了起来,陆泽睿双脚蹬掉鞋子,伸手去拽李琰的衣服。

管家这个时候进来,把陆泽睿的鞋子拎了出去,用人上来把那块地擦干净了。

陆潇宁这时候从书房里出来,正好撞见李琰抱着陆泽睿。他走过去把陆泽睿接过来,然后又把陆泽睿放在地上,说:"多大了,还让人抱!"

李琰这时候又问:"陆泽睿,你不是在爷爷家吗?"

陆泽睿仰起头来看李琰,有点儿骄傲自满的样子:"我去夏令营了!"他跟李琰比画着大小说,"我抓到了一只这么大的蝴蝶。"

李琰又去看陆潇宁,很平静地说:"我们得谈谈。"

陆潇宁吐出一口气,叫管家把陆泽睿领走,洗干净。

两个人关门进了书房。

259

陆泽睿还有些不死心地去扒拉门,被陆潇宁听见声响,叫了一声:"陆泽睿!"他才慢慢消停下来。他到底是有些怕陆潇宁的。

李琰很认真地跟陆潇宁讲:"陆泽睿才这么小,你竟然送他自己去夏令营?"

陆潇宁反驳说:"又不是他一个人,还有很多小孩子,而且有大人跟着的。"

"你之前不是说他在爷爷家?"

陆潇宁解释:"他先去了爷爷家,然后从爷爷家被送去了夏令营。"

李琰又无奈地说:"而且现在根本还不是夏天。"

"李琰,并不是只有夏天才有夏令营,而且他已经这么大了,可以自己做很多事情了。"陆潇宁的语气淡淡的。

李琰有些说不过他,感觉总被他绕过去。

陆潇宁看着他皱着眉头的样子,于是又说:"溺爱孩子并不是真正对他好。"

这句话有点儿让李琰难过。他看着陆潇宁说:"当初是你把他从孤儿院接回来的。"

李琰见陆潇宁面无表情地在这儿戳着,又问道:"怎么不讲话?"

陆潇宁低着头想:讲什么?有什么好讲的?讲出来全是你不爱听的话。

郑峙教过他,不会讲话可以不讲。

陆潇宁好像成熟了一点儿,跟李琰说:"我不想跟你吵架。"

陆潇宁中午吃完饭就外出了,李琰从二楼的窗口看到汽车从门口驶出了。

管家在院子里拿着把剪刀在修剪树木。

李琰昨天夜里没睡好,这会儿午后阳光照射进来,一股疲乏劲儿就上来了。

等到日头落下的时候,李琰醒过来,半撑起身子,从窗口往外望去，发现院子里那些他认不出品种的、枝丫长得猖狂的树被管家修剪成了小城堡的模样，一栋栋地堆在院子里，夕阳洒在上面。

李琰吃惊地瞪大双眼，见楼下的院子里的管家把那把剪刀放在手上转了一圈，然后动作利落潇洒地把它投进了远处的工具箱里。

之后李琰去幼儿园接了陆泽睿。

回来的时候陆泽睿说老师布置了手工作业，李琰陪他在客厅里完成之后，两个人一起吃了晚餐。

李琰陪陆泽睿玩了一会儿后，给他讲了睡前故事，又唱了摇篮曲，把他哄睡着了。

番外二
不用理他

李琰在 A 市住了半个月之后，在风和日丽的一天，要回乌景湾镇，说是要把自己的东西带过来。

陆潇宁其实觉得李琰那屋里没什么东西可收拾的，但还是顺了李琰的意思，开车带他回去了。

回到乌景湾镇，李琰推开门，把自己的衣柜里的旧衣服收拾了装起来，到院子里看着满菜园的白菜，长得又大又好，觉得丢下挺可惜的。

他抱着旧衣服，看看白菜，又看看陆潇宁。

陆潇宁看他那样，开口说道："想带就带着呗，又不是放不下。"

他走过去，把袖子卷起来，去李琰屋里找工具。

两个人蹲在李琰的菜园子里，"哼哧哼哧"地把白菜都从地里拔了出来。

李琰抱着一棵棵白菜往那辆宾利车上放的时候，表情都严肃了起来，感觉自己放下的是一棵棵尊贵的白菜。

有些没弄干净的地方把车里弄脏了，李琰看见了，怪不好意思的。

陆潇宁倒是没说什么，还把白菜往车里码得整齐些。

看见李琰那不自在的表情，陆潇宁也愣了愣，旋即后知后觉地抿紧了嘴，突然说："我上次喝多了，不是故意踢你的菜。你要是想种，可以在家里的院子里种。"

陆潇宁显然是会错了自己的意思，李琰低低地应了一声，没再说什么。

两个人坐到车上，李琰坐在副驾驶的座位上。

车子启动，走的时候李琰没忍住，回头顺着车窗往后望。

陆潇宁看他那样，说："以后你想回来看看，我会陪你回来的。我们随时可以回来小住两天什么的。"

他说着这话，心里又计划起今晚回去就要下订单，让人空运过来一些菜种子，好叫李琰可以在家里种菜。

李琰听完他这话显然很是受用，脸上甚至带了淡淡的笑容。他觉得陆潇宁变得很不一样了。

陆潇宁迎着李琰这样的目光，微微仰起下巴，在下一个红绿灯路口停下车的时候就下了菜种的订单，又跟李琰说："我很理解，这毕竟是你从小长大的地方。"

陆泽睿幼儿园毕业了，在六岁时的生日宴上，齐臻来参加了。

齐臻来的时候已经有些晚了，手里拿着一个包装好的礼品盒。

陆泽睿和跟他同龄的伙伴在二楼的玩具屋里拿了几把玩具手枪，几个小孩儿你追我赶的。

李琰又回到陆家工作了，负责照顾陆泽睿的生活起居。此时他正在楼下客厅的茶几边弯着腰切蛋糕。

齐臻进来的时候没什么声音，家里太吵，李琰都没察觉。直到视线里出现一双黑色皮鞋，李琰才慢慢抬起头来。

李琰对齐臻这个人向来没什么好感，但是看见他拿着礼物过来，也不好多说什么，他毕竟是陆潇宁的发小。

哪怕这发小想法有些异于常人，哪怕他在陆潇宁这里做事屡屡出格，但是他依然顽强地出现在陆潇宁的世界里。

这其实很不符陆潇宁的性格。他并不是什么宽宏大量不计较的性格，也十分厌恶别人对自己的事情插手。

李琰微微垂下眼皮，又回忆起很多年前的《碎窗》杀青宴那天，那是对陆潆宁来说很有纪念意义，也付出了巨大努力的电影的杀青宴，他为了给齐臻接风，没去参加。

"哟！李琰！"齐臻笑眯了一双眼，非常热情，像跟多年未见的老友打招呼似的。

李琰很轻地"嗯"了一声。

齐臻把礼物放下，问道："阿宁呢？"

李琰微微抬起头，面无表情地说："不知道。"

齐臻像是被李琰这个表情刺激到，一下子凑近了李琰，用一种很委屈的语调说："啊，怎么这样看着我？你是很厌恶看到我吗？"

李琰一动未动。

齐臻接着说："不会是从第一次看到我时，你就已经讨厌我了吧？"他慢慢站直了，和李琰拉开了距离，嘴角挂着不带丝毫善意的笑容，讽刺道，"真是奇怪呢，不管你怎么样撒谎成性，你在阿宁眼里还是最干净的人。"

齐臻轻拍了两下手，脸上笑意盈盈地说："好手段。"

"我没有。"李琰看着他，平静地说道。

"你没有？你觉得这是你应得的结果，还是觉得你委屈，陆潆宁本就该赎罪，该祈求你，因为他当年逼你去 A 市工作？"齐臻偏偏脑袋，像是很无法理解，直白地说，"可是陈瑜得了那样的病，治不起，就放弃，这是自然而然的事。但是你不认，你不认他的命，之后也不愿意认自己的命。"

"你凭什么呢？你先动的手，还怨别人还手还得重？"齐臻这时候的表情看起来像是一种很真实的困惑。

李琰重新打量齐臻，思索面前这个人到底为何会一直出现在陆潆宁的生活里？

其实他们的价值观有很多地方是一致的，他们说为得了病的陈瑜恨不得豁出命去拼一条生路的李琰贪心，那时候陆潇宁也曾无数次嘲笑他蠢。

陆潇宁原本就十分擅长叫屈，他这发小倒是能理解他。

齐臻甚至有可能会尽量诱导陆潇宁随心所欲，让他更肆意一些，但自始至终又是他各个方面最终利益的维护者。

齐臻不愿见到陆潇宁吃亏，属于那种陆潇宁说要去打架，他能兴高采烈地去替陆潇宁准备好药，好在他受伤后快速给他治疗，陆潇宁突如其来地说要放弃，他会说声"很可惜"然后把药收起来的人。

他应该是没什么更好的方法了，才会这样直白地冲李琰叫嚣。

他很清楚陆潇宁的底线在哪里，只试探，却又不会真的轻易踩上去。

"你们在干吗？"陆潇宁站在二楼的楼梯口打断了这场不算愉快的谈话，眉心微蹙，看着这两个人。

他动作很快地下来，然后把李琰往后扯了扯，问齐臻："谁让你来家里的？"

"阿宁，你这话真是惹我伤心。"齐臻又嬉皮笑脸起来，仿佛刚才那个跟李琰针锋相对、话不留情地想要逼问出来什么的人不是他一样。

齐臻把手中的礼盒拿起来，挥了挥，说："给大侄子的礼物。"

齐臻抓着礼盒的手还没放下，人就被陆潇宁拽着衣服后领拉出去了。陆潇宁似乎也是极其不喜欢齐臻跟李琰再接触。

"哎呀，哎呀，你干吗这么小气？我不过跟李琰多说两句话，打个招呼。"齐臻拧着身子被陆潇宁拽到了门外。

陆潇宁脸色不善地问："你到底来干吗的？"

"给大侄子过生日啊！"齐臻笑起来。

"晚宴还有一场，今天中午来参加的都是陆泽睿的小玩伴，你来凑什么热闹？"

"好吧，我想来跟李琰说说话，怕晚宴人多，他若不喜……不参加……我上哪儿找……嗯……"

齐臻还没说完话，就被陆潇宁拉开车门塞进了车里："慢走不送！"

陆潇宁又大声叫起来："管家！以后这个人的车不要放进来！"

这天晚上，陆潇宁在晚宴上喝了不少酒。

他心情应该是不错的，勾着唇笑，醉态十足。

李琰耐心十足地照顾陆潇宁，看喝多了酒的他歪着脑袋靠在沙发上。

陆潇宁这时候目光落在李琰身上，突然说："你以后……见到齐臻，就不用理他。"他用很不屑的语气说，"他总是忌妒我。"

他眯着一双眼，像是十分了解对方的阴谋的模样。

李琰没有迟疑地答应他，说："好。"

番外三
教育分歧

陆潇宁从孤儿院把陆泽睿领回来之后,心里其实并非他表面表现的那样气定神闲,好像对教养孩子这件事胸有成竹一样。

但他其实根本没有经验,只能将陆安凌对他的方式照搬,摆一样的冷脸,要求一样严格,对孩子不苟言笑。

陆泽睿有时候会被陆安凌接到陆家老宅里。他的名字是陆安凌起的。

陆潇宁那时候全盘接手了陆家生意,忙得脚不沾地,又或许可以有那么一点儿休息的时间,也被他刻意用工作填满了。

但这并不代表陆潇宁不愿意花精力去教养陆泽睿。

陆泽睿第一次上幼儿园,是陆潇宁抱着他去的,走的时候他抱着陆潇宁哭着不撒手。

陆潇宁把他拽开,很严厉地让他在教室里站好。

等出了校门,陆潇宁又在车里给老师打电话。

陆泽睿上小班的时候还很黏着陆潇宁,上了中班后就被陆安凌频繁地接走。陆潇宁也没拦着,左右陆安凌对他这孙子还算满意。

大班的末尾时间,陆泽睿板着小脸被管家送去上学,认识了新的老师和同学。

上了一年级,他不再有课堂游戏的时间,也没有餐点可以吃,很不适应。

好在晚上的时候李琰来接了他。

回到家，陆泽睿缠着李琰做了餐点，说："学校里竟然不发小饼干了。"

李琰给他烤好了饼干，然后用餐盒包装好，又小声提醒他："如果在学校上课饿了，也要下课才可以吃。"

这种提醒纯属多余，因为那饼干还没到第二天就已经被陆泽睿吃了个精光。

李琰只好第二天早上在陆泽睿吃早餐时又给他烤了一些小面包片放进了餐盒里，把餐盒塞进了书包。

陆潇宁在餐桌边看着，脸色很不好，等陆泽睿走了才说："李琰，你太过娇惯他了。"

李琰丝毫不觉得有什么不对，用很无辜的眼神看着陆潇宁说："只是一些小点心，他刚到一个新环境，有些不适应，而且小孩子好动，很容易饿。他还可以将点心分享给自己的新同学，交到新朋友。"

"那你也是太不了解他了。"陆潇宁轻笑一声。

李琰从来没照顾过小孩子，可是当那么软软的温热的一团小身体奋力往自己怀里钻，不忘拉扯着一本故事书的时候，他的心口又会觉得有一种很奇妙的感觉。

新学期开学不到一个月，李琰就明白了陆潇宁那天早上的那声笑到底是什么意思。

陆泽睿被请家长了，原因是陆泽睿在学校殴打同学。

这么小的孩子，老师竟然用了"殴打"这两个字。李琰很吃惊，不知道到底发生了什么事。

陆潇宁没有空，李琰只能丢下手中的浇水壶，然后换了身得体的衣服，着急忙慌地往学校里赶去，以陆家的助理的身份去见老师。

等他赶到的时候，陆泽睿还站在教师办公室里昂着头，一副有点儿不服气的模样。

陆泽睿旁边站着的同学脸上都破了皮，哭得跟个小花猫似的。

对方的家长也跟着来了，看见自己家孩子变成这样，当场就沉了脸。

李琰神态拘谨地跟老师打招呼，又问到底是怎么回事。

老师把目光落在陆泽睿身上："你自己说吧。"

陆泽睿看着李琰，去抓李琰的手，很大声地回答："就是他很欠揍！"

李琰赶紧捂住他的嘴，额头上的汗都下来了。

对方家长的脸色霎时间变得非常难看。

李琰十分局促地起身，跟他们道歉，又拽着陆泽睿，让他跟同学说"对不起"。

陆泽睿挑起眉毛，不高兴地说："是他先要吃你给我烤的小面包的！凭什么我要跟他道歉！"

"只是吃了你的一块小面包，你就打人家？"李琰有点儿难以置信。

李琰连声地跟那家人道歉，又用湿纸巾去擦他那同学哭得脏兮兮的脸，刚抬手擦了一下，手就被陆泽睿拉住了。

"我不要你给他擦！我手上也脏了呢！李琰你都不看看我。"陆泽睿小手拽着李琰，想要把李琰的手从他那挨了打的同学的脸上拉下来。

李琰皱着眉头看着陆泽睿，像是头一天发现这个小孩儿这么不懂事一样，然后双手搭在陆泽睿的肩膀上，把他推开了点儿，让他站在那同学面前，厉声说道："跟他道歉！"

陆泽睿没听过李琰用这样重的语气跟他说话，眼睛瞪着李琰，一副受伤、接受不了的模样，问："你怎么帮他？"

"是你做错了事！"好脾气的李琰也微微开始上火。

就在这办公室里一大一小两个人正在较劲，对方的家长面色不善，那夹在中间的老师正张嘴要劝说些什么的时候，办公室的门再次被敲响了。

一个穿着黑色西装的人戴着一副没有边框的眼镜,很得体地打了声招呼,然后看向李琰说:"李先生,老爷让你和小少爷回陆家老宅一趟,这里交给我就好。"

紧跟着后来又进来几名高大的保镖,快把这间办公室挤满了。

众人看着陆家这阵仗,皆是心头一凛。

李琰看着这群人全然陌生的面孔,分析陆家老宅的人应该是陆安凌的人。他还没去过陆家老宅。

只是这架势,像是根本没有留给李琰什么拒绝的余地。

李琰估摸着自己若是拒绝的话,有多大的可能会被强行架走。他脸色凝重地纠结片刻,又扯着陆泽睿跟那家人还有老师微微弯腰道了个歉。

这样的举动惹得那位穿着西装、戴着无框眼镜的干练的青年皱眉,像是李琰干了一件多么不得体的事情。

而陆泽睿还在为李琰让他道歉的事生气,不愿意去牵李琰的手。

他气得黑着一张小脸,把手插在自己的上衣口袋里,但是走的时候还是不情不愿地走在李琰身边。

李琰跟陆泽睿到了陆家老宅。

陆泽睿对这里倒是很熟悉,客厅里竟然还有一片场地堆满了他的那些积木玩具。

李琰不说话,被态度看起来恭敬,实则手段极为强硬的保镖请到客厅的沙发上坐下了。

李琰坐在那里等了快有半个多小时,陆安凌才像是摆架子似的慢悠悠地从楼上下来了。

不可否认,面对陆安凌这样的人,特别是对方又特意施加压力的时候,李琰有些紧张。

李琰不自觉地抿紧了嘴,双手交握,手心有些出汗。

正在李琰踌躇着应该怎么称呼陆安凌的时候,陆安凌却在李琰的对面落座，先开口了："李琰？"他语调上扬，带着一种居高临下的高傲感。

"我当时可没想到你居然现在还能担任陆潇宁的助理。"陆安凌目光凌厉地扫过他。

李琰听见这样的话，低眉顺眼地说："我也没想到。"

陆安凌又看向在沙发上正暴力拆解一个魔方的陆泽睿，说："你今天在学校做了什么好事，自己说。"

陆泽睿好像是挺怕陆安凌的，也不摆弄手里的东西了，回答："有个小孩儿抢我的东西，然后我就打了他。"

明明是他的同龄人，他却像个小大人似的在那儿板着脸回答，还叫对方"小孩儿"。

陆安凌问："打哪儿了？"

"打了肚子，踹了腿。"

"那为什么对方脸上会破皮？"陆安凌看起来已经大致掌握了情况。

"他不经揍，倒在地上哭，磕得破皮了。"陆泽睿言语间像是多看不起对方似的。

"那他最后跟你道歉认错了吗？"陆安凌问道。

李琰在旁边听这段爷孙俩看起来都很自然的对话，都要听愣了，到底是谁要跟谁道歉啊？

陆泽睿这时候像是被戳了痛处，不满地说："都怪李琰！他都已经很害怕我了，可是竟然去找了老师把家长叫过来。李琰竟然帮着他们，还帮那小懦夫擦脸！"陆泽睿挥舞了一下小拳头，气鼓鼓地说，"明明是我更厉害！"

"并不是你打赢了，你就是对的！而且我早上给你多烤了面包就是让你拿到学校吃的时候分享给别人的！"李琰被陆泽睿的话激起了脾气。他这么小，竟然可以跟陆安凌这样互通逻辑地聊天。

李琰把这错误归咎于陆安凌。他觉得陆安凌的教育方法很有问题，甚至陆潇宁的性格这么偏执,陆安凌也一定"功不可没"。

"李先生看起来对我们家的教育理念很有意见?"陆安凌一副睥睨姿态,"你觉得你的想法真的就适合他吗?"

"我……"李琰张嘴要说些什么,又顿住了。显然在教育孩子上他也是个新手。

但是新手归新手,他也能够辨别出来陆安凌的这种方法更加有问题。

陆安凌这个时候却又继续对陆泽睿说道:"他把拿走你的东西还给你了吗?"

陆泽睿这时候像只被斗败了的公鸡,有些挫败地说:"没有,他吃得太快了,我没能抢回来。"

"所以你既没有抢回来他拿走的东西,也没有事后让他认识到自己的错误并且向你认错。"陆安凌的目光里浮现出来一种失望之意,说,"今天晚饭后去书房里领罚。"

陆安凌好像已经决定了陆泽睿晚餐要留在这里吃,李琰却听不下去这种话,也不再试图说服陆安凌,只站起来要求:"我要带他回去。"

陆安凌根本没把他的话放在眼里,刚要开口说什么,门口就传来一阵骚动。

陆安凌脸色变了一下,又看了李琰一眼,不屑地"哼"了一声,说:"他倒是动作挺快。"

陆潇宁进门的时候看见了那一大一小两个人,小的一个正情绪低落地坐在沙发上,大的一个正站在那里跟他父亲绷着脸。

谈话气氛显然不够融洽。

陆潇宁既然来了,李琰若是不愿在这里,那陆安凌自然是要放人的。

"陆泽睿这两天待在我这里。"陆安凌这样说道。

李琰不同意。特别是在他听到陆泽睿还要去领罚的时候,他更不可能放心让陆泽睿留下。

李琰朝陆泽睿伸出手,说:"走。"

陆泽睿却没把手放上去。他抱着手,仰着脑袋,还在那里跟李琰闹脾气:"你今天怎么会哄别人?他脸上脏兮兮的,你还……"他耿耿于怀,又说,"李琰,你应该跟我讲对不起,这样我就跟你回家。"

李琰收回了手,轻轻地说:"你不愿意回去就待在这里吧。"

陆泽睿看他真的生气了,要放下自己不管,又赶紧从沙发上跳下来,跟在后面追着他,自己还在那儿说:"好吧,爷爷说了,有些大人总是羞于承认自己的错误。"

他开始自作主张地生气,又自作主张地谅解大人了。

但是李琰还是不再搭理他了。

李琰这次是真的很生气。

李琰直接从陆家老宅离开了。陆潇宁在这儿,没人敢拦他。陆潇宁还在里面,像是在跟陆安凌谈话。

想必谈话不怎么愉快,因为隔得老远,李琰还是听见了那里传来摔东西的声音。

陆泽睿那天晚上没有得到饭后甜点,没有睡前故事,也没有摇篮曲。

他其实也不是天天有这些东西,但是每周李琰有空的时候会陪他两到三次,作为他很好地完成了家庭作业的奖励。

或许是因为这点儿小插曲,他有些急于证明李琰对他的在意程度。

但是李琰没有理他。

夜里,陆潇宁似乎是早预料到李琰会失眠,在李琰的房间里,状似开解地说道:"我说过吧,他不是你想象中的那种小孩儿。你不要看他长得好看,就觉得他很乖。"

李琰却不是在纠结这样的事。他鲜少地思虑过度了。

他其实是在意陆安凌今天的话。他的想法真的就适合陆泽睿吗?他的生长环境和陆泽睿完全不同。

而李琰从小受到的来自家长的教育,最多的就是来自他的奶奶。

他的父母早年在外打工,总是聚少离多,而陪伴他的奶奶又总是在他跌倒的时候拍拍他磕疼了的膝盖,告诉他"吃亏是福"。

吃亏是福,吃亏是福。

李琰一路跌跌撞撞至此,跌倒太多次,吃过太多亏了。那到底吃亏是不是福,他心里难道不清楚?

如果陆泽睿真的是如自己一样的性子,他以后在陆家会不会难以生存?

大家族里向来斗争不断,其中各种钩心斗角的事,他长大以后如何应付?

尽管李琰觉得陆安凌的教育方法十分错误,可是被陆安凌教养出来的陆潇宁在回来后很容易地就适应了这种生活。

就在李琰辗转反侧的时候,客卧的门却被敲响了。

隔壁的陆潇宁开了门,看见陆泽睿,没给什么好脸色,冷声斥责道:"你自己惹他生气,现在又来扮可怜?"

"没有用!他已经睡着了,你回自己的房间去!自己好好反省!"

陆泽睿不知道该怎么反省,拿着本被揉皱了的故事书,红着眼睛说:"我要跟李琰讲话。"

"没大没小。"陆潇宁的语气沉了点儿,"回去!"

李琰这时候却再也躺不下去了,从床上起来,走到门边,开了门。

他看见陆泽睿那双像是已经哭过的眼睛,瞪圆了,黑白分明,干净得能从里面看见自己的影子。

"好吧,李琰,我明天会给小懦夫道歉,也会给他分享你专门给我做的小面包,希望你不要再生气。"陆泽睿从门缝里挤进来,搂着李琰的腰说。

李琰感觉到腰间贴上一片温热触感。

陆泽睿又带着哭腔说:"对不起,李琰。"

在这一刻,李琰想,去他的钩心斗角吧!

陆泽睿还这样小,怎么能放在陆安凌这样的"大魔王"手里?他该有获得长辈疼爱、教育的权利。他得先是小孩儿，再是大人。

长大以后的事，就让长大以后的陆泽睿再去面对吧。

他现在是六岁的陆泽睿，需要先认识自己的错误，再学会道歉，然后获得李琰明早给他烤奶油曲奇饼干的奖励。

希望他明天会学会与同学分享东西！

番外四
我给你兜着

李琰在回来 A 市后的这段时间，时常会觉得时间过得太快，总会有一种很不真实的恍惚感。

这天的天气有些阴冷，他每逢这样的天气总是会腰酸背疼，阴冷的寒意总是沿着他的骨头缝往里钻。

这样的时候他就不会外出，在温暖的室内给花房里的花浇浇水。

客厅里，陆潇宁正端着一杯咖啡，翻看着一沓文件。

客厅的电视机上正播放着今日新闻，突然画面上出现一段监控录像，是一辆车撞上一位老人的新闻。

只是这不是那么单纯的意外事件。

新闻上写着"碰瓷老人碰瓷不成，反被撞，当场去世"。

监控录像里显示，在这老人先故意跌倒在车前的时候，驾驶员像是踩错了油门冲了上去，一下把人撞出去几米远。

陆潇宁的视线陡然一顿，管家也停下了手里的动作，轻声说："这好像是……"

这件事现在在网上已经闹得沸沸扬扬，有很多遭遇过碰瓷讹钱事件的人都义愤填膺，说"活该"之类的话；也有人觉得车主是太紧张了，不然再怎么样也不会把人撞成这样；还有些人怀疑驾车的人肯定是酒驾，不然怎么会发生这种事！

陆潆宁面不改色地换了台。结果他刚一转头，就看见从二楼下来的李琰正红着眼盯着电视机，李琰扶着扶梯栏杆的手也用力攥到指尖发白。

陆潆宁立刻站了起来，李琰则是转身就往楼上跑去。

李琰在手机上浏览了新闻，看见了事情的大概情况，知道了开车撞人的那人是个行为不端的富家子弟，这件事本就争议性很大。

有人爆出撞人的是齐家的齐骅。

当李琰情绪不稳地问陆潆宁这件事最终会怎么判的时候，陆潆宁只垂了垂眼皮说道："撞人的是齐臻的堂弟。齐臻的意思是会看在他姑妈的面子上给他请一个很厉害的辩护律师……"

陆潆宁话都没说完就被李琰打断了："够了！"

李琰吐出一口气，对陆潆宁几乎都要有些本能地排斥了。他竭力平复心情，说："你先……你先出去……我想自己待一会儿……"

陆潆宁沉默了一会儿，最终退出去，给李琰关上了门。

事情过后的第二天，家里来了一位陌生人，自称是名律师。陆潆宁不在家，所以先和他碰上面的是李琰。

而这人本来就是来见李琰的，说岳先生留下的遗嘱上写，把遗产留给了李琰。

这人把文件递给了李琰。

李琰手抖了一下，没拿住，东西掉在地上，散了一地。

晚上陆潆宁回来的时候，看见管家沉默地在收拾桌子，桌面上还零散地放着几个空酒瓶。

"他喝酒了？"陆潆宁的语气变得有些复杂。

管家把下午有律师来过的事情说了。

陆潆宁显然也是没有预料到这种情况，然后问："留了多少？"

"十万。"管家回答。

看起来这是老岳攒了一生的全部积蓄了。

老岳跟李琰一起蹲在街边的那些时光，有没有想过李琰身上穿的

277

一件衣服的价钱,就要比他积攒了一辈子的钱都多呢?

"人呢?"陆潇宁问。

"喝了点儿酒,说是头晕,去楼上休息了。"管家说。

现在休息确实有些过早,陆潇宁上楼的时候还刻意放轻了脚步,怕打扰到李琰。结果他没想到的是,客卧里空荡荡的,床上根本没有李琰的人影!

正当他边用手揉了揉眉心,边脚步急促地下楼的时候,将桌面收拾完毕的管家突然出声说:"桌面上的餐具里少了一把水果刀。"

这无疑是很阴冷的一天。

李琰手脚冰冷,浑身上下似乎都没了知觉,眼神有些发愣地往前迈步。他看着手机上齐臻发来的地址,迎着冷风不断往前走着。

他这个时候还不知道,齐臻在把这个地址发给他的同时,也发给了陆潇宁。

不到十五分钟,陆潇宁就找到了李琰。

陆潇宁似乎也是有些动气,抓着李琰问:"你到底要干吗?这么冷的天,你穿得这样薄就跑出来?"

陆潇宁不冲李琰吼还好,他这么一吼,李琰似乎回了神,开始后知后觉地感到冷。

"我也……我也不知道我要干吗……"李琰声音涩滞地讲。

天色已经昏暗。他眼里开始流出泪来,他就那样直直地望着陆潇宁。

"别做傻事,李琰。"陆潇宁又说,"不过,不管发生什么事,我给你兜着,李琰。不要哭了。"

陆潇宁话音刚落下,李琰的袖子里就落出来一把水果刀。

水果刀"砰"的一声落地,发出一声清脆的声响。

李琰这才哭了起来,不是那种强忍着的面无表情地流泪,是号啕大哭。

把车停在一边默默看着的齐臻，在看见李琰的袖子里滑出一把刀的时候眼神微微一变。

他偏了偏脑袋，似乎有些好奇。

他不知道为什么会有李琰这样的人。

李琰在齐臻这里从"贪婪愚蠢的人"变成"有点儿小聪明的人"，再变成"普通人"，最后又变成"不太普通的普通人"。

李琰很年轻的时候身上就有一种天然的莽撞感，有点儿像是不太适应城市的规则似的，像个野生动物，攻击性不强，但是也会保护自己。

但是按理来说，这个人遭受这么多苦难，经历那么多痛苦，竟然还是一点儿都没变。他今年已经三十多岁了，还是那么懵懂又莽撞。

李琰那天在家里守着电视看了新闻，齐骅最终按照法律被判了刑。

老岳留下的十万块钱，李琰为他在 A 市买了块墓地。

这件事过去三个多月后，李琰在以前老岳经常待的地方偶然碰见了林笙。

两个人对视一眼，李琰先礼貌又有些拘谨地打了个招呼。

林笙想必是早就听到过李琰回来 A 市的消息，应该是从最初的怒其不争的情绪中走出来了，他这个时候面对李琰，情绪已经很平静了。

沉默无言的两个人走了一段路，最后要分开时，林笙还是忍不住问了李琰："为什么？"

他好像是真的很困惑不解，不理解为什么李琰会原谅陆潇宁这样的人。

李琰也被问得愣了一下。但是他其实是没办法回答林笙的，林笙也不会理解他。

他含糊其词了一阵，最后还是林笙放弃了。

最后林笙看着李琰那张呆愣的脸，没好气地说道："下次有时间出来吃饭吧，我记得你好像还欠我一顿饭呢。"

李琰这才神色讪讪地笑，答应说："好。"

他其实没办法回答林笙，是因为林笙根本没法儿看到他获得了什么。

林笙本来就什么都有，所以看到李琰一直是在失去。

因为与伴侣发生口角，观念不合就放弃学业回到国内的林笙，自然不会理解，为什么他跟他的女友因为吵架就可以毅然决然地分手，甚至老死不相往来，而李琰在饱经这么多年的困苦之后依然愿意和陆潇宁做朋友。

他替李琰不值，就像齐臻为陆潇宁不值一样。

只有李琰知道自己获得了什么。

李琰人生至此，已无亲人，一生苦难凋零。

陆潇宁是他唯一的朋友了。

他可以哭，可以叫疼，可以怨恨，可以委屈，可以不用跑得太快，不用连疼都感受不到，就又去迎接下一种苦痛。

原来李琰也可以哭，李琰的眼泪也可以很有用。

陆潇宁会为李琰的眼泪而让步，改变一些他一直以来赖以生存的生活逻辑。

从前的生活让李琰总是像在独自漫无目的地蹚一条一片黑暗的河流，不知道哪里就有一块石头把他绊倒。

他无法预料，也无法逃避，跌下去，就会因水漫过头顶而窒息。

他只有拼了命一直踮着脚，才得以喘息。

他一直奔走流窜，想要逃离。

陆潇宁说："我给你兜着，李琰。"

于是李琰不再奔跑了，停下来看见，自他少时起就蜿蜒曲折、昏暗又布满淤泥的河流已经变了模样。

抬头才得见，天光大亮。

自此暗河长明。

番外五
林笙到访

　　林笙要离开这座城市之前给李琰打来了电话，告诉李琰他要去国外继续研修设计的决定。
　　他希望在离开之前，能够和李琰再见上一面。
　　李琰从老岳去世之后就一直情绪低落、郁郁寡欢。
　　前几天天气降温，他身子骨儿弱，还染了风寒，病了几天。
　　陆潇宁担心他的身体，并不想让他在病后还未痊愈的时候外出。
　　天气并未回暖，还淅淅沥沥、断断续续地下过几场小雨。
　　可是老岳去世这件事给李琰带来的打击太大了，像是牵住他和这座城市的线又断了一根。
　　从李琰回来之后，陆潇宁和李琰就鲜少因为什么事情争吵过。
　　毕竟李琰身子底子不好，陆潇宁顾及着这一点，在李琰面前会刻意收敛脾性。
　　可是陆潇宁本身对林笙这人就颇为反感，又赶上李琰风寒咳嗽没好透的情况下，他更不愿意李琰外出和林笙吃什么饭，甚至在心里巴不得林笙快点儿走。
　　因着这件事，李琰和陆潇宁发生分歧，吵了一架，冷战一天之后，还是以陆潇宁的让步结束。
　　虽然陆潇宁让步了，却不是让李琰和林笙外出去吃什么饭，而是让林笙来到陆潆宁这永远二十多度的家里来吃这顿所谓的什么离别饭。

这对李琰来讲没什么,而且陆潆宁这段时间很忙,中午不回来是常态。

李琰决定邀请林笙在工作日的中午来陆家的别墅里吃饭。

林笙得知陆潆宁竟然同意李琰邀请自己来陆家时还有几分惊讶。

怀着几分复杂的心情,林笙独自开车来到陆家的别墅。

林笙是近十一点来到的。进门的时候,别墅里没什么人,只看见了一位领他进来,给他端了一杯茶后就退出去的用人。

林笙在客厅的沙发上坐下,看见一个站在楼梯口处的管家模样的人走过来,开口说道:"请稍等,李先生在后厨正在为你做菜。"

林笙闻言一愣:"李琰吗?他做饭?"

"是的,李先生并不轻易下厨,这是由于今日你来,特意为你准备的。"管家虽然这样说话,林笙却没能从他的表情里窥探出来半点儿恭维的意思。

话音落下,林笙就看到李琰一边解围裙一边朝这边走来。

李琰看到坐在那里的林笙,旋即笑了起来:"没想到你这么早就到了,有人通知我,我才知道你到了。怎么没提前给我打个电话?"

林笙故意说道:"怎么着,不欢迎?我知道这陆家门槛高,你进来这里工作后,我也变得难见着你的人影了。"

李琰连忙说道:"欢迎,欢迎,没看见我这一上午都忙着为你准备饭菜吗?"李琰闻见自己一身的油烟味,开始转身朝楼上走,"我先去换个衣服,你先喝茶,我马上下来。"

说是马上,差不多过了三四分钟,李琰才从楼上下来了。

这顿饭开席得早,李琰和林笙落座在桌边,宽敞的长桌上就坐着他们两个人,显出来几分空荡。

饭桌上有五个菜,李琰跟林笙介绍自己做的玉米炖排骨、菌菇烧小鸡、芙蓉汤,还有其他的菜,让他尝尝自己的手艺。

林笙一边尝,一边用目光扫过自己的手表,看了一眼时间,然后说道:"中午这里就你一个人?陆总呢,中午都不回来?"

李琰笑道:"他忙啊。"

林笙看着一笑露出来白色牙齿的李琰,仿佛又看到了从前的那个李琰。不知道从什么时刻开始,时间开始分外优待起这位命途多舛的男人。

难以想象,李琰经历了这么多事,眼神看起来还是那样真诚干净,遇人还是爱笑,只是身子看起来还是清瘦,这么长时间没长胖一点儿,叫人实在怀疑他在这里生活得到底是不是真的很好。

林笙喝下去一口汤,很给面子地夸道:"手艺不错。"

李琰说:"太久不做饭了,手艺有点儿生了。"

林笙提起一个话题:"那小孩儿呢?"他顿了顿,像是在思索什么,"陆总收养的那小孩儿中午也不回来?"

"嗯,他今天中午回陆家老宅。"

看来陆泽睿是回了陆安凌那里,林笙确实也听说过陆安凌对陆泽睿格外看重的消息。

"这个年纪的小孩儿不好照顾吧?怎么样,跟你亲近吗?"

林笙从坐到这里,虽然筷子没停下,但是总不断对李琰抛出问题,似乎是对李琰目前的生存环境很是担忧。

李琰其实知道林笙跟陆潇宁很不对付。

这种不对付不是单方面的。就像是陆潇宁不希望看到林笙,林笙也不见得真的想要踏进陆家的这扇门,如果不是李琰热情邀请了的话。

林笙都已经快离开这座城市了,他对李琰有太多说不清楚的复杂心情,说是恨铁不成钢也好,愧疚也好,担忧、同情也好,总之,他还是希望李琰真的如同他自己所说的那样,真的过得不错。

他已经意识到,李琰是很会说谎的人。

亲近吗?

李琰听到林笙这样问,还没来得及回答,就听到大门那里传来了动静。

陆泽睿一路风风火火地从庭院里的花圃上跑过去，连路也不看，踩了一脚泥巴，跑进了客厅。

陆泽睿进门站在那里，甩掉鞋，赤着洁白小脚往那儿一站，看着坐在客厅长桌上的两个大人。

李琰一愣，看到陆泽睿，觉得很意外，问："小睿，不是说今天中午回爷爷那里去吗？"

陆泽睿用一双圆眼扫过林笙，又看了一眼坐在那里的李琰，突然说："不想去了。"说完紧接着朝李琰这里跑。后面跟着拿了新鞋袜的用人，喊他停下来穿上，他也不听。

陆泽睿跑到李琰旁边的座位，利落地爬上去坐下了。

李琰看他赤着脚，这几天正降温，就算是屋里暖和，这么光脚踩在地板上，小孩子抵抗力弱，也难免会着凉。

"把袜子穿好，穿上拖鞋。"李琰看着已经坐好的陆泽睿对他说道。

陆泽睿这时候却表现得比往常都不听话一些，他把脚往李琰膝盖上踩："李琰，你给我穿。"

李琰忍不住蹙眉："你又不是不会穿，快点儿自己穿好。"

陆泽睿这时候坐到桌上，看到桌上的芙蓉汤，因为年前李琰给他做过一次，因此看到之后立刻就认了出来。

陆泽睿看着打量自己的林笙，又看看那芙蓉汤，当即气红了脸，大喊起来："李琰！你为什么要给陌生人做饭？"

李琰被他喊得头疼，跟陆泽睿说道："什么陌生人，这位叔叔是我的朋友。"

那拿着鞋袜的用人半蹲下来，陆泽睿却还是不配合穿鞋袜，在那里乱蹬脚，差点儿踹到人。

李琰抬手按住了他的腿，声音沉了点儿："陆泽睿！"

李琰抬手一按，陆泽睿就没有再乱蹬了，可能是怕碰到李琰。

他这时候听到李琰真的动气了，于是也消停下来。

鞋袜终于穿上后，有人给陆泽睿上了一副碗筷。

小孩儿瞧着林笙的目光很是警惕。

林笙觉着好玩，故意想要逗他一逗似的，开口问道："几岁了，上小学了吗？"

李琰给陆泽睿夹了菜，盛了汤，然后回答："刚上一年级。"

林笙看李琰照顾陆泽睿动作那么熟练，又拐着弯说道："哦，这么小，我说怎么那么不懂事。"

陆泽睿听他这样说自己，又跟李琰喊："李琰！不要和陌生人说话！"

林笙对陆泽睿来说是个危险的陌生人，对李琰来说又不是。

陆泽睿是个聪明小孩儿，不可能连这一点也意识不到，况且李琰已经跟他解释过林笙是他的朋友。

陆泽睿在陆潇宁不在家的时候就更加难缠、难管，今天又加上林笙的刺激，陆泽睿更是不可理喻起来。

这顿离别饭到底是没吃安生，陆泽睿在饭桌上胡搅蛮缠，李琰头痛欲裂地时刻盯着他，在他做出来极其不礼貌的事情之前阻止他。

林笙不紧不慢地吃完饭，饭后坐在客厅沙发上品尝餐后茶点。

陆泽睿这时候又跑过来把书包塞给李琰，跟李琰说："李琰，帮我整理书包。"

李琰瞧他那样，不知道是热的还是刚才气的，一脑门儿的汗，连带着还有些婴儿肥的脸颊上还带着薄薄的红晕。

灯光一照，一张脸亮晶晶的。

李琰不知道他又在打什么鬼主意，狐疑地接过他的书包，刚一拉开拉链，就看到揉成一团的一张纸。

李琰打开一看，竟然是一张满分的试卷，再一抬眼，看见陆泽睿的目光紧紧地盯着自己，仿佛是在期待着什么。

李琰觉得好笑，又刻意忍住了。于是他很认真地夸奖道："小睿真棒。"

陆泽睿挺着小胸脯站在那里，扬着小尖下巴，态度很是傲慢地用目光扫过在对面坐着的林笙，然后提出要求："我要奖励。"

李琰想：原来在这儿等着呢。李琰又看到他故意在林笙面前嘚瑟，仿佛想证明自己很厉害似的，顾及小孩儿的自尊心，于是问他："你想要什么奖励？"

陆泽睿仰头跟李琰要求道："我要你给我做比今天这份更大的芙蓉汤！"林笙听到这里实在是没忍住"扑哧"一声笑了出来，笑完才意识到，原来李琰是真的很少下厨做饭了。

这一声笑，林笙是把陆泽睿得罪了个彻底。

"别和陌生人随便交朋友，我们老师说了，这很危险。"林笙都已经走出客厅了，陆泽睿还腻在李琰身上，孜孜不倦地对着李琰的耳朵说着这些话，"李琰，你应该学会保护自己。"

李琰却完全不顾陆泽睿的这些"忠告"，坚持把林笙送到门口，并且满怀歉意地跟林笙说，这顿饭没吃好，等林笙假期回来，再赔他一顿。

林笙摆摆手说："不用客气。"

话音落下，庭院里又有用人发出阵阵惊呼。

不知道陆泽睿又在整什么幺蛾子，李琰在跟林笙挥别之后，快步去了庭院里。

小孩儿的心思在大人眼里，就算是掩盖得再好，也是一览无余。可是即使知道陆泽睿是因为林笙来家里，李琰给他做了饭，占有欲作祟而发脾气，故意做出来一些想要吸引李琰注意力的事情，李琰也没办法真的对他置之不理。

陆泽睿表面看起来像头强壮的小牛犊，但可能是因为从前缺乏亲密关怀，心思敏感得很。

他从来没有在这个家里见到过李琰邀请别人，陆潇宁也没往这个家里带回来过别人，公司的事都在公司解决。

所以当陆泽睿在这个家里看到突然出现的林笙时，才会表现得这么抗拒，仿佛是秘密基地被入侵。

林笙看着李琰匆忙离开的背影，目光又转向那被陆泽睿回来的时候踩歪了茎的一株花。就这么沉默着望了一会儿，林笙发出了一声几不可闻的叹息，然后转身离开了。

番外六
第一课

等李琰送走林笙赶到庭院的时候，正看到陆泽睿拿着一把玩具大刀抽打着院子里的一棵高价买回来的千年树。

陆泽睿力气大，树身上已经被他抽打出来几道斑驳的痕迹。

旁边围着的用人大呼小叫，怕他伤着自己，却没人敢上去拦他。陆泽睿这样的脾气，在这个家里，除了陆潆宁，也就只有见到李琰不高兴时才会有所收敛。

其余的人他谁都不怕。

李琰走到那里，看着陆泽睿那样子，喊了他一声："小睿。"

陆泽睿满脸通红，不理睬李琰。

一阵风吹来，李琰不由咳嗽起来。管家这时候出来给李琰披上外套，又说道："先回屋吧，小少爷一会儿累了就消停了。"

李琰这时候咳嗽起来没完，于是只能跟着管家进屋去，喝了一杯润喉的热水才算是好受了一些。

他没看到陆泽睿在听到他咳嗽的时候就停下来了动作。

他看着李琰回屋的背影，过了好久，把手里的玩具大刀往地上一丢，用手背抹了一把眼睛，也没进屋，又去车库里坐到车上，说要回爷爷家。

陆潇宁是在晚上回来的时候才发现陆泽睿在和李琰闹脾气的。

原本在这种事情上，陆潇宁从来都是无原则地站在李琰这边的，后来知晓陆泽睿生气是因为林笙后，态度又变得微妙起来。

"或许林笙不来家里，这种事情就不会发生。"

李琰对陆潇宁这样的话已经失去生气的力气，于是只冷冷地说道："林笙不回来了，明天早上的飞机，他是来见我最后一面的。"

陆潇宁好像还嫌不够一样，又问："难道他假期都不回来？"

李琰看了他一眼。陆潇宁挑了一下眉。

下一刻，李琰起身就要离开，陆潇宁及时说道："好了，不提他了。"他把刚才用人送上来的止咳汤端起来递给李琰，"先把这个喝了。"

李琰手里端着碗两三口喝完，抬手揉了揉眉心，叹了一口气，他现在的精力实在是不如从前。他顺手把碗递给陆潇宁，说道："我先休息了，跟厨房说一声，明天备好菜，我中午起来要做个汤。"

陆潇宁不由问道："你要做饭？"

李琰点点头："小睿今天给我看了他考了满分的试卷，我答应给他奖励。"

陆潇宁似乎是觉得不可思议："这有什么好奖励的？"他快走几步走到李琰面前，"这奖励未免也来得太轻易。"

现在能够需要李琰下厨的场合，除了陆潇宁生日这样重要的场合，就应该是其他什么值得纪念、庆祝的日子。

陆泽睿考满分——这有什么值得李琰亲自下厨的？

李琰被念得头疼，觉得自己真的疲于应付这父子俩，于是不愿再多说，只说："我已经答应小睿了。"

李琰第二天确实给陆泽睿做了一个汤，实在是费不了什么工夫，食材都是备好的。

但是陆泽睿却因此挨了一顿骂，陆潇宁把他叫到书房，不知道说了些什么，陆泽睿出来的时候一双眼通红。

他跟李琰之间还没有和好，中午刚缓和一点儿，饭后又被陆潇宁狠狠地批评了一顿。

李琰饭后睡了午觉，下午醒来，才从管家那里得知陆泽睿挨训的事情。

尽管李琰知道陆泽睿并不是一个性格很好、容易教养、让人省心的小孩儿，也知道自己应该适时严厉，才能纠正他那些糟糕的习惯。

可是在某些时刻，李琰总是会克制不住地对陆泽睿心软。

因为在他心里，尽管陆泽睿不是常规意义上的完美小孩儿，却已经足够让李琰付出真心的疼爱。

就比如说现在。

李琰发现了陆泽睿把他在庭院里踩歪的那株花单独移了出来。他单独清理出来一片营养土，把周围的草都除干净，让那株受伤的花独享这一片的营养，还贴心地给这个"伤员"绑了一根小棍，让它站直了些。

周末，李琰看到陆泽睿像只勤劳忙碌的蜜蜂一样，绕着那花转了好几圈，从上午到下午，他给那株花浇了不止八遍水，又给它铺了一圈管家珍藏的肥料。

不出所料，没几天，那株花就彻底枯死了。

这件事使陆泽睿遭受了一些小挫折，但是小孩儿注意力分散得很快，陆泽睿很快就被别的事情吸引走了注意力。

这天从早上起，李琰一直没能在别墅里找到陆泽睿的身影。

直到要吃午饭了，李琰喊着他的名字找了家里好多地方，最后在家里顶层阁楼的角落里找到他了。

陆泽睿缩在那里，察觉到李琰走过去后，他浑身就紧绷了起来。

李琰轻声叫了他一声："小睿。"

陆泽睿从角落里出来了，站直了些，身上穿的衣服上蹭的都是灰，他绷着脸，把手背在后面，也不讲话。

李琰看着他透着几分紧张的脸，不由起了疑心："怎么了？到了吃饭的时间了，叫了你好几声，你没听到吗？怎么不应？"

话音落下，陆泽睿就用手指竖起来立在嘴唇上"嘘"了一声。

他说："不要出声。"

李琰于是也压低了声音，问紧张兮兮的陆泽睿："到底怎么了？"

陆泽睿这才把背着的手伸了出来，蹭得脏兮兮的小手的手心里攥着一只闭着眼睛的小鸟。

他对李琰说："它睡着了，不要吵醒它。"

李琰看陆泽睿把手攥得那样紧，已是觉得不对，他伸手抓住陆泽睿的手腕，说道："松手。"

陆泽睿像是被李琰的神情吓到了，真的把小手张开了。

手心里的小鸟一动不动，它的腿上受伤了，有一道口子，上面的血已经结痂。

小鸟细小的腿上被缠了一个卡通创可贴。

陆泽睿说："它落在窗户那里，受伤了，我救了它。"

陆泽睿语气里面有几分得意。这叫李琰看着那只明显已经死掉的鸟惊疑不定，半晌没能发出声音。

李琰幼时经历过的家庭教育几乎为零，在他所处的那个环境里，都是管活不管教的。

他自认为自己前半生活得颠沛流离，没能活明白，这时候用一片空白的教育经验对着陆泽睿干净明亮的眼睛，一时无措。

他不知道怎么跟陆泽睿讲这件事情。

老师可能教育他，要爱护花草鸟虫，于是他就身体力行。

他这样六七岁的年龄，很多事情都不懂，认知并不准确，却偏偏有一身无处发泄的精力，在这庭院里做许多破坏，拆毁玩具，把积木推倒了堆，堆了又推倒，有时候又愿意去做一些修补和拯救。

李琰没有办法对着这样的陆泽睿说，其实他对这些花草、小鸟做的拯救方法是错误的。

沉思片刻，李琰还是决定说出来，为了避免陆泽睿下次遇见这种情况还做出同样的选择。

"小睿,这只小鸟已经死了。"

陆泽睿这时候已经明白,死亡等于永远地离开。于是他不可置信地看着李琰,直觉李琰不会对他说谎,但还是语气惊慌并据理力争地说道:"不可能,它的身体还是温热的。"

李琰伸手碰了那小鸟一下,小鸟一动不动,那身子确实温热,可能是被陆泽睿攥着的手掌心暖热的。

眼瞧着他们俩这么大声说话,而且李琰用手碰那小鸟,那小鸟都没动,陆泽睿终于认识到,他手心里的小鸟真的已经永远离开了。

李琰把站在那里,手心里还攥着小鸟的身体的陆泽睿抱了起来。

陆泽睿那只胳膊还僵硬地伸着,他在李琰怀里伤心地抽噎起来。

李琰抱他起身离开的时候,看到陆泽睿把一只纸箱子的上面戳出来很多洞。

陆泽睿应该会为陌生小鸟的永远离开而伤心难过。这只受伤的小鸟落到他的窗口,他给它做自以为是的治疗,又大费周折地跑到阁楼给它寻找能够住的箱子,一路上都不舍得松手,是因为陆泽睿认为它已经是自己的小鸟。

李琰抱着他一路沉默着,他没有跟陆泽睿讲,即使陆泽睿没有做这些,那只脚部受伤的小鸟在大自然的环境里也很难再存活。

他希望陆泽睿明白,修补从来都是要比破坏困难很多的事情。

李琰和陆泽睿在这顿午饭时双双迟到,他带陆泽睿来到后庭院,在那里挖了一个坑。陆泽睿跪坐在那里用双手把那小鸟送进去,连同那株前几天被他踩断茎枯死的花一起。

陆泽睿白皙的小脸哭得通红,一双圆眼泛着水光望着李琰。

李琰心头一颤,说:"小睿,你跟它们说'对不起'。"

于是陆泽睿就抽泣着说了声:"对不起。"

李琰把土坑填平,然后又去把陆泽睿跪坐在地上蹭得脏兮兮的膝盖拍了拍,把陆泽睿重新抱起来,朝前院走去。

陆泽睿搂着李琰的脖子，哭过的脸像只花猫，又磕磕巴巴地问李琰："小鸟和……和花，听到了吗？"

李琰认真地说："听到了。"他顿了顿又说，"它们说让你下次不要这样了。"

陆泽睿伤心地趴在李琰肩头，许久没有讲话。

小鸟和花不会听到陆泽睿的道歉，这句"对不起"是说给陆泽睿自己听的。

李琰希望陆泽睿听到，也记得今日的这份歉意，为自己的鲁莽的、随意的、不自知的破坏，说对不起。

这是李琰教给他的第一课。

图书在版编目（CIP）数据

见天光 / 冷山著 . — 武汉：长江出版社，2024.7
ISBN 978-7-5492-9405-3

Ⅰ.①见… Ⅱ.①冷… Ⅲ.①长篇小说－中国－当代
Ⅳ.① I247.5

中国国家版本馆 CIP 数据核字（2024）第 068804 号

见天光 / 冷山 著
JIAN TIAN GUANG

出　　版	长江出版社
	（武汉市解放大道 1863 号 邮政编码：430010）
市场发行	长江出版社发行部
网　　址	http://www.cjpress.cn
责任编辑	李剑月
特约策划	鹿玖之　周　周
特约编辑	周　周
封面设计	Laberay 淮
印　　刷	大厂回族自治县德诚印务有限公司
版　　次	2024 年 7 月第 1 版
印　　次	2024 年 7 月第 1 次印刷
开　　本	880mm×1230mm　1/32
印　　张	9.25
字　　数	264 千字
书　　号	ISBN 978-7-5492-9405-3
定　　价	49.80 元

版权所有，侵权必究。如有质量问题，请与本社联系退换。
电话：027-82926557（总编室）　027-82926806（市场营销部）